U0115194

哲學研究叢書・學術思想叢刊

觀念與味道

中國思想文獻中的概念譬喻管窺

周玟觀　著

自序

*

我作了一個夢。一座佔地廣大的博物館，我與親友似成團的觀光客，偕走其間。我們走在長廊間，彎折出入的是各個展場，各種動態展演活動熱鬧如馬戲團。我心中並不悠活，好似有個聲音提醒，關門時間將屆。我與一二友人急行走馳彎折廊道間，至一處，說此道門已閉；至另一處，繞了半天，復下樓梯才至門口，雙門扇早已緊閉。猛一回頭，剛剛來的路口已貼出公告，此門每日4:50關閉，請於5:00前至大門口。

現實中，郵電信箱中，院裏甫通過升等延期的通知文件，夾雜在二校稿的校稿通知信、學生作業、小論文、期末口考通知、各種銀行低利貸款、書局書目推銷、各式宣揚擁有就有美好生活的網路商品廣告信中。一回頭，剛整修好的興大的門口，距我第一次走進，早已數度春秋；再一回頭，距我猶豫躊躇是否推開學術之門的時間，竟要以十年十年的整數來計算。

一如夢中，他人看似悠哉的遊逛博物館，只有心中知道身陷警鈴急響的危急中，摸不知出口何在的焦慮裏。我想，關於推開學術的門，走進研究的路，我的第六感曾準確的提醒過我：「慎危莫入」。大四那年，不管曾從教授手中接過幾張書卷獎，或是因此被看好榜上當有名，我急急地從訓詁課上逃走，逃了卻不敢無所事事，趕忙奔赴南陽街的公職補習班，坐在另一座教堂般大的教室中，聆聽與拼命作筆

記──關於另一種人生的可能性。我不想再尾隨姐姐的足跡，回回穿越如窄門般的聯考，次次摘得第一的榮耀桂冠。綠袍與中文系的二手書，我不想再承襲，我渴望著新的生活，新的可能性。即使別人說這不過是一生平凡鐵飯碗終老，對我而言都是沒見過的新鮮。或者，這只是藉口，第六感早知，好動愛玩喜新鮮物事的我，不當再隨著從小就孜孜矻矻，勤勉好讀的姐姐，她屢屢輕易跨過的關，這回我跟得上嗎？不論是張揚的叛逆，或是幽微的恐懼，我都決定回船轉舵，另覓人生新目標。不料，一日兩漢學術史的課程，夏長樸師問我準備如何時，聽我不再報考，臉色驟沉，接下來的一堂課，也不知是藉文說理，還是有感而發，說了我們大四同學一節課，關於人生不當庸祿無志而行的話。我仰望著老師，聽老師謙說希望學生能站在自己的肩膀上看世界。彼此，老師如巨人，順望過去，難道有一片寬廣的世界嗎？那一時半刻，我竟沒有聽第六感的警告，失魂地填妥報名表，厚顏重索送給同窗好友的備考資料（還好同學也一同考上，畢業後遠嫁美國，幸福他方），那天是報名截止的最後一天。很多年後才明白，當年樂陶陶考上的，進入的，並不像前幾次聯考後推開的，走過的通道，寫完足量的科考卷，就可以再下一城。這次，雖然也是金榜之門，但一腳跨入，對我而言，竟是幽暗深長的隧道，不見盡頭。

✻

夢中，導遊領著旅遊團穿梭。各個展間，展出的既不是靜止的翠玉白菜，也不是不動的青銅鼎鑊，而是動態演出，如馬戲團般，或是演出騰空飛躍，或是舞馬馳騁，技藝精湛，令人目不暇給。嘉年華般歌舞歡慶，我既留戀，又焦急，不該是閉門了嗎？

現實中，出入文學院教室，穿梭從帝國大學以來的古廊道。我繼續修習和大學一樣的教授的課。教授們拉開了、展示了更繁複的學術輿圖，水道陸路，群山重巖、瀑泉湍流，令人眩目。桌上堆滿了待點

讀、比英文還像外國語的古文；印表機不停吐出的是雙面列印、前人研究的成果。一如觀賞夢中身懷絕技的演員，還在想他怎麼能騰空迴旋，他卻早已姿勢優雅，輕巧俐落地，拉開華麗的舞裙，等待觀眾高喊「安可！安可！」我賣力的鼓掌，低頭卻見自己拙笨的姿態，竟想學步邯鄲，不管如何試算舞步，總是笨拙如象。

✱

夢裏，連接展間的是彎彎曲曲的廊道。

現實中，我在學業、工作、婚姻、妻道母職中，焦頭爛額。各種待辦事項，如藤蔓快速攀爬，佔滿我的行事曆。

✱

夢至深處，彎延廊道盡處，是一池黯闇漩渦，側立其旁，大小成圈的迴流急旋，渦口如眼，勾魂攝魄般的，與我對望。

二〇〇九年，我在臺中巧遇哲人石教心靈寫作的美涓，她正開始每年兩次往返瑞士與臺灣，走上榮格心理分析師之路。每年，她為友人帶來遠方瑞士巧克力，滋味獨特。我席地坐在哲人石的椅墊上，如船，搖搖晃晃的，讀著遠方而來古老的鍊金術訊息，說每個現實生活中的困難，是潛意識的召喚；暗黑陰影深處，藏有金花祕要。滴在墊旁的淚，沙遊盤上的中古騎士征戰圖，以及歷程性繪畫中的繁花盛景的園囿，各種象徵的圖像，是行吟詩人，說著生活如故事，故事如寓言，天啟寓於斯。

二〇一一年，我闖入姐姐玟慧在東海的地盤。周世箴老師領著她籌組了「有感斯覺」讀書會，親自導讀《我們賴以生存》，點示譬喻語言學妙義。當時幾位不同學門的學者們熱烈交流，自是初窺譬喻新說堂奧。老師的贈書，如楫，靈動的撥開我身旁滯泥多時的水域。親近玟慧身旁，不再是遠望欲追的背影，她對中古詞彙組合的新見，如

燈,重新照亮我深藏書櫃暗處的思想文獻。

✱

夢中,警鈴聲作愈來愈大聲。

現實裏,人事室的公文已往返多次。出版社盡責的編輯,催稿聲聲促。

趕稿至後期,白天教書帶孩子,夜半起來寫書稿。常已分不清今夕是何夕。乍夢還醒際,我不知是否來得及找到主要出口。現實中,我卻發現,原來幽暗深長的隧道,已從遠方稍現熹微。我在沙遊後的夢裏,閃過「觀念」一詞的聲音;開車尋返家新路時,「味道」一詞從心海浮像。此時,此地,是人生不得不暫時停頓的驛館吧。

再回頭,原來一路行來,不是一徑幽暗的隧道,多人,多時從外斧鑿透光。中興師友間親切和睦,讓我安心無憂地教研;父母始終和煦的關懷照顧,讓我從無後顧之憂。外子柏伸一路相伴,穩固如山;秝均與恩杉的童顏笑語,時時提醒我莫忘人間有情。

臨交稿時,葉國良師遠從臺北來演講,特地帶了創系紀念書包。我彷彿像個孩子新上學似的,好幾天背著書包,開心的來去學校間。又彷彿是接獲娘家送來的禮物,感動還被記得是出嫁遠方的女兒。不知怎地,我記起出嫁前夜,父親在燈下細細整理嫁奩細軟成盒;想起社教科結業時,在蓮社地藏殿裏,從師長手中接過質地堅實、聲清音亮的木魚鐘磬。

啊!我是從豐饒的娘家出嫁的女兒啊!未來的路,縱使繼續幽深如昔,仍要抖擻精神,尋他精采。

二〇一六年新春
周玟觀序於臺中德苑

目次

圖表目次

第一章

緒論

　　本書以「觀念與味道[1]—中國思想文獻中的概念譬喻管窺」為題，旨在採取認知譬喻語言學的三種「概念譬喻」（conceptual metaphor）作為研究視角探討、以中國傳統思想文獻為研究材料，尋找其間概念譬喻運作的模式與特色。本章為導論，以下分別說明研究動機、前人研究、研究方法與範圍、以及本書的架構與章節大要。

第一節　研究動機

　　本節說明研究動機，首先從譬喻語言學者對日常語言現象的新觀察與隱喻故事的解讀談起，接著討論以中國傳統思想文獻作為研究素材的可行性。

一　譬喻語言學者別具隻眼的解讀

　　譬喻，依過去的理解，是一種與感嘆、誇飾、引用與設問同被視為增強語言作用的修辭技巧。但自一九八〇年代興起的譬喻語言學，學者對譬喻有了新的觀察。在此，先舉「看」與「走」兩個日常語言

1　「觀念」語出佛教文獻，有觀察心念之義；「味道」語見六朝文獻，為品味至道之義。這兩個詞彙的譬喻分析（詳見第二章與第五章討論），正對應本書提出的三種概念譬喻——「見如思」、「思想是食物」與「修學是旅行」，故擇選這兩個詞彙作題目，意指本書對於中國思想文獻所作的譬喻探索。

中常見的詞彙，作為觀察討論的對象。首先以視覺為例：視覺，是感官認知的首要知覺功能，日常語言中視覺動詞也是高頻動詞。一般而言，用語人並不會特別去區辨同一視覺動詞在語境中有何特殊性。以下我們先從現代漢語語料庫，與「看」有關的語句，列舉數例如下：[2]

1a 我**看見**她走了過來，臉上掛著兩行淚痕。

1b 因為我知道，這將是我最後一次**看見**她。眼中不住地淌出的熱淚。

1c 可說是只**看見**了結果，卻沒**看見**過程。

1d 在黃葉一樣的茶中，我們似乎**看見**了一位宗師的婆心，**看見**了生活，也**看見**了生命的滋味。

2a 因居高臨下，**看清**了還有條岔路通往右邊的山傍。

2b 在晚上我們可以**看清**浩瀚的星海。

2c 這樣你就能以明亮之眼（法眼）去**看清**生活、工作和生命的真實面。

2d 頭腦清楚的人終於慢慢**看清**了事實。

用語人並不會特別區分各句之間的「看」有何不同，更不會認為這些句子與「譬喻」有何關聯。然而從上下語境觀察兩組語料，1a、1b 與 2a、2b 的視覺動詞傳達的意義貼近具體的生理觀看；1c、1d 與 2c、2d 的語料則是超越生理觀看之外，引申有抽象的思維或理解之語言。認知語言學者將它們歸類為「理解是見」的概念隱喻。他們認為語言中基於生理性、具體的視覺感知詞彙延伸詞義，並表達抽象的思維概念，都可視為「隱喻」（metaphor）的表現。

---

2 以下語料出自「中央研究院現代漢語語料庫」（http://app.sinica.edu.tw/cgi-bin/kiwi/mkiwi/kiwi.sh）檢索日期：2015年5月4日。

　　同樣的觀點來看與行走有關的語句，也可以有新的認知理解，例句如下：[3]

3a　沙漠中的旅人迷了路，**走**啊**走**啊，突然發現了足跡，他大喜若狂，跟著足跡**走**去。

3b　我離開臺灣之後，**走**了無數個國家。

3c　過了一會兒，華輝悠悠醒轉，奇道：「你還沒**走**？」

3d　在那樣的社會裡，一切都較單純，只要照著既定的道路**走**，每個人都很安全。

3e　從事科學研究工作的人，主要的是在未知的世界裡摸索與探求。最後**走**的一條路，常是經過許多修正與更改。

3f　人終究要**走**的，你什麼也帶不**走**，只剩下自己的業識。

在這組以「走」為關鍵字的查詢中，一般人不會認為與「譬喻」有何關聯，畢竟連任何喻體、喻詞與喻依等譬喻的元素都沒有。對語言有一點興趣的人，可能會進一步區分及義不及義或語義上的分野，例如3a 是肢體的行走，3b 與 3e 有前往義，3c 與 3f 有離開義。但是在認知語言學者的眼中，卻看出「人生是旅行」（LIFE IS A JOURNEY）的概念隱喻，他們主張在上列的語句中，只有 3a 是具體的走路原型義，其餘都可視為隱喻運作下的語義延伸。[4] 3b 與 3c 還可以說與具體的行走較接近，3d~3f 都是藉由「走」這個具體的身體行動作為來

3　「中央研究院現代漢語語料庫」，檢索日期：2015年5月4日。

4　「語義延伸」（semantic extension）在此指一字多義的現象，認知語言學者提出轉喻（metonymy）與隱喻（metaphor）是認知範疇擴展的主要途徑與語義延伸的重要手段。參見周世箴：《語言學與詩歌詮釋》（臺北市：晨星出版公司，2003年3月），頁45-46。相關概念在各章中會繼續討論。

源域，映射到抽象的概念領域——「人生」，同時在其中形成系統的「概念對應」（conceptual correspondence）。例如走路的概念系統從基本的行動到作為成組的旅行概念，其中有旅行者、旅程的出發點與終點，乃至其中有旅行攜帶的行李、經歷的困難、選擇的方向、走過的歷程，都會映射到目標域中，指出人生的主角如同旅行者，有旅程出發的出生，旅程結束的死亡，一輩子的生命歷程、生命方向的選擇等人生種種，都可以藉由來源域的詞彙作映射的譬喻表達。

透過上述「看」與「走」的例子可見，譬喻語言學者對於「譬喻」的理解與詮釋，為我們帶來「譬喻新見」。過去不被認為是譬喻的，在認知譬喻語言學者的眼中，個個都是譬喻的絕佳喻例。改變了我們對「譬喻」的認識與理解。

二 義理之學考察的可能性

譬喻語言學者對於日常語言別具隻眼的研究，啟迪筆者對中國傳統思想文獻的重新思考。以下，從譬喻語言的共同性與差異性兩個面向，說明從義理之學的素材考察譬喻的可能性。

1 譬喻的共同性——身體的體驗

認知譬喻語言學者認為譬喻語言有其「共同性」，主要的論證支持來自譬喻的運作機制與人類認知和身體覺知息息相關，而身體作為認知的主要管道，具有跨語言與跨文化的共同性。例如英文中有"has seen cultural differences"，現代漢語有「終於慢慢看清了事實」等語句，都是來自視覺詞彙的延伸，譬喻語言學者將之歸類為「理解是見」的概念隱喻中；又如英文有 "He finally swallowed his anger and let the matter drop."，現代漢語有「空中飛人內心有苦水和猶豫，也只能

自己往肚裡吞」的語句[5]，其中使用的 "swallow" 與「吞」來自飲食的動詞。譬喻語言學者認為這是以身體的飲食行為概念作為來源域，去理解抽象的情緒、思維與觀念，可歸類為「觀念是食物」（IDEAS ARE FOOD）的概念隱喻，由此證明，基於身體的共性，譬喻有其跨文化的普遍性（universal metaphors）。[6]在古漢語中，也有「天地感而萬物化生，聖人感人心而天下和平，觀其所感，而天地萬物之情可見矣！」（《周易・咸卦・象傳》）[7]「朝徹，而後能見獨；見獨，而後能無古今。」（《莊子・大宗師》）[8]等帶有視覺詞彙的語句，也可視為「理解是見」的概念譬喻。因此，身體作為跨時間、空間的共同存在，將譬喻研究帶進中國傳統思想文獻，提供可行之理據。

2 譬喻的差異性──文化的影響

　　認知譬喻語言學者亦提出譬喻語言有其「差異性」，主要的論證支持來自譬喻運作時的另一個主要影響變數──文化，文化作為一個

5　「現代英語TANGO語料庫」、「中央研究院現代漢語語料庫」，檢索日期：2015年5月4日。

6　Johnson, Mark 在致 *Metaphor We Live By* 中文版作者序中，提到兒童即是透過身體及所處環境的相互作用（interaction）而學習到人類或文化群體共享的譬喻群。參見周世箴譯注：《我們賴以生存的譬喻》「作者致中文版序」，頁9-13。該文提到在 *Metaphor We Live By* 一書中雖然強調「概念譬喻立基於我們的肉身經驗」，但尚未全盤了解其運作方式，在後來的研究中才逐漸確認譬喻主要以「感覺肌動來源域」（sensory-motor source domains）為基礎。相關論點再參考Johnson, Mark. *The Body in the Mind：the Bodily Basis of Meaning, Imagination, and Reason,* Chicago: The University of Chicago Press. 1987.

7　〔魏〕王弼，〔晉〕韓康伯注，〔唐〕孔穎達等正義：《周易正義》（臺北市：藝文印書館，1979年，影印阮元校《十三經注疏》本），頁82。

8　〔清〕郭慶藩集釋，王孝魚點校：《莊子集釋》（北京市：中華書局，1985年）卷3，〈大宗師〉，頁252。「見獨」一詞，成玄英疏：「夫至道凝然，妙絕言象，非無非有，不古不今，獨往獨來，絕待絕對。睹斯勝境，謂之見獨。」（《莊子集釋》，頁254）睹斯勝境，亦可視為「思如見」的譬喻運作，詳見本書第二章討論。

國家、民族或社群的共同生活習慣、價值觀、理念或思維方式,在認知運作時,具有一定的影響力。譬喻語言學者提到:

> 所謂的「直接肉身體驗」(direct physical experience)不僅僅是
> 與身體有關而已;更重要的是,每項經驗都在一個具文化前提
> 的廣闊背景之下發生。……文化預設(cultrual assumptions)、
> 價值以及態度,並非可由我們自由選擇要不要套在經驗之上的
> 概念外罩。更正確點說,所有的經驗都由文化貫穿,我們藉著
> 文化由經驗呈現這樣的方式來體驗我們的「世界」。[9]

所以在同樣「人(情感)是植物」的概念隱喻下,西方以玫瑰象徵愛情,東方以香草象徵君子;或是元人以「色目人」區分族群,[10]佛教有「五眼」(肉眼、天眼、慧眼、法眼、佛眼)[11],雖都可歸類於身體

---

9 Lakoff, George. & Johnson, Mark. 1980a. *Metaphors We Live By,* Chicago: The University of Chicago Press.Chap.12, pp.56-60. 譯文參見周世箴:〈中譯導讀〉,收入《我們賴以生存的譬喻》(臺北市:聯經出版公司,2006年),頁57。

10 日人箭內亙研究指出「色目」為「色目相異之人」,亦即「異色目人」的簡稱。參氏著,陳捷、陳清泉譯:《元代蒙漢色目待遇考》(臺北市:臺灣商務印書館,1975年),頁22。

11 佛教經論中論及「五眼」者繁多,此舉《大智度論》卷33之例:「復次,舍利弗!菩薩摩訶薩欲得五眼者,當學般若波羅蜜!〔論〕何等五?肉眼、天眼、慧眼、法眼、佛眼。(上十三字原在經文內今依大正藏移歸論中)肉眼,見近不見遠,見前不見後,見外不見內,見晝不見夜,見上不見下;以此礙故,求天眼。得是天眼,遠近皆見,前後、內外、晝夜、上下,悉皆無礙。是天眼見和合因緣生假名之物,不見實相,所謂空、無相、無作,無生、無滅,如前中後亦爾;為實相故,求慧眼。得慧眼,不見眾生,盡滅一異相,捨離諸著,不受一切法,智慧自內滅,是名慧眼。但慧眼不能度眾生!所以者何?無所分別故,以是故生法眼。法眼令是人行是法,得是道,知一切眾生各各方便門,令得道證。法眼不能遍知度眾生方便道,以是故求佛眼。佛眼無事不知,覆障雖密,無不見知;於餘人極遠,於佛至近;於餘幽闇,於佛顯明;於餘為疑,於佛決定;於餘微細,於佛為麤;於餘甚深,於佛

器官的隱喻中，但顯然各有文化背景因素影響其造語。因此，在同一類的概念譬喻之下，譬喻映射的差異，實有文化思維的影響因素。又如上文所引《易傳》與《莊子》與視覺相關的隱喻例句，若不從《易傳》的思想與莊子道家思維去理解，恐怕難深入其義。所以 Johnson, Mark 致中文讀者的信中提到了漢語譬喻研究的重要與意義：

> 文化實質差異所引起的效應也是眾所周知的，可以決定哪些譬喻在某一文化中較占優勢，而這些譬喻又如何在語言、禮儀，以及象徵的相互作用中創意表述（elaborated）。歸結而言，是否真有普遍譬喻存在的問題是一個實證性問題，只有通過跨文化研究才能有定論。對漢語思維和語言中的概念譬喻所作的研究已有一些出色的成果，包括以漢語中口、舌、齒、唇、面，和其他身體部位的案例研究，以及古代中國哲學與宗教中有關心智的譬喻概念研究。研究顯示，即使中英兩種語言都共有的基本譬喻（basic metaphor），其在漢語中映射細節上的創意延伸（a far more extensive set of submappings）仍然多於英語。與英語相比，此一更具創意表述映射（more elaborate mapping）使得漢語概念在某些情形，擁有更豐富多彩、更具體入微的譬喻概念化。[12]

因此，如果忽略了中國思想文獻的料材，也可能忽略屬於漢語特殊「創意延伸」與「創意表述映射」的探索管道。

甚淺。是佛眼，無事不聞，無事不見，無事不知，無事為難，無所思惟，一切法中，佛眼常照。後品五眼義中，當廣說。」參見〔後秦〕鳩摩羅什譯：《大智度論》卷33，《大正藏》冊25，頁305c。

12 參見周世箴譯注：《我們賴以生存的譬喻》「作者致中文版序」，頁9-13。

　　本書書名中的「中國思想文獻」，若依清乾嘉以來「義理、考據、詞章」之學的劃分法，概屬於義理之學。至於「譬喻」，若以「修辭學」的角度來看，是一種「借彼喻此」的文學表達方法，是為了修飾或增強語言效果。因此，就研究的必要性而言，詞章之學乃至其後衍變的文學、美學領域，譬喻自有其必要性。但在義理之學的領域研究譬喻修辭，似乎會惹來畫蛇添足之譏，因為義理之學講究的是思想的探究，而非其表象的理解。既要得魚，何必在言筌上多費時力？所以，若認為譬喻只是語言形式的表達，中國思想文獻似乎沒有進行譬喻研究的必要。但是，從上述分析譬喻形成的身體與文化兩個認知層面來看，就中國思想文獻進行譬喻的考察研究，就不只是理論的應用而已，亦有其重要性。

第二節　前人研究

　　本節回顧學界從一九八〇年代以來認知語言學興起後，與本書討論議題較相關的隱喻理論與應用研究。[13]首先，說明譬喻語言學理論中與本書相關的重要概念；其次，討論以漢語乃至方言相關詞彙與文本應用研究成果；最後，提出在中國思想、哲學界學者留意或引用譬喻語言學理論的情形。透過前人研究的文獻回顧，旨在說明本研究得以接續的研究背景。

一　譬喻語言學的理論研究

　　當修辭學者提出的喻體、喻依與喻意解說方式，無法滿足學者們

13　為免過於繁瑣，與各章主題相關的個別研究則僅略舉其要，留至各章再詳細說明。

對「隱喻」的詮釋，也代表了「隱喻」這個曾被以為是裝飾的、華麗的修辭技巧，有其他有趣的層面被發現了。有別於過去學者對譬喻的觀點，[14]認知譬喻語言學者從人類認知的角度提出譬喻新解，其實也有其學術背景。二十世紀初以來哲學家對感官知覺的研究，如法國哲學家梅洛・龐蒂（1908-1961）提出《知覺現象學》（*Phenomenology of Perception*）揭示了感官在人類認知中的重要性。當代認知理論則進一步證實隱喻思維在人類認知上具有共同基模——以身體感官經驗為認知原型。認知語言學者從語言現象作進一步的理論闡述，其重要的代表學者即美國 Lakoff, George & Johnson, Mark (1980) 的 *Metaphors We Live By*（《我們賴以生存的譬喻》）[15]最具突破性，成為認知譬喻語言學的典範。其理論改變了傳統將譬喻僅視為語言增強的配角作用與地位的概念，而將譬喻研究放在研究人類心智與語言的認知語言學中觀察，讓譬喻性語言從修辭配角層面還原到生活與思維的基本層面，這是一種思維方式。在學術研究上，更成為備受矚目的論題，對文學理論、語言學、人類學、認知心理學等領域都有其意義。相關理論著作舉其要者尚有 Lakoff, George 的 *Women, Fire, and Dangerous Things: What categories reveal about the mind.*[16]、Johnson, Mark 的 *The Body in*

---

14 因為認知譬喻語言學者從認知的角度重新詮釋解讀譬喻現象，對於舊有的譬喻解讀理論多會作後設性的檢討。如曹逢甫等人將之分為取代派、比較派、互動派，參考曹逢甫、蔡立中、劉秀瑩：《身體與譬喻：語言與認知的重要介面》（臺北市：文鶴出版社，2001年），頁9（以下簡稱《身體與譬喻》）；安可思將從前對於隱喻的觀點學派分為情緒理論（emotive theory）、類比理論（compairson theory）與互動理論（interaction theory），參考氏著〈概念隱喻〉，收入蘇以文、畢永峨主編：《語言與認知》（臺北市：國立臺灣大學出版中心，2009年8月），頁59-61。

15 Lakoff, George. & Johnson, Mark. 1980a. *Metaphors We Live By*. Chicago: The University of Chicago Press.Chap.12, pp.56-60. 中譯本：周世箴譯：《我們賴以生存的譬喻》。

16 Lakoff, George. *Women, Fire, and Dangerous Things: What categories reveal about the mind*, Chicago: The University of Chicago Press, 1987，臺灣由梁玉玲等翻譯為：《女人、火與危險事物——範疇所揭示之心智的奧秘》（臺北市：桂冠圖書公司，1994年）。

the Mind: the Bodily Basis of Meaning, Imagination, and Reason.[17]
與 Johnson, Mark 的 *The meaning of the Body: Aesthetics of Human Understanding*[18] 等。

　　認知譬喻學者對於譬喻的運作模式提出新的解讀，以下先略舉其重要的研究觀點作為本書研究論述的理論背景。首先，是「二域模式」的提出，認知譬喻學者認為隱喻的運作不僅是語言表達層面，更是發生在認知層面的，是概念系統（conceptual system）的運作。由兩個經驗域的映射（mapping）產生，具體易知的作為來源域（source domain），抽象難解的作為目標域（target domain），「將一個經驗域的特徵，以另一個經驗域來加以體會及了解，就是隱喻，因此，隱喻不只存在於語言層面，它也存在於認知結構當中」。[19]其次，是「概念隱喻」的提出，基於兩個經驗域的映射關係，學者從語言現象中歸納出諸多的概念隱喻，即以「目標域是來源域」的公式作為代表，例如「愛情是旅程」（LOVE IS JOURNEY）、「時間是金錢」（TIME IS MONEY）等[20]。最後是「體驗論」新見的提出，在 *Metaphors* 的 *We Live By* 的最後幾章，[21] Lakoff 與 Johnson 提出對真理（truth）的討論，他們主張以體驗論（experientialism）取代過去的客觀主義或主

---

17 Johnson, Mark. *The Body in the Mind: the Bodily Basis of Meaning, Imagination, and Reason.* Chicago: The University of Chicago Press. 1987.

18 Johnson, Mark. *The meaning of the Body: Aesthetics of Human Understanding.* Chicago, IL: University of Chicago Press, 2007.

19 參見 Lakoff, George. The contemporary theory of metaphor. *Metaphor andthought 2,* 1993, pp.202-251.中文解釋引自蘇以文：〈語言與分類〉，收入蘇以文、畢永峨主編：《語言與認知》，頁7-34。

20 參見Lakoff, George. & Johnson, Mark. 1980a. *Metaphors We Live By.* Chap.10 "Some Further Examples" 該章舉出許多概念譬喻的公式可以參考，如 THEORIES ARE BUILDINGS, IDEAS ARE FOOD, IDEAS ARE PLANTS等。

21 參見Lakoff, George. & Johnson, Mark. 1980a. *Metaphors We Live By* Chap.24-30.

觀主義，而認為認識真理所依憑的是理解。我們並非與環境相對的一方，而是我們生存環境的一部分，所以「我們的身體本質及自然與文化環境使我們的經驗具有結構，周而復始的經驗導致範疇的形成」、「運用某一種經驗域去建構另一經驗域時，我們是在譬喻性的理解經驗。」[22]

國內學者鄧育仁評介 Lakoff 與 Johnson 的理論時，認為他們所提出來對每組話語譬喻的詮釋理解，未必「是唯一合理可行的詮釋」，但該理論的提出卻有其「獨到之處」，他說：

> 他們蒐集平常的話語，將話語分組分類。話語群組在他們的描述中，總能將讀者捲入一種新觀點，而對平常的話語有一層全新且更為深刻的理解：隱喻不限於特殊的遣詞用句，只要觀點調整好，你就能「看到」平常話語裡的隱喻網：而且隱喻不只是語言的現象，當你看到話語裡的隱喻網時，你已經觸及一種調節話語與思想的跨域的認知模式。……該書獨到之處，正在於它在我們切身熟悉的領域裡，由描述、詮釋與關聯的建立，而翻轉出一種我們平常並不自覺，但一直都在使用，且深深節制話語與思考的隱喻網的觀點。[23]

誠如鄧育仁所言，此理論的意義並不在於對個別詞彙或語句提供詮釋的最佳方案，但卻透過關聯的建議，讓讀者重新思考譬喻的舊說，從而建立一個新的有系統的關係的譬喻認知觀點。因此，我們延續此理

---

22 中文翻譯參見周世箴譯：《我們賴以生存的譬喻》，頁334。
23 鄧育仁：〈一種閱讀身體意義的觀點〉（*The Meaning of the Body* 書評），《臺灣人類學刊》9卷1期（2011年），頁197-198。

論對中國傳統思考的觀察,並非硬搬套用,而是藉由理論的思維方式,重新研讀語料,希望能有新的見地。

稍晚於 Lakoff ─ Johnson 的「概念譬喻理論」(Conceptual Metaphor─Theory,簡稱CMT),Turner─Fauconnier 提出另一種解讀隱喻運作機制的理論──概念融合理論(Blending Theory,簡稱 BT),兩者對於隱喻解讀著重的層面不同。[24] Turner─Fauconnier 的 BT 理論。相對於 CMT 理論以來源域與目標域單向映射的關係,BT 理論提出了「心理空間」(mental space)的概念,注重前後語境脈絡建構出的各種心理空間,隱喻是在兩個輸入空間(input spaces)、類屬空間(generic space)與融合空間(blend space)等心理空間相互融合交作所產生新的意義。[25] 相關的研究尚有 Turner, Mark. & Gilles, Fauconnier 合著 *Conceptual integration and formal expression*、[26] Fauconnier, Gilles & Sweestr, Eve 等人合著 *Spaces, World's and Grammar*[27] 與 Fauconnier, Gilles與 Turner, Mark 合著之*The Way We Think :Conceptual Blending and the Mind's Hidden Complexities*[28]等。

---

24 兩種隱喻理論派別各有分析的著重層面,參見周世箴〈中譯導讀〉:其言:「BT與 CMT之間的關係以及其所論的現象並非互相替代,而是有相當程度的互補性,BT 模式的出現並不等於CMT模式應當完全被替代」,頁20、43-45。

25 BT理論可以補充二域理論的部分不足,最典型的例子是「外科醫生是屠夫」為何具有貶義,或是「外科醫生是屠夫」與「屠夫是外科醫生」同為類比,但為何兩句話表意不同。透過BT理論的多空間融合理論,更細微的覺察到「目的」上的心理差別,正可恰當的解讀出其間差異。同前註,頁95。

26 Tunner, Mark, and Gilles Fauconnier. Conceptual integration and formal Expression. *Metaphor and Symbol* 10.3, 1995, pp.183-204.

27 Fauconnier, Gilles, and Eve Sweetser. *Spaces, Worlds, and Grammar*. The University of Chicago Press, 1996.

28 Fauconnier, Gilles, and Mark Turner. The Way We Think: Conceptual Blending and the Mind's Hidden Complexities. New York:Basic Books, 2002.

二　譬喻語言學的應用研究

　　從譬喻語言學的理論提出後，相關應用研究，可說是方興未艾，成果非常豐碩。略舉四類與本書較為相關的主題研究如下：

　　第一類是漢語中與身體相關的譬喻研究，例如李壬癸的〈人體各部位名稱在語言上的運用〉，旨在討論從人身體的觀點所發展出來的知識體系和語言現象。以漢語為主，兼及臺灣南島語、日語、英語、法語等，指出從認知語言學角度觀察到人體各部位名稱的廣泛使用與隱喻用法，同時具有世界語言之普遍性（language universals）；[29]曹逢甫等人的《身體與譬喻：語言與認知的重要介面》一書，以認知譬喻學為理論支持，認為「身體」作為認知的基礎，以其引申的詞彙作為範疇來檢視身體譬喻的運作，詳細地討論外在身體部位（如頭、眼、耳、口、臉、手、背、腿／腳）等換喻、投射現象與譬喻用法及其投射依據，以及五覺、內部器官的譬喻現象。特別的是他提出抽象身體部位的譬喻現象討論，例如「氣」、「精神」、「靈魂」與「意」等層面。因此，該書不僅發現了人類的認知與語言，以身體作為共同基礎而有許多相同的譬喻現象，同時也發現認知發展與語言習得，因為都需要在特定的社會與文化背景下運作，所以身體譬喻也展現了文化的特殊性。[30]與身體譬喻相關[31]的學位論文如蔡立中碩論《中文裡關於

---

29 李壬癸：〈人體各部位名稱在語言上的運用〉，《語言暨語言學》8卷3期（2007年），頁711-722。

30 曹逢甫、蔡立中、劉秀瑩：《身體與譬喻：語言與認知的重要介面》（臺北市：文鶴出版社，2001年）。該書緒論研究受到 Sweetser 理論的啟發，Sweetser 以英語和印歐語的感覺——知覺動詞（perception verbs）所作的研究，主張譬喻是語意改變的主要結構力量，而身體的經驗是描述心理狀態詞語的來源，參見Sweetser, Eve. *From Etymology to Pragmatics: Metaphorical and Cultural Aspects of Semantic Structure.* Cambridge University Press, 1990.

31 以身體全部或部分部位為研究的對象，為數眾多，為免繁瑣，此節所列研究成果以全部身體的討論為主，個別身體部位的研究則參見本書相關章節。

身體部位器官的譬喻現象》、[32]劉秀瑩碩論《身體部位譬喻現象與文化差異》、[33]楊純婷碩論《中文裡的聯覺詞：知覺隱喻與隱喻延伸》[34]與林清淵碩論《閩南語的身體譬喻與代喻》，[35]紛紛援引相關理論檢視與討論漢語或方言中的身體譬喻語言現象。

第二類是運用譬喻理論討論文學文本分析，也有不少的研究成果：或以現代文學文本為分析對象，如陳璦婷博論《概念隱喻理論（CMT）在小說的運用──以陳映真、宋澤萊、黃凡的政治小說為中心》、[36]；或以古典文學文本為分析對象，如劉靜怡碩論《隱喻理論中的文學閱讀──以張愛玲上海時期小說為例》、[37]林碧慧碩論《大觀園隱喻世界──從方所認知角度探索小說的環境映射》、[38]江碧珠博論《「元雜劇」語言之隱喻性思維》、[39]林增文碩論《李清照詩詞中的譬喻運作：認知角度的探討》、[40]李文宏碩論《概念隱喻理論與詩文分析

---

32 蔡立中：《中文裡關於身體部位器官的譬喻現象》（新竹市：清華大學語言學研究所碩士論文，1994年）。

33 劉秀瑩：《身體部位譬喻現象與文化差異》（新竹市：清華大學語言學研究所碩士論文，1997年）。

34 楊純婷：《中文裡的聯覺詞：知覺隱喻與隱喻延伸》（嘉義縣：國立中正大學語言學研究所碩士論文，1999年）。

35 林清淵：《閩南語的身體譬喻與代喻》（嘉義縣：國立中正大學語言所碩士論文，2003年）。

36 陳璦婷：《概念隱喻理論（CMT）在小說的運用──以陳映真、宋澤萊、黃凡的政治小說為中心》（臺中市：東海大學中國文學系博士論文，2007年）。

37 劉靜怡：《隱喻理論中的文學閱讀──以張愛玲上海時期小說為例》（臺中市：東海大學中國文學系碩士論文，1999年）。

38 林碧慧：《大觀園隱喻世界──從方所認知角度探索小說的環境映射》（臺中市：東海大學中國文學系碩士論文，2002年）。

39 江碧珠：《「元雜劇」語言之隱喻性思維》（臺中市：東海大學中國文學系博士論文，2006年）。

40 林增文：《李清照詩詞中的譬喻運作：認知角度的探討》（臺中市：東海大學中國文學系碩士論文，2006年）。

之運用——以李白古風五十九首為例》、[41]林碧慧博論《「母親」原型認知研究：以《紅樓夢》為例》。[42]

　　第三類是就方言或不同語系間的比較研究，如邱湘雲〈客、閩、華語三字熟語隱喻造詞類型表現〉、[43]該文採用Lakoff等認知譬喻語言學者提的「概念隱喻」（包括空間方位隱喻、實體隱喻和結構隱喻）理論，以臺灣主要的三種語言中「三字熟語」的喻體類型，發現隱喻造詞反映族群的思維方式，從熟語中所展現的概念隱喻可以觀察臺灣客、閩、華不同語群認知模式的異同，進而探究族群語言背後所隱現的知識體系及其文化內涵。[44]此外，如涂文欽〈臺灣閩南語流行歌詞中的人生隱喻〉，[45]是以臺灣閩南語流行歌詞中常見的隱喻，運用二域理論、心理空間與融合理論進行分析討論，分析出「人生是大海」、「人生是戲劇」等概念隱喻，並發現隱喻運作背後的文化與日常經驗的影響因素，可以反映臺灣人的思維模式與價值判斷。[46]學位論文也有許懿云《臺灣客家山歌的認知隱喻探析》。[47]

　　第四類是應用心理空間理論考察中國古代文獻，如吳佩晏與張榮興合著〈心理空間理論與《論語》中的隱喻分析〉，篩選出《論語》四十二章具有以隱喻表達概念的篇章，分為「政治」、「德性」與「學

---

41 李文宏：《概念隱喻理論與詩文分析之運用——以李白古風五十九首為例》（臺中市：東海大學中國文學系碩士論文，2012年）。

42 林碧慧：《「母親」原型認知研究：以《紅樓夢》為例》（臺中市：東海大學中國文學系博士論文，2013年）。

43 邱湘雲：〈客、閩、華語三字熟語隱喻造詞類型表現〉，《彰師國文學誌》22期（2011a），頁241-271。

44 邱湘雲：〈客、閩、華語三字熟語隱喻造詞類型表現〉，《彰師國文學誌》22期（2011a），頁241-271。

45 涂文欽：〈臺灣閩南語流行歌詞中的人生隱喻〉，《臺灣語文研究》8卷2期，2013年。

46 涂文欽：〈臺灣閩南語流行歌詞中的人生隱喻〉，《臺灣語文研究》8卷2期，2013年。

47 許懿云：《臺灣客家山歌的認知隱喻探析》（彰化市：國立彰化師範大學臺灣文學研究所碩士論文，2014年）。

習」三類進行心理空間的分析，呈現《論語》中隱喻使用策略，同時也用以分析後人詮釋歧異的現象與原因；[48]此外，張榮興〈從心理空間理論解讀古代「多重來源單一目標投射」篇章中的隱喻〉[49]與〈心理空間理論與《莊子》「用」的隱喻〉[50]運用框架理論與心理空間理論，或是探討古代文獻中的隱喻詮釋，分析特定詞彙如何誘導隱喻框架，並形成不同的來源域，同一目標域透過不同來源域，也可產生不同層次的理解；或是解析《莊子・人間世》有關「無用之用」的隱喻現象，對於來源域與目標域的成分與內涵作了深入的分析，藉此得以理解莊子哲理的認知基礎。此類的研究成果，具體呈現古代文獻的篇章詮釋與理解，其背後語言學的學理基礎。

三　思想的譬喻研究

　　在中國傳統思想文獻的研究領域中，也有學者注意到 Lakoff 等人提出的認知譬喻語言學，作了一些討論，舉兩位學者作為代表，如中文學界賴錫三與劉滄龍的莊子研究，[51]他們或從神話思維的隱喻，思考隱喻在物類名相間的轉化作用，不僅只是修辭作用或語言遊戲，

---

48 吳佩晏、張榮興：〈心理空間理論與《論語》中的隱喻分析〉，《華語文教學研究》7卷1期（2010年），頁97-124。吳佩晏的碩士論文也屬於同一研究類型，參見氏著：《論語》中的隱喻分析》（嘉義縣：國立中正大學語言所碩士論文，2009年）。

49 張榮興：〈從心理空間理論解讀古代「多重來源單一目標投射」篇章中的隱喻〉，《華語文教學研究》9卷1期（2012年），頁1-22。

50 張榮興：〈心理空間理論與《莊子》「用」的隱喻〉，《語言暨語言學》13卷5期（2012年），頁999-1027。

51 參見賴錫三：《當代新道家：多音複調與視域融合》第五章〈老莊的肉身之道與隱喻之道〉（臺北市：國立臺灣大學出版中心，2011年），第五章的結論以「萬物（來源域）的交融互滲映射出道（目標域）的無盡藏意義」，即取認知譬喻語言學家二域理論用語；與劉滄龍：〈身體、隱喻與轉化的力量——論莊子的兩種身體、兩種思維〉，《清華學報》44卷第2期，2014年6月，頁185-213。

而是具有深刻思維意義[52]；或從隱喻希臘文（metaphora）追溯其具有「轉移」（Übertragung）的語源，從「轉化」的觀點理解莊子的身體與思維，同樣觸及譬喻語言學者以認知、思維的角度理解譬喻，而非只是語言形式層面的理解。[53]他們的研究對於莊子隱喻深入而創新的研究，不只是證明譬喻語言學者的看法，更重要的是從中國傳統思想的道家重鎮中，提出莊子譬喻思維的深層意義，對於漢語譬喻語言中的文化思維探討是具有啟發性的。此外，從文學角度出發，注意到以身喻心的文學、文化的隱喻現象，如鄭毓瑜近作《引譬連類：文學研究的關鍵詞》，[54]學者王德威認為這是以譬喻的研究打開中國文學抒情傳統研究格局[55]。由上可知，中文學界的傳統思想的文本研究，從隱喻作為切入點，不只作為隱喻非修辭的證明，更可以掘探出特屬於中國思想本身的創意隱喻運作模式。

　　在哲學界，鄧育仁結合認知科學與隱喻研究成果進行的哲學論述，同樣具有啟發與值得參考之處，其研究或以隱喻的觀點討論儒家學說思想，[56]或聯合身境觀點與隱喻分析模式的研究取徑，對於創意

---

52 參見賴錫三：《當代新道家：多音複調與視域融合》，頁299。

53 參見劉滄龍：〈身體、隱喻與轉化的力量——論莊子的兩種身體、兩種思維〉，頁197。

54 鄭毓瑜：《引譬連類：文學研究的關鍵詞》（臺北市：聯經出版公司，2012年）。

55 王德威以為鄭毓瑜《引譬連類——文學研究的關鍵詞》一書，當置於中國傳統抒情研究脈絡中討論。鄭之研究從古典詩歌中所表達的關聯式思想的傾向和實踐，不局限於一般感時傷逝的窠臼裡，而是蘊含綿密的感官、地理、思想的編碼體系。參見其序文，引自《引譬連類——文學研究的關鍵詞》，頁3-9。

56 相關的文章如氏著〈隱喻與情理：孟學論辯放到當代西方哲學時〉，《清華學報》38卷3期（2008年），頁485-504；〈何謂行動：由故事與人際觀點看〉，收入林從一主編：《哲學分析與視域交融》（臺北市：國立臺灣大學出版中心，2010年），頁95-117；〈隱喻與公民論述：從王者之治到立憲民主〉，《清華學報》41卷3期（2011年），頁523-550等文章。
鄧育仁：〈隱喻與自由：立命在民主與科學中的新意涵〉，《臺灣東亞文明研究學刊》8卷1期（2011年），頁173-208。

器物進行其設計與創意的探索。[57]此類研究意義,如其所述是在「著重形上學與心性論之後所發展的身體論,以及一種儒道聯合閱讀的觀點」之後,從當代創意器物的案例分析,呈現的是「身體與情境連動的觀點」,其貢獻不只是「理論根基的反省工作」,而更是一種新意,即「古典理念與現代生活如何能相互編織出值得品味與進一步探索的新意涵與新視野」。[58]此類研究的意義從隱喻的觀點賦予傳統思想文獻新的現代生命,即如何藉由隱喻的框架將古典文獻的思想意涵帶入新時代的生活中,賦予新的當代生命。

第三節　問題意識與研究方法

透過前人文獻回顧,大體可知學界目前以隱喻作為研究視角的概況與方興未艾的潮流。本節則進一步提出在前人的研究經驗與基礎下,將如何進行研究,以下分別說明問題意識,研究方法。[59]

一　問題意識——思想與行動的譬喻概念

本書初步篩選三組概念譬喻,作為研究的主軸,同時也是主要問題意識所在。所謂的「概念譬喻」,學者整理其要義說:

---

57 孫式文、鄧育仁:〈身境與隱喻觀點中的創意〉,《中正大學中文學術年刊》16期(2010年),頁141-160;另可參考鄧育仁:〈生活處境中的隱喻〉,《歐美研究》35卷1期(2005年),頁97-140。

58 孫式文、鄧育仁:〈身境與隱喻觀點中的創意〉,《中正大學中文學術年刊》16期(2010年),頁141-160。

59 筆者在此強調隱喻可以作為研究視角「之一」,但不是「唯一」解讀文獻的方法。本書致力於傳統思想文獻的隱喻研究,只是諸多解讀、詮釋文獻的徑路之一,目的並非取替舊方法,而是希望從不同的角度,更多的可能性去理解語言、思想與文化。

概念譬喻理論假設隱喻為一種認知現象。他們在語言上顯現，但是具有認知的基礎。概念隱喻連結兩個概念領域（conceptual domains）：來源域（source domain）和目標域（target domain）。一個概念領域是語意相關的本質、特性和功能之集合。來源域通常由具體概念組成，例如金錢；而目標域則牽涉到抽象概念（abstract concept），例如時間。一般而言，概念隱喻會以大寫字母簡化成簡短的公式 X IS (A) Y，而X表示目標域，Y表示來源域。[60]

因此，以「時間是金錢」（TIME IS MONEY）的例子中，若我們說「我不想再浪費時間了」，「浪費」一詞讓金錢的來源域可以映射到時間的目標域上。我們理解「浪費」在來源域是指「沒有節制、無益的耗費金錢」，從而將其義使用在時間的目標域上，表達「沒有節制、無益的耗費時間」之義。同時，這樣的映射發生在來源域與目標域之間，具有「系統性」，這是兩組概念間跨領域的認知現象，鄧育仁解釋說：

> 隱喻為一跨領域的認知取景，其基本格式可簡易表述為：「由A看待或瞭解B」。其中，A、B表示不同的概念領域（conceptual domains），A為來源域（source domain），B為目標域（target domain），隱喻取景表現在由A所涵蓋的經驗秩序、概念群組及推理形態，跨領域而有所取捨地整頓或瞭解B的經驗秩序、概念群組及推理形態；此有所取捨的整頓或瞭解，由A對應到B的映射佈局說明。隱喻表述係立基於跨領域

---

60 安可思：〈概念隱喻〉，收入蘇以文、畢永峨主編：《語言與認知》，頁62-64。

看待方式下而築構出的隱喻取景，由適合用來表述來源域的語彙群，有所取捨地表述目標域。請注意，隱喻取景一定是有所取捨的整頓或瞭解。如果來源域完全節制目標域的經驗秩序、概念群組、推理形態及表述方式，就沒有必要區分來源域和目標域，也就沒有所謂的隱喻取景。[61]

所以所謂的「系統性」，是指隱喻取景與映射時，是從來源域的經驗秩序、概念群組與推理形態，經過整頓與理解而映射佈局到目標域，所以並非特定單一句子的遣詞用句，而是概念思維間的系統映射關係。概念隱喻中存在一個普遍的守則（general principle），此一原理，「既非英文文法，也非英文詞彙（lexicon）」，而可以說是語言「概念系統的一部分」，也可以說是一個「隱喻的場景」。[62]如引文中所指出的隱喻取景是從來源域的語彙群中，有所取捨地表述目標域，如何整頓，如何取捨，不同的文化乃至不同的思想家可能會有同、有不同，這就成為我們觀察傳統思想文獻時的重點工作。

藉由傳統思想文獻有哪些概念譬喻，而且其在思想層面上特具意義？透過譬喻概念的視角，審視傳統思想文獻時，可以發現許多具有譬喻概念特質的表達。然而限於時力，本書嘗試先以三組隱喻概念進行思想文獻的解讀與討論，並嘗試在分析的過程中，建立一套可行的分析模式與歷程。若有所得，則可以在後續的研究中，繼續進行其他譬喻概念與文本的分析。以下，分兩點說明擇選此三類概念譬喻的主要考量。

---

61 鄧育仁：〈生活處境中的隱喻〉，《歐美研究》35卷1期（2005年），頁97-140。
62 安可思：〈概念隱喻〉，收入蘇以文、畢永峨主編：《語言與認知》，頁63。

（一）與思想有關的身體譬喻

　　譬喻語言學者認為身體／生理基礎是譬喻重要的來源域，而視覺為感官資訊獲得的最主要來源。現代漢語中有許多理解是見、理解是光（光是看見必要的環境元素）的語例、成語，這些語詞帶有傳統文化思維。再者「理解」之義就是思想的一種，所以帶有「看見」相關語詞或篇章，以身體感官「看見」作為具體來源域，映射到抽象思想的「理解」作為目標域，那麼，與看見相關的語詞與篇章，也可能反映了思想家對特定思想的傳達與表現，甚至在此可以看到中國思想家的思維特色。所以「知如見」是最先決定處理的第一組譬喻概念。其次，在感官中選擇與味覺有關的飲食譬喻概念，食物的消化處理過程，常常成為思考的內容物的來源域，而品味一詞更貫穿味覺與思想兩域之間，這是選擇「食物是思想」作為第二組譬喻概念的原因。

（二）從思想到行動的概念譬喻

　　在中國古代思想文獻中，「道」是一個重要的核心觀念字。儒家《論語》有「朝聞道，夕死可矣」[63]、「士志於道而恥惡衣惡食者，未足與議」[64]與「吾道一以貫之」[65]諸說，道家以「道」名家，《老子》有「道生一，一生二，二生三，三生萬物」（42章）、[66]「人法地，地法天，天法道，道法自然」（25章）[67]與「以道蒞天下」（60章）[68]諸說，在在顯示「道」具有豐富的哲學與思想意涵。道的哲學化雖使之

63　〔魏〕何晏注，〔宋〕邢昺疏：《論語注疏》，頁37。
64　〔魏〕何晏注，〔宋〕邢昺疏：《論語注疏》，頁37。
65　〔魏〕何晏注，〔宋〕邢昺疏：《論語注疏》，頁37。
66　〔魏〕王弼等著：《老子四種》（臺北市：大安出版社，1999年），頁37。
67　〔魏〕王弼等著：《老子四種》，頁21。
68　〔魏〕王弼等著：《老子四種》，頁52。

成為豐富的多義詞，也成為思想家研究者競相研究之論題戰場。然而，道的本字原義來自於人行走之路，以譬喻語言學推敲之，則繫連於「旅行」概念域，是一組源於「路徑」的意象基模[69]，稱之為「人生是旅行」的概念譬喻。「人生是旅行」所指為何？人生是一段抽象事件、歷程概念，我們為了表達人生的諸多想法，便常用「旅行」作為概念來源域，中西方都有「生是來，死是去」、「人生諸多險難」等人生是旅行的譬喻。若將中國傳統思想視為人生哲學，在思想的文獻中，以「人生是旅行」檢覈，不僅可以看到關鍵字「道」的表現，道從道路而來，以具體形象的道路為來源域，抽象的人生概念為目標域，同時還可以關照到其他與旅行域相關的字詞，從而有一較全面的「道」的隱喻理解。此外，從語句篇章上下文脈考察，更發現不只是以旅行譬喻人生，更常是特指人生中重要的事件之一——修學的實踐活動。因此本書以「修學是旅行」取代了「人生是旅行」的說詞，目的就是要突顯中國思想在修學實踐上的獨特性。

綜上所述，「知如見」、「食物是思想」與思想內容及思維過程有關；「人生是旅行」與行動有關，以思想與行動的概念譬喻為本書研究的主軸，在研究的主題上雖然不能包括所有的概念譬喻類型，但也具有一定的代表性。故希望從此三類的「概念譬喻」切入，一方面了解此類概念譬喻的意義及呈現方式，另一方面以中國古代思想文獻為主要探查對象，從詞彙、語句與篇章進行分析，期能發現漢語文化中獨特的譬喻特色，同時可開展出傳統思想文獻的新觀察與解讀。

---

69 旅行的概念域在「人生是旅行」的概念譬喻中作為來源域，然其背後還有一「路徑」的意象基模，詳見本書第五章討論。

二　研究方法

　　擇定「知如見」、「食物是思想」與「修學是旅行」三組概念譬喻後，觀察與分析的主要方法有三，一是從二域理論了解所擇取的概念譬喻的運作模式，特別是在詞彙與語句層面．二是結合心理空間等相關理論繼續進行語句與篇章的分析。三是義理的分析，經過從語詞與篇章的分析步驟，最後還是回歸義理思想層面的分析，希望能判別出漢語創意映射背後之文化思維影響因素。

　　譬喻概念在傳統思想的表現及運作的方式，以材料的取得、觀察的方法與理論的來源分為三個層面：詞彙層面、語句層面與篇章層面，如下表所示：

表一　隱喻語料觀察分析的三個層面表

觀察層面／方法	材料的取得	觀察的方法	理論的來源
詞彙層面	資料庫檢索 文本閱讀	詞頻強弱 譬喻的來源域／目標域映射關係 詞彙的組合變化	Lakoff 等認知語言學／譬喻理論
語句層面	資料庫檢索 文本閱讀	譬喻的來源域／目標域關係 語句的融合心理空間	Lakoff 等認知語言學／譬喻理論 Fauconnier 等心理空間理論
篇章層面（包含經典與注疏）	文本閱讀	思想家的隱喻表達，篇章中隱喻所傳達的思想	Fauconnier 等心理空間理論、框架理論觀念史

　　分析的步驟，首先，擇選目標域的關鍵字詞，從上古到中古漢語語料庫中，找到相關的詞彙與語句。從隱喻的觀點，分析特定詞彙詞義延

伸的隱喻現象，可以從中理解概念譬喻在漢語中的表現。例如視覺關鍵字中選擇的視覺動詞如看、觀、望、窺，在語義上各有不同，是眾所皆知者，但在語詞層面的觀察分析，不只是為了區別語義的不同，更要找出它們「取譬」的角度有何區別。了解這個區別的不同，有助於我們在思想文獻中對於思想家使用獨特的視覺動詞時，除了玄深義遠的哲理分析外，還可以找到從譬喻來源上的體會、理解。

　　同時，從中古漢語的語料庫繼續查找相關的關鍵字，因為漢語詞彙的變化特性，此時的雙音詞增加，而其多變組合特性可以發現一些有趣的組合現象。以視覺詞彙而言，在思想文獻中出現的正見、邪見等偏正組合；觀心、觀念等動賓或連動組合。以「觀念」為例，此一詞彙不見於先秦，也不是一個佛經翻譯詞，但是受到佛經思想語言的影響，而匯聚組合在觀看詞義網絡中，成為一個新詞，首見東晉譯經，後大量見於天臺文獻，遂成為重要的思想觀念。天臺宗之「一念三千」、「一心三觀」、「觀現前一念心，即空即假即中」，「觀念」這個詞彙實具有重要的修行關鍵意義。今日之「觀念」義則已無此義，「觀念」後大量出現於清末明初文本，意義是理念、概念、想法，即英文 idea 之義，與中古義有別。由此一方面可以更明顯的觀察到特殊的映射語詞，另一方面也可以看到思想的變化與新文化──例如佛學傳入產生的新詞彙的影響。

　　其次，由於思想家的思想表現，不只是在單句字詞上可以得知其義，有必要從篇章語境的層面再進一步觀察與分析。如學者張榮興所說：「但若沒有顧及語境的功能，其真正的意義是無法建構出來的。」[70]我們必須考慮思想文獻的深義，不會只在語詞層面，往往透過篇章的、段落的語境表達示意。因此，觀察語詞層面後，也必須進一步觀

---

70 張榮興：〈篇章中的攝取角度〉，《華語文教學研究》5卷2期（2008年），頁47-67。

察篇章中的隱喻現象，那麼二域映射的關係之外，在篇章段落中形塑建構的語意與隱喻認知過程，Fauconnier 等學者提出「心理空間」（mental space），[71]提供一種新的分析的工具。「心理空間」指在日常生活中對事物的想像，如對未來的期望、對過去的回憶、對事物的信念等，都是心智運作的模式，也會產生不同的「心理空間」。對應於真實空間（reality space），又稱為基礎空間（base space），心理空間的範圍則有時間心理空間、空間心理空間、活動範圍心理空間與假設心理空間。心理空間的提出，讓我們解讀隱喻現象時，不只注意了二域映射的關係，還可留心於新語義的產生，篇章段落的隱喻意義，不是輸入空間 1、2 的總合或單一方向域映射。Fauconnier 和 Turne 的「空間融合理論」（blending theory）更強調「不同語意間互動所產生出來的新語意結構」[72]，可用以觀察段落篇章中不同的心理空間原本各自的語意，相互之間共同的特徵為何，乃至於融合之後產生了什麼新的語意結構。

　　此外，還可以留心經典的註疏。我們從隱喻映射、心理空間解讀該語句、段落、篇章的認知過程、心理運作的建構與歷程，進一步藉

---

71 Fauconnier, Gilles 等人的理論，參考Fauconnier, Gilles. *Mental spaces : aspects of meaning construction in natural language*. Cambridge [Cambridgeshire], New York: Cambridge University Press, 1994. 與 Fauconnier, Gilles & Mark, Turner. *The Way We Think：Conceptual Blending and the Mind's Hidden Complexities*. New York: Basic Book, 2002.

72 相對於 Lakoff 與 Johnson 的「概念譬喻理論」（conceptual metaphor theory，簡稱CMT）理論框架，Fauconnier, Gilles and Mark Turner 提出的「融合」、「概念融合」（簡稱BT）則成為另一套理論框架。兩者互有同異，相關異同比較的討論參見周世箴，《我們賴以生存的譬喻‧中譯導讀》，頁89-91；理論的引介、名詞中譯等資料參見張榮興：〈從心理空間理論解讀古代「多重來源單一目標投射」篇章中的隱喻〉，《華語文教學研究》9卷1期（2012年），頁3-7；張榮興：〈心理空間理論與《莊子》「用」的隱喻〉，《語言暨語言學》13卷5期（2012年），頁1000-1002。

由相關篇章對應的後人注疏的詮釋,觀察註疏者、解經者在閱讀、解讀文本時側重的角度,乃至於增加的新的心理空間,而在注釋中形成新的融合空間,而有新的語義產生。解經者「述而不作」的詮釋態度,並不是照本宣科,而是在重述中創造新義。所以,本書從譬喻的視角切入,也不在於檢討其解讀是否符合原義、乃至正確與否。而是從注者的「如何」與「為何」產生新義的心智運作層面來解讀。

最後步驟則希望回歸思想與對觀念史的分析,從譬喻語言學的角度,影響譬喻映射的不同表現有一個主要原因就是「文化思想」,那就不只是語詞、篇章層面的分析,有必要進入文化的、思想的層面進行分析與梳理。從思想層面的分析,才能理解,即使是在同一地理區域,使用相同語言,也可能會有不同的文化差異。這才能回答為什麼英漢語的譬喻比較分析,常只能籠統的說,彼是英語的特色,此是漢語的特色。至於特色何在?如何造成?同一用語區何以有不同的語例,如果想要找答案,還是要留意到其中有不同的文化內涵與思想表現。這是繼續進行觀念史分析的原因。以觀念史作為分析,也是回到學術思想的研究本位,以譬喻語言學中分析所得的「知如見」、「修如旅」的概念譬喻,從而建立屬於視覺的、行動的身體觀念史,那麼進一步可以與當代的身體文化研究有一個對話、討論平臺,而不只侷限於證明傳統思想文獻具有譬喻語言學者提出的概念譬喻而已,這也是本書的主要研究目標。

至於在材料選擇與範圍設定上,首先以先秦到中古的語料為主要研究對象,研究範圍暫設為先秦到六朝的儒道部分典籍,以及漢末傳入的佛教文獻,下限約到隋唐之際。在詞彙語句中使用的資料庫

主要是「中央研究院現代漢語語料庫」[73]、「漢籍全文資料庫計畫」[74]、「中國哲學書電子化計劃」[75]，在篇章層面則擇選特定文本進行分析。[76]

第四節　本書的架構與章節大要

本書分為八章，第一章「緒論」說明研究動機、前人研究研究、問題意識與研究方法，以及本書架構與章節大要。

第二章〈「知如見」的概念譬喻與思想旨趣〉。本章聚焦「知如見」的概念譬喻，首先說明西方學者提出的概念詮釋與漢語圈學者的

---

[73] 「中央研究院現代漢語語料庫」（簡稱「研究院語料庫」[Sinica Corpus]）是專門針對語言分析而設計的，每個文句都依詞斷開，並標示詞類。語料的蒐集也盡量做到現代漢語分配在不同的主題和語式上，是現代漢語無窮多的語句中一個代表性的樣本。這個語料庫是由中央研究院資訊所、語言所詞庫小組完成的。該小組由陳克健（資訊所）、黃居仁（語言所）兩位研究員主持，自一九九〇年前後便開始致力於漢語語料的蒐集。（參考資料庫首頁說明：http://app.sinica.edu.tw/cgi-bin/kiwi/mkiwi/kiwi.sh，檢索日期：2015年10月1日）

[74] 「漢籍全文資料庫計畫」的建置肇始於民國七十三年，為「史籍自動化」計畫的延伸，開發的目標是為了收錄對中國傳統人文研究具有重要價值的文獻，並建立全文電子資料庫，以作為學術研究的輔助工具。資料庫內容包括經、史、子、集四部，其中以史部為主，經、子、集部為輔。若以類別相屬，又可略分為宗教文獻、醫藥文獻、文學與文集、政書、類書與史料彙編等，二十餘年來累計收錄歷代典籍已達九百二十五種（新增書目），五億零六十四萬字，內容幾乎涵括了所有重要的典籍。（參考資料庫首頁說明，檢索日期：2015年10月1日）

[75] 「中國哲學書電子化計劃」，該計劃的目的在於開發一個線上電子書系統，試圖將中國的古代哲學書及其相關的原典文獻加以電子化，用交叉索引等技術充分利用電腦的功能，給中外的學者提供更方便的方式來學習和研究這些古書。（參考資料庫首頁說明，檢索日期：2015年10月1日）

[76] 除了第二章與第五章闡述三種概念譬喻的要義，並進行部分篇章的分析外，第三、四章與第六、七章則是擇選佛教經典作為篇章分析的例証。文本的擇選，一方面出於個人研究興趣，另一方面也配合近年參與的研討會徵文範圍。亦期望未來能以此作為研究基礎，繼續將分析與研究範圍擴展至其他文本。

研究情形,接著以古代漢語為研究對象,討論視覺隱喻關鍵詞的搜尋、建立與解讀,呈現古漢語「知如見」概念譬喻類型;最後討論傳統思想文獻中的視覺隱喻,發現儒家的人倫之見與仰觀俯察、道家的玄覽與以道觀之,乃至佛教中的觀慧,分別傳達了文化思想影響下的特殊映射。

第三章〈法界難睹,依觀修之──《華嚴經》「法界觀」的譬喻解讀〉。本章以華嚴經「法界觀」為討論對象,旨在討論《華嚴經》的概念譬喻現象,並聚焦於「法界」與「觀」兩類譬喻類型,探求其中具有《華嚴》特色的修學映射。《華嚴》有「經中之王」之譽,經文詮釋佛法報說法的高妙境界,故有所謂「不讀華嚴,不知佛富貴」之語。不過,《華嚴》的高大深廣,故令人生起「高不可仰」、「深不可測」的敬畏仰慕之心,也可能因此產生望洋興嘆,不知如何理解、不知如何切入之憾!然而,華嚴本意,恐非只單方面開展佛之玄妙不思議境界,其暢述本懷仍在於藉由經教「開示悟入」佛之智慧之海,引人出凡入聖,修證入道。因此,如何將抽象的義理轉化為具體可理解的言語,令聞法眾生開示悟入呢?華嚴經教中大量出現的華喻、海喻、帝網珠喻等「譬喻」當為一重要的傳達管道。譬喻如何令聞修者產生具體實際的身心體驗,進而促成聞思起修的作用?因此,以華嚴法界觀中的譬喻作為探索的對象,分別從「法界」與「觀」在華嚴經教中所出現的譬喻進行分類分析討論。首先,華嚴的法界觀中,不論是真空觀、理事無礙觀、周遍含融觀,乃至事事無礙觀、重重無盡觀,若就哲理探討而言,自可深刻剖析其間義理思維,然而本章的關懷是其譬喻語言的使用。首先,對於法界譬喻中所言之海印三昧與因陀羅網境界,皆是就「喻」而說,此等境界之喻目的在如何借喻而令聽者產生重重無盡之身心感受。其次,「觀」字本義為看見,是一種生理的活動,用於經教,自然已超越生理觀看之義,作為一種「譬

喻」之延伸，此一譬喻表達類同於譬喻語言學所指之「理解是見」。本
章的結論在說明「譬喻」是義理深廣的《華嚴》經教為人所理解的管
道之一。

　　第四章〈凡見浮虛，聖睹真寂——蕭統「凡聖異見」的隱喻解
讀〉。蕭統〈解二諦義章〉，藉由討論二諦而提出凡聖之見不同，可視
為「思如見」的特殊映射例證。前人已從義理、文學的詮釋角度加以
詮釋，本章從概念隱喻的角度嘗試重新梳理，意欲從不同詮釋脈絡中
解讀、理解蕭統「二諦」說，尋求其重讀的可能新義。首先從佛教詮
釋脈絡發展，看到蕭統「二諦」說無法超越前、後學者二諦論述的侷
限；其次從文學詮釋脈絡中發現新的理解可能；接著從譬喻語言學的
觀點，挖掘「理解是見」的隱喻意涵；同時討論蕭統在《文選》編排
與佛學議題討論上，以「觀看」作為隱喻而突顯出來的理解意義，最
後從思想史的脈絡來理解其學說特色。

　　第五章〈「思想是食物」與「修學是旅行」的概念譬喻與思想旨
趣〉。本章聚焦「思想是食物」與「修學是旅行」兩組概念譬喻，首
先說明西方學者提出的概念詮釋與漢語圈學者的研究情形，接著以古
代漢語為研究對象，討論其關鍵詞的詞義群聚與詞彙延伸現象，說明
概念譬喻的共性；最後討論傳統思想文獻中此兩組概念隱喻，發現其
在漢語文化圈中的特殊映射，即可見文化思想的影響與作用。

　　第六章〈雖復飲食，禪悅為味——《維摩詰所說經·香積佛品》
的譬喻解讀〉，本章以《維摩詰所說經》的〈香積佛品〉為討論中
心，探討飲食的譬喻，並藉由東晉僧肇的注文的詮釋觀察時人對該議
題的理解，以及對個人生命學問選擇的影響。本章分為四個部分，首
先，提出問題思考的方向，說明飲食與人的密切關係，以及近來學者
對「禁食」與「饗宴」在宗教文化脈絡下的觀察。其次，說明選擇僧
肇注《維摩詰·香積佛品》作為討論文本的原因，並依〈香積佛品〉

的三個段落分別討論呵食、香積神變，以及回入娑婆的經文與僧肇詮釋意義。接著，以味「道」為焦點，從二域映射與篇章中的心理空間，依序討論飲食譬喻在文本中的作用與意義。最後小結說明本章的研究旨趣與研究意義。

第七章〈朝聖、參訪、修道——《華嚴經·入法界品》的譬喻解讀〉。本章旨在探討《華嚴經·入法界品》善財童子訪善知識以求道的故事譬喻意義。分別從語句、篇章與注疏詮釋者三個層面切入探討。善財童子參學的故事類近朝聖之旅，朝聖之旅的文本或故事中，修行者的求道歷程如同行旅者一樣，以俗世生活為離開的出發點，朝向神聖空間為其目的地、求道歷程中種種的身心遭遇類似於行旅經驗與不同的中途驛站。旅行與求道兩者之間在文本中形成以旅行作為來源域，求道作為目標域的「人生是旅行」譬喻結構，兩者之間有著概念對應的關係。《華嚴經·入法界品》的善財童子不戀慕豐厚的俗世家財，離開家園至莊嚴幢娑羅林中大塔廟處向文殊菩薩求法，故事的起點顯然就是一個典型的朝聖之旅。然而，經文此處之內容不多，經文著墨處是會見聖者後，文殊菩薩指示其續向南行，一路求訪善知識，遍學遍參的故事形成的長篇敘事。而且，參訪的對象，除了少數典型的佛教聖者，多為俗世人物，善財童子的朝聖之旅似乎轉向了返俗之行。從朝聖到返俗，善財童子的朝聖行旅譬喻實有耐人玩味之處。古德已指出這其中內含「歷位圓修」之義，近代學者對於善財童子的參訪善知識的義理也已多有闡述發揮。因此，不先從闡釋即聖即俗、行布即圓融的華嚴奧旨妙義入手，而是先著眼於「求訪善知識」的語言譬喻。指出這個文本奠基於「人生是行旅」的譬喻架構。再進一步從 Fauconnier, G. & Turner, M. 等學者提出的「多空間模式」（many-space model），將善財童子朝聖之旅就著二重「輸入空間」與「類屬空間」以及最終形成的「融合空間」，作較細部的梳理，從而

理解《華嚴經・入法界品》如何藉由善財童子的俗世參學之旅，形塑一種華嚴風格的修學典範。

第八章結論，回顧本書從譬喻語言學的視角，聚焦「知如見」、「思想是食物」與「修學是旅行」等三個概念譬喻，重新閱讀中國傳統思想文獻，觀察詞彙、語句與篇章的概念譬喻之運作模式與特色，發現其共同性與殊異性的表現，對於「文化思想」如何影響譬喻的表達，微有一二新見，可供研究者參考。最後也提出未來研究的展望。

附記

本書為國科會專題計畫「中古玄佛觀看聽聞的隱喻與思維意義」（NSC-101-2410-H-005-048-）計畫成果，謹此感謝國科會經費補助。

本書概念發想自2011年，學人參與周玟慧副教授於東海大學籌組之「有感斯覺」讀書會始，時親聆周世箴教授導讀譬喻語言學妙義，與會學者跨領域熱烈交流。因此得以窺見譬喻新說堂奧，即思自身研究之傳統學術思想與學說應可作研究文本。後陸續撰述與發表相關論文，或於研討會，或收錄於論文集。今聚焦三組概念譬喻，討論古代思想文獻中的隱喻為主題，編撰成書，茲錄曾發表的相關文章記錄於後。讀書會、研討會等主辦單位、與會學者與審者之意見，皆是本書得以成書之增上妙因緣，特此誌謝。

〈論昭明太子〈解二諦義章〉之觀看思維〉，2011年經學與文化全國學術研討會，2011年12月。臺中：國立中興大學中國文學系主辦。
〈青山同眼不同青——從中古視覺詞彙歷時變化談佛教文化的傳承與開新〉，2013年11月，第八屆青年佛教學者學術研討會。香港：香港

中文大學人間佛教研究中心主辦。

〈論僧肇《注維摩詰經》的飲食象徵與文化意涵──以〈香積佛品〉為討論中心〉，2013年12月。

〈華嚴法界觀中的隱喻探義〉，《2014第三屆華嚴專宗國際學術研討會論文集》，2014年10月，頁125-136。

〈朝聖、返俗與修道之旅──《華嚴經‧入法界品》善財童子行旅譬喻探義〉，《2015第四屆華嚴專宗國際學術研討會論文集》，2015年10月。

第二章
「知如見」的概念譬喻與思想旨趣

> 隱喻不只是字詞的遊戲，而是與我們認知活動以及思維運作息
> 息相關的角色，在我們自覺或不自覺的思維活動中無所不在。
>
> 周世箴：〈隱喻是洞察人生奧祕的第三隻眼〉[1]

　　眼睛是人類重要的視覺感知器官，也是吾人獲取資訊的主要認知
來源。除了攝取外物，人們也認為眼睛與心智活動息息相關，如俗諺
說「眼睛是靈魂之窗」，孟子亦言「存乎人者，莫良於眸子。眸子不
能掩其惡」，[2]都說明人們以為作為外部器官的眼睛可以傳達出內心抽
象智覺世界。譬喻語言學者從日常語言現象中發現更多的例證，例
如：

1　周世箴：〈隱喻是洞察人生奧祕的第三隻眼〉，《聯合報》，2006年11月02日。這是一
　　篇兩千餘字的小短文，在報章向大眾介紹《我們賴以生存的譬喻》（*Metaphors We*
　　Live By）一書，指出思維活動中的概念體系多半是譬喻性，由此，我們可以觀察事
　　物、思考生活與產生行動，可見譬喻的重要性，並言簡意賅的指出譬喻的三個重要
　　特性──普遍性、系統性、概念性。解釋「概念性」時提到「《我們賴以生存的
　　譬喻》揭示身體經驗在概念形成中的重要性。此一認識除了有助於瞭解人類思維運
　　作的方式，更有助於瞭解各種文化間的特性與共性，更深入發掘我們的世界」，本
　　節討論的目的即是聚焦視覺譬喻，除了證明身體經驗的共性外，更重要的希望發現
　　造成譬喻差異的文化特性，以及尋找的方法。關於譬喻之普遍、系統性與概念性
　　討論，亦可參見氏著：〈中譯導讀〉，收入《我們賴以生存的譬喻》，頁65-66。
2　《孟子·離婁上》，引自〔漢〕趙岐注，〔宋〕孫奭疏：《孟子注疏》（臺北市：藝文
　　印書館，1979年，影印阮元校《十三經注疏》本），頁134。

I **see** what you're saying.（我明白你的話）

It **looks** different from my point of view.（我的觀點不同）

What is your **outlook**?（你的觀點（看法）是什麼？）[3]

以生理視覺作為來源域，理解思考作為目標域，「see」、「look」與「outlook」則從來源域映射（mapping）到目標域。研究者指透過映射的過程，肉體視覺詞彙的 seeing（看／見）可以規律性、系統的獲得 knowing（知）與 understanding （了解／理解）的意義。

如「我看江山如畫」一語，一般會解讀「江山如畫」四字為典型的比喻，包含喻體、喻詞與喻依的「明喻」。但從譬喻語言學的角度，則會先指出「看」是一個先在的譬喻，從肉體的身體感知域映射到理解、想像域。「見」是譬喻嗎？如何證明它是一個譬喻的語詞，有何譬喻的成分？看見、觀看等視覺動詞可以被看作譬喻的一種表現，顯然其背後譬喻的形成機制與運作方式，與傳統修辭學主張的具有喻體、喻依與喻詞的分析不同。此一「理解是見」的概念想法，學者如何提出？如何證明？如何藉由語料進行分析？此一譬喻式所具有的生理共性與文化差異性為何？都先作說明。

因此，本章聚焦「知如見」的概念譬喻，首先說明此概念的淵源、理論分析與研究現況；其次，討論古代漢語中與眼睛、視覺相關的詞彙與視覺語義詞群，從認知譬喻學的角度討論其轉喻與譬喻如何造成語意延伸，並從中發現「知如見」譬喻概念；最後，以儒釋道三家的思想文獻分析中國古代視覺譬喻的文化特色。

3　此處的三個例子，是Lakoff等人討論日常語言中概念譬喻例證時提出的語例，參見 Lakoff, George. & Johnson, Mark. *Metaphors We Live By*, p48.

第一節 「知如見」的概念譬喻

一 「知如見」溯源

　　雖然一般認為 Lakoff 和 Johnson 主要處理的是一般日常語言（everyday language），[4]但是譬喻的表現，特別是基本概念譬喻，皆早見於古文獻。Lakoff 等提出的「理解是見」與相關概念譬喻式「見解是光」（ideas are light-sources）。[5]此譬喻可追溯其源至柏拉圖的「洞喻」（Plato's Cave Allegory），此指柏拉圖《理想國》的洞穴喻。節選其與視覺、光相關的內容如下：

> （第七卷Z）接著，我說，將我們受過教育及未受過教育的本質與這類的經驗做一比較。注意此例，有些人在地底如洞穴的居所，有條與整個洞穴一樣寬的入口光線由外向內投射，他們從小便在其中，雙腳及脖子皆上枷鎖，所以在那兒只有維持向前方看，他們的頭由於枷鎖的緣故無法轉動；火光是在他們身後上方及遠處燃燒，在火與囚徒之間有條高起的通路，注意沿

4　Lakoff 和 Johnson 最早提議合作要寫的主題就是 "Conceptual Metaphor in Everyday Language"，此篇文章發表後，又繼續擴充成專著。文章參見 Lakoff, George. and Johnson, Mark. Conceptual Metaphor in Everyday Language. *The journal of Philosophy*, 1980, pp.453-486. 兩人合作軼事，參見周世箴：〈中譯導讀〉，收入《我們賴以生存的譬喻》，頁34。

5　參見 Lakoff, George. and Johnson, Mark. *Metaphors We Live By* 第十章，另還有「話語是光的媒介」DISCOURSE IS A LIGHT-MEDIUM. 此三組概念譬喻的中譯參見周世箴譯，頁91-93，並在譯注中簡要指出「知如見」從柏拉圖以來的傳統與學者研究，本章在此基礎上作更進一步的討論與分析。

著它建一道牆,就像變戲法者在這些人面前安置的螢幕,在螢幕上他們展現戲法。……

那麼若有人強迫他看向光,他的**眼睛**會不舒服及轉向逃至那些他**可看之物**,且認為這些事物真的比那些所指的事物更**清晰**嗎?

這個,我說意象,……藉由視力而顯現的區域是與監獄的住處相似,在其中的火光是相似於太陽的能力;可是若你認為向上走及上面的事物是靈魂朝可思的區域的向上之路,你沒誤解我的想法,因為這是你想聽的。想必神祇知道這是否為真;可是這些現象是如此地現身於我之前,在可知的領域中最後被看到的是善的理型而且費力,……在**可見的領域**它生出光及光的力量,在**可思的領域**中它自己是統治者,是真理及理解的供應者,且任何想要在私或公領域上慎行之人皆應有它。

教育不是某些發言者所說的那樣。想必他們說他們將知識置於沒有知識的靈魂中,就像將視力置於**瞎盲的雙眼**中。[6]

---

6 以上所擇錄《理想國篇》譯文,參見徐學庸:《《理想國篇》譯注與詮釋》第七卷(臺北市:臺灣商務印書館,2009年),頁311-317。該譯注根據S. R. Slings 所修訂的希臘文本直譯,可以讓讀者比較接近原文使用的譬喻形式。當卷之中,還有部分與視覺喻相關,備錄於下:「他們與我們相似,我說;因為首先你認為這樣的人會看到自己及對方的任何其他事物,除了那些由火投射在洞穴中於他們正對面的牆上的影子嗎?」「相當必然,他說。那探究,我說,他們從枷鎖及愚蠢中釋放及痊癒,這會是什麼樣子,若這類的事自然地發生在他們身上;當有人被鬆綁而且突然被迫起身及轉動脖子,並走動與向上朝光看,但做這一切他感到不適而且由於炫目的緣故,他們無法看那些之前看它們的影子的事物,你認為他會說什麼,若有人對他說,他之前所看到的都是無稽之物,但現在由於他更接近「是」者及轉向於「是」的事物,他看的較正確,特別是向他指出經過的每一件事物及強迫他回答他是什麼的問題?你不認為他會感到迷惑及認為先前所看之物比現在所指之物更真嗎?」「就像**眼睛**無法以不同於和整體身體一起的方式從黑暗轉向光明,同理須以和整體靈魂一起的方式,這工具從生成事物轉向「是」者,直到它有能力承受觀「是」者及「是」者中最明亮之物;這我們說是善,不是嗎?」

以視覺之能見與否，譬喻人之智慧高下，視覺的轉向意指著靈魂的轉向，視覺的能力反應哲學家「善的理型」[7]，以寓言，以故事的方式緝合在一起。譬喻語言學者指出洞穴喻從身體的視覺投射到思想智慧的內在視覺，確實地反映早期「知如見」的譬喻運作。[8]此外，Lakoff

---

7　徐學庸：《《理想國篇》譯注與詮釋》第八章「太陽喻、線喻、洞穴喻」的詮釋，指出柏拉圖欲說明「善的理型」，而以「太陽」、「線」與「洞穴」三喻以「繞遠路」的方式，傳達「善的理型」的存在，頁589-603。譯者所謂「繞遠路」即是說譬喻，此喻頗妙，不直說義理似為繞遠路，但哲學家為什麼選擇繞遠路的迂迴方式呢？徐文比較三個譬喻相關議題後指出：「若這個詮釋成立，更可見柏拉圖深厚的修辭學實力，我們閱讀時是以一個愈來愈具象的方式接受一有本所欲傳達的訊息。換言之，作者柏拉圖，藉由這個三個譬喻，逐漸加重形象化的描寫來說服讀者：真理的追求要超脫經驗，以靈魂之眼直觀，此一修辭法的運用，在洞穴喻上達到頂峰」，頁602。詮釋雖然以為太陽喻、線喻及洞穴喻是三個獨立的譬喻修辭，是三則各自獨立的譬喻與故事，為了同一目的而存在：闡述善的理型是智性成長的終點。但在文中曾製圖說明它們的關係，備錄於下：

太陽喻		線喻			洞穴喻	
善的理型	可思領域	辯證	理解（noēsis）（A）（D）	知識（epistēmē）	倒影所對應之真實事物及太陽自身	光源：太陽
		數學	思想（dianoia）（C）		洞穴外水中的倒影	
太陽	可見領域	經驗事物	看法（pistis）（E）	信念（doxa）	囚徒背後牆端的偶像	光源：火炬
		影像	臆測（eikasia）（B）		牆上影像	

詮釋者為哲學研究者，並未從Lakoff等人的譬喻語言角度立說，但圖表所示的可視領域與可思領域，是從哲學分析的角度觀察所得，恰恰與Lakoff等語言學者提出的來源域與目標域相仿，這或也可以證明譬喻並非修辭表達層面而已，實是涉入文化思想的認知層面。

8　學者從認知語言學的譬喻觀點研究柏拉圖「洞喻」者，可參見田海平：〈柏拉圖的「洞穴喻」〉《東南大學學報（哲學社會科學版）》2000年02月，頁16-21；田海平：〈光源隱喻與哲學的敘事模式〉，《人文雜誌》2002年4期，頁12-17；肖會舜：〈《理

等人也從「知如見」的角度分析笛卡兒的哲思。[9]即使是主張身心二元的哲學家，他的語言同樣也充滿了以身喻心的譬喻模式。

二　運作方式與建構過程

Lakoff 和 Johnson 分析「知如見」的運作方式如下：[10]

> Subjective Judgment: knowledge
>
> Sensorimotor Domain: Vision
>
> Example: "I *see* what you *mean*."
>
> Primary Experience: Getting information through vision

視覺作為來源域，是人類基本的感知域，由此域中的看、見、眼等語詞映射到目標域，是一個從「感覺」到「感知」的跨領域映射關係。我們可以系統的從生理的、肉體的「視覺」來源域獲取對「理解」「知覺」目標域的概念理解。當代學者Sweetser Eve的研究對此譬喻的建構過程與語義延伸有深入研究。[11]中文方面，曹逢甫等人的《身

想國》中「洞喻」的教化意含〉，《內蒙古師範大學學報（哲學社會科學版）》2009年01月，頁91-95。高秉江：〈柏拉圖思想中的光與看〉，《華中科技大學學報（社會科學版）》2013年03月，頁36-41。

9　參見Lakoff, George. & Johnson, Mark. *Philosophy in the Flesh :the embodied mind and its challenge to Western thought*, pp.391-397, 該書第19章，該章以"Descartes and the Enlightnment Mind"（笛卡兒的啟蒙之心）為題目，討論Descarts運用的「知如見」譬喻。

10 Lakoff, George. & Johnson, Mark. *Philosophy in the Flesh :the embodied mind and its challenge to Western thought*, New York: Basic Books, 1990, pp.53-54.

11 參考Sweetser, Eve. *From Etymology to Pragmatics: Metaphorical and Cultural Aspects of Semantic Structure*. Cambridge : Cambridge University Press, 1990.

體與譬喻——語言與認知的首要介面》討論人體外在部位、內在器官的概念譬喻時，對於漢語「眼」（文言「目」）作為換喻（metonymy）、[12] 譬喻（metaphors）的投射現象與譬喻用法，討論了視覺感官詞的譬喻延伸與聯覺（synaesthesia）現象。以下簡要討論眼與視覺各種換喻、譬喻與譬喻延伸的情況。[13]

1 換喻

首先，就「眼」作為身體外部器官產生的「換喻」，曹逢甫指出：

> 和英文 eye 相對等的漢語字有二個：一是「眼」，一是「目」。文言用法「目」只在某些特定的成語中出現。「眼」的一般換喻用法是以身體部位代表它的功用；也就是說，「眼」常用以表示「視覺、視力」。[14]

---

12 metonymy 亦譯為「轉喻」。曹逢甫指出換喻是「以部分代全體（舉隅法），以身體部位代身體功能，以生產者代產品，以受事者代表使用者，以控制者代表被控制的，以機關團體代表所屬的人，以位置代表機關團體，以場所代表事件等」，而所謂的外在身體（如頭、眼、口等器官）部位的換喻除了可以以身體部位代表身體功能之外，還有以部分代全體的用法，參考曹逢甫等著：《身體與譬喻》，頁12、16。換喻（metonymy），也有學者稱為「轉喻」，周世箴指出「（轉喻類型是）以實物為基礎的經驗提供轉喻運作的基礎。轉喻概念牽涉到直接的身體聯繫或自然聯想，其基礎比譬喻概念的基礎更易被覺察。轉喻概念或由兩個實體存在經驗的相互關係中湧現（如部分代全體、物件代使用者等），或由一個實體存在物（如地點、單位）與某些被譬喻為實體存在物的對象（事件、單位具體負責人）之間的相互關係中湧現。轉喻概念使我們得以藉由某一事物與其他事物之關係而將此事概念化」，參見氏著：〈中譯導讀〉，收入《我們賴以生存的譬喻》，頁107。詳細的論點則可參考 Lakoff, George. & Johnson, Mark. *Metaphors We Live By.* 一書第八章、第十二章。

13 此處的分類主要參考曹逢甫等著《身體與譬喻》一書，再輔以相關的語料與較詳細的說明。

14 指出的例句有「眼尖」、「眼花」、「眼明手快」等，參見曹逢甫等著《身體與譬喻》，頁17。

轉喻的使用是以部分代全體，決定何種部位器官代替全體，最常考量的是該器官的「功能」，例如「隔牆有耳」，是一句以部分代全體的成語，指說話要小心內容外洩，否則會被其他人聽見談話內容。[15]以耳代替偷聽話的人。小心說話內容外洩，因傾聽的感官來自耳。同理，眼的相關轉喻用法，都是與眼的視覺功能有關，例如「眼尖」指的是主事者的眼光銳利（視覺能力），如《紅樓夢》中有「鳳姐兒眼尖」、「鴛鴦眼尖」[16]都是指其人很快看見某事物，從視覺功能上取譬，以身體部位代替身體功能；相反的，「眼花」則是指主事者看不清楚的狀態，如《紅樓夢》中也有「我眼花了，也沒看見奶奶在這裡」、「我眼花了，沒認出這姑娘來」[17]，也是以身體部位代替主事者視覺功能的作用。凡此，譬喻語言者將之統歸為換喻，也稱轉喻。

2 「眼」的投射

　　眼作為身體外部器官的譬喻來源域，映射的運作與其他器官一樣，約可分為兩大類，一是具體事物的投射，一是譬喻義的衍生。[18]這裡先討論具體事物的投射。「眼」的投射來自於兩個生理特性，一

---

15 如《管子・君臣下》：「古者有二言：牆有耳、伏寇在側；牆有耳者，微謀外泄之謂也。」語出〔唐〕房玄齡注：《管子》卷11，《四部叢刊初編》（上海市：商務印書館，影印宋刊本1919年），頁264。

16 《紅樓夢》第47回：「鳳姐兒眼尖，就先瞧見了，使眼色兒不命他進來」、第71回「鴛鴦眼尖，趁月色見準一個穿紅裙子梳鬅頭高大豐壯身材的，是迎春房裏的司棋。」。見〔清〕曹雪芹著，馮其庸校注：《紅樓夢校注（第二冊）》（臺北市：里仁書局，1984年4月），頁720、1115。

17 見《紅樓夢》第29回與54回。見〔清〕曹雪芹著，馮其庸校注：《紅樓夢校注（第一冊）》，頁485與第二冊，頁840。

18 參考曹逢甫分類，他討論了頭／腦、眼、耳、口、臉、手、背、腿、腳，整理出外在身體部位的投射依據，主要分為形狀、位置及功能。參見曹逢甫等著：《身體與譬喻》，頁16-30。

是從外觀形狀取譬，一是從功能取譬。相關的語例如下：[19]

    a 「颱風眼」：颱風的中心區域。風力微弱、天氣良好，此區域近乎圓形。

    b 「泉眼」：泉水湧出的孔穴。

    c 「肚臍眼」：臍帶脫落後在腹部所留下的痕跡。

    d 「炮眼」：指掩蔽工事的火炮射擊口或用來裝炸藥的洞孔。

    e 「單眼相機」：一種單鏡頭反射式照相機。

    f 「電眼」：一種電子管。是一種含對光線敏感物質的真空管或充氣管。

語例中 a 到 d 都因為「眼」的外觀形狀特徵而得以映射、投射到具體事物的目標域上，e 則是兼具了形狀與功能，至於「電眼」一詞，曹逢甫書中定義為電視監視器，因為監看的功能而得以投射，但從電眼的實物照片上來看，應也可以包括外觀形狀，因為作為電眼的監視器形狀實類似於眼球。但辭典中的「電眼」卻非監視器之義，而是一種感光的真空管。那麼，語例f的「電眼」就不是以功能取譬，而是因為其外觀形狀。從語例的判讀中，也可以了解譬喻運作時，映射的關係來自於兩域之間某一相近的特質。

3 「眼」與「視覺動詞」譬喻延伸

接著，討論眼與視覺的譬喻延伸。最主要的譬喻現象是「視覺範域」與「智慧範域」成系統的映射、對應關係。從譬喻理論出發，探

---

19 以下語例中，颱風眼、泉眼、肚臍眼、電眼為曹書中例，餘從教育部重編國語辭典修訂本錄出，並全部附上解釋，以見其義。

討英文與印歐語言中的感知動詞（perception verbs）的重要學者是Sweetser, Eve，她解釋「知如見」譬喻的運作與意義說：

> 此譬喻大致是建立在於視力與知識的強烈連結，及視覺範域與智慧範域所共有的特性——集中心智及視覺的注意於監聽心智及視覺的刺激——上的。[20]

同理，在漢語中可見視覺動詞規律地投射到智慧、知識乃至行為（控制）範域中，從「現代漢語平衡語料庫」中輸入眼或視覺動詞，即可得到為數不少的例句證明，以下簡要條列數例，如：[21]

> a. 有什麼辦法能開拓他們的心胸**眼界**呢？
> b. 重讀歷史，譖彈不論，真要令人**眼界**一開。
> c. 如此較易以欣賞的**眼光**去看待不同的人。
> d. 因為我們是過來人，更應該感同身受，不要用中年的**眼光**來看青少年。
> e. 我們且摘一段他自述中童年的一段來**看**。
> f. 你太**看得起**他，才會把他當敵人。
> g. 未來選舉建立一個典範，不但在亞洲，甚至全世界都**看得起**我們。
> h. 歐美諸國曾經以他們擁有過的富足繁榮**輕視**我們，如今他們自己卻屈服於本身想像不到的都市貧窮。

---

20 Sweetser, Eve. *From Etymology to Pragmatics: Metaphorical and Cultural Aspects of Semantic Structure.* Cambridge: Cambridge University Press, 1990. 中譯參考曹逢甫等著：《身體與譬喻》，頁23、38-39。

21 以下語例檢索自「中央研究院現代漢語語料庫」，檢索日期：2015年8月10日。

i. 因為只是教授知識學科的教育制度輕視人文素養的薰陶，所以培養出來的只是一群急功近利。

j. 過年的意義，就是要我們回顧過去的一年，是否好好利用了自己的人生歲月。

k. 希望藉由研討會帶動校園內新生代對臺灣學研究的回顧與展望。

l. 他放心不下的交代著，「關於公車問題，要盯著三科科長，如果有麻煩，可以找……」。

m. 把這些都加進去。他盯著我寫完，說：「現在簽上你的名字。」

n. 君在人民監督之下，如果不能盡他為君的責任，人民可以放逐他。

o. 林務局仍派卅五位工作人員留守監控，此次火警面積共達廿多公頃，損失則正估計中。

p. 因藉著良好血糖控制及口腔內的嚴密評估監視以降低感染的機會是預防牙周併發症的最主要方法。

　　依學者分類與漢語語例，對於「知如見」的概念譬喻約可分為三大類型，第一類是與知識、洞察相關，例如語例中 a.、b.、c.、d. 中的「眼界」、「眼光」，在字詞上以眼睛搭配範圍、光線等語詞來表達對於事物理解的能力與程度；第二類是從肉體視覺譬喻心智視覺，例如語例 e 到語例 k，不論是看、看得起、輕視、回顧、展望，原來都是從肉體視覺而來，但實際上的語義已遠超過肉體看見之義，是指心智對事物的理解、判斷或覺察，後者的語義實屬抽象，不易表達，所以借由肉體的視覺詞彙，這些視覺動詞也從來源域映射到目標域，成為譬喻詞彙，其詞義也有了新的擴展與延伸，故稱為譬喻延伸或詞義延伸。第三類的譬喻延伸與行為控制有關，例如語例中的 i 到語

例 p，文字中帶有「目」、「皿」與視覺相關部件的動詞，原義都與肉體視覺有關，延伸出人類行為上的盯、監視、監控，這可能因為盯、監視、監控等行為，多數是透過視覺活動達成，所以選擇了與視覺相關的字眼作詞義的延伸。[22]

上敘三類譬喻延伸，歸納為下圖示，說明「知如見」的概念譬喻：

表二　「知如見」概念譬喻映射表

類型	來源域	映射運作	目標域
	視覺範域		智慧範域 行為範域
類型一	肉體的視覺	觀看的能力品質／智力的能力判斷	知識、洞察力
類型二		觀看的能力角度／理解的能力角度 例：觀點、目光焦點、回顧	心智視覺
類型三	視覺的操作	看的方式／監視、監察、監督、盯、看	控制行為

三　視覺譬喻研究現況

透過現代漢語資料庫，對照譬喻理論，可證明漢語「知如見」的譬喻運作存在。學者繼續從認知科學、認知譬喻理論，分析漢語視覺詞彙的延伸與譬喻運作，現已有不少成果。以其切入角度、研究議題與特色不同，略舉三種類型如下：

---

22 此指監看、監察等人類活動，主要是透過視覺功能，但也不完全都是，例如監聽與聽覺有關，也因此必須加以「聽」字來達意。

其一,學者著眼於視覺外部器官——眼、目的研究,如覃修桂〈「眼」的概念隱喻——基於語料的英漢對比研究〉[23]一文,與王茂、項成東〈漢語「眼」、「目」的轉喻與隱喻〉一文,[24]他們的研究多指出英漢語在視覺器官的轉喻現象與譬喻投射上,具有大同而小異的特色。

其二,學者著眼於視覺動詞的概念隱喻研究,如吳新民〈漢英視覺動詞概念的比較研究〉,發現視覺會向「心域」、「物質世界域」、「社會關係域」與「其他心理知覺域」延伸映射,[25]研究所得的結論也指出「英漢語在知覺域的概念隱喻基本一致」;[26]此外馮英等學者合編的《漢語義類詞群的語義範疇及隱喻認知研究》系列叢書,[27]是以譬喻認知的方法,將漢語分為幾大義類,進行詞組的語義範圍與隱喻認知研究,首冊中以「心詞群」、「目詞群」、「口詞群」、「足詞群」與「水詞群」等漢字部首作分類,討論該詞群中單音詞、雙音詞、合成詞等詞彙的構詞特性、隱喻特性與認知基礎等議題。

其三,學者著眼於視覺動詞的多義詞(polysemy)研究,如江佳芸對「眼」的研究,[28]與陳秀君、高虹等人對「盯」字的分析。[29]值

---

23 覃修桂:〈「眼」的概念隱喻——基於語料的英漢對比研究〉,《上海外國語大學學報》5期(2008年),頁37-43。

24 王茂、項成東:〈漢語「眼」、「目」的轉喻與隱喻〉,《外國語言文學》3期(2010年),頁153-158、216。

25 吳新民:〈漢英視覺動詞概念的比較研究〉,《濟寧師範專科學校學報》2006年第4期,頁59-62。

26 吳新民:〈漢英視覺動詞概念的比較研究〉,《濟寧師範專科學校學報》2006年第4期,頁62。

27 參見馮英等:《漢語義類詞群的語義範疇及隱喻認知研究(一)》(北京市:北京語言大學出版社,2009年3月)出版第一冊,收錄心、目、口、足、水、艸、糸、犬等詞群;爾後於2010年、2011年又陸續出版第二冊、第三冊,分別收錄辵、肉、木、風、火、玉等詞群。

28 江佳芸:〈從隱喻延伸看多義字的詞義認知——以「眼」字為例〉,Proceedings of 12th Chinese Lexical Semantics Workshop,頁222-231。

得注意的是歐德芬對「看」的深入析論,其研究從博士論文《現代漢語多義詞「看」之認知研究》到近年兩篇討論「看」語義的期刊論文,[30]是比較深入而具系統的從認知語言學的角度分析視覺動詞──「看」。其研究成果將前人繁複的「看」之義項歸納為七個義項。[31]並援引認知語義學理論,分析視覺歷程與視覺動詞義項和隱喻的關係。此多義詞的分析,實有助於我們深入理解視覺動詞的譬喻 形成。

　　以上的研究,一方面指出英漢語視覺譬喻有「大同小異」的現象;另一方面顯示視覺詞彙「多義詞」的現象。其中認為值得深入與開拓的研究議題有二:其一,針對「小異」而言,小異如何異?若說小,只是詞彙差異或投射視角略有不同,則是小;但若是文化思想的差異,則不可謂小,值得繼續深入研究。其二,針對「多義詞」而言,前人研究主要指出視覺單一詞彙的多義現象,但視覺詞彙的詞彙類聚現象,及其所形成的詞義場,是一個值得開拓的研究領域。同時,不論是視覺詞彙的文化探義或詞義場建構,從現代漢語出發,往上溯源都有其必要性。因此接下來的兩節分別從古漢語詞彙與篇章切入討論。

29 陳秀君、高虹:〈隱喻理論下的語義演進──以現代漢語視覺詞「盯」為分析〉,proceedings of 12th Chinese Lexical Semantics Workshop, 頁92-98。

30 歐德芬:《現代漢語多義詞「看」之認知研究》(臺北市:國立臺灣師範大學華語文教學研究所博士論文,2012年);〈多義詞義項區別性探究──以感官動詞「看」為例〉,《華語文教學研究》10卷3期(2013年),頁1-39;〈多義感官動詞「看」義項之認知研究〉,《語言暨語言學》15卷2期(2014年),頁159-198。

31 歐研究指出「看」之七個具區別性獨立義項,分別是觀看義、探望義、診治義、觀察義、見義、取決義及認為義。其中「觀看」義為原型義項。出處同前註。

第二節　古漢語詞彙的「知如見」

　　本節先說明譬喻的詞彙往往帶有文化基因，因此往上溯源有其必性；接著討論相關視覺詞彙類聚、詞義延伸與組合現象，用以了解古漢語中獨特的視覺隱喻詞彙。

一　譬喻的文化基因與溯源必要

　　透過觀察現代漢語的眼與視覺感知動詞的語意延伸，可發現基於生理共性而與英語乃至跨文化語言共享的「普通譬喻」。然而，語料庫與詞典中也有一些專屬於漢語的視覺譬喻語彙與成語，例如「慧眼」、「天眼」、「青白眼」、「玄覽」、「觀察」、「觀念」等詞語；「仰觀俯察」、「以管窺天」與「明心見性」等成語，如何分析這些詞彙，固然可以遵循上節語言學者的分析方法，指出它們是屬於投射或詞義延伸，多半也能得出是經過視覺範疇與智慧範域跨領域映射後，所得到的譬喻表達詞彙或成語。但若進一步追問，何以是以「慧」、「天」與「眼」組合，「玄」、「覽」如何組合成詞？「仰觀俯察」為什麼與身體的、視覺的高低姿勢結合成特定的成語，似乎就要考察其後的文化淵源。

　　以「觀察」為例，從字面上分析，觀是觀看，察是考察。若從譬喻的角度分析，則可說觀、察作為視覺動詞，從視覺範疇到智慧範疇，產生映射的作用。此如視覺「思如見」的例證，說明譬喻有其共性存在。然而，「觀察」一詞，考察其語詞淵源，卻可得到豐富的文化訊息。「觀察」在以單音詞為主的上古漢語中並不多見，僅有《周

禮‧地官‧司諫》：「巡問而觀察之」一例[32]，有觀察、考察百姓生活
之意。所以唐宋諸道設觀察使，明清沿用其名稱，稱各道道員為「觀
察」，然而，《易傳》一書中，觀察兩字雖未成詞彙組合，但與俯仰、
上下、天地緊相連於上下句、前後文中，別有意趣，〈繫辭〉曰：

> 古者包犧氏之王天下也。仰則**觀**象於天。俯則**觀**法於地。**觀**鳥
> 獸之文。與地之宜。近取諸身。遠取諸物。[33]

《易‧賁卦‧彖傳》亦曰：

> 剛柔交錯，天文也。文明以止，人文也。**觀**乎天文，以察時
> 變；**觀**乎人文，以化成天下。[34]

此處說「觀」天文，透過對外在世界的現象審視明思，從有所感，有
所覺，進而有所悟之中，可以體察時變；進而觀看人文世界的現象，
而能達化成天下之功。戴璉璋先生即將此章視為足以代表中國傳統儒
家天人交感、天人相應的人文特質。[35]從人文學的角度，解釋《易傳》
「仰觀俯察」的活動，反映出中國傳統儒家天人交感、天人相應的人

---

32 《周禮‧地官》一例據檢索「中研院上古漢語語料庫」所得（檢索日期：2015年8
月10日）。然而其他語料庫尚有《孔叢子》二例：「衛出公使人問孔子曰：「寡人之
任臣，無大小，一一自**觀察**之，猶復失人，何故？」答曰：「如君之言，此即所以
失之也。人既難知，非言問所及，**觀察**所盡。且人君之慮者多，多慮則意不精。以
不精之意察難知之人，宜其有失也」（據「中央研究院上古漢語標記語料庫」檢索
所得，檢索日期：2015年8月10日）。不過《孔叢子》有偽書與時代先後的質疑，故
取「上古漢語語料庫」所得資料為主。

33 〔魏〕王弼，〔晉〕韓康伯注，〔唐〕孔穎達等正義：《周易正義》，頁165。

34 〔魏〕王弼，〔晉〕韓康伯注，〔唐〕孔穎達等正義：《周易正義》，頁62。

35 戴璉璋：〈關於人文的省思〉，《政大中文學報》第12期（2009年12月），頁1-14。

文特質。而此一人文特質，是藉由觀看外在世界——仰觀天文、俯察
地理，從而確立而人的感知、存在的積極意義。[36]可見此一「觀察」
詞彙，雖是一譬喻詞，但它傳達的抽象思考義涵，遠遠超過一般知識
的思維，而具儒家人文思維的深遠文化意義。如同蘇以文所說：

> 是否所有的隱喻……都是基於我們的經驗，而所以是全體人類
> 一致的嗎？那也不盡然。在每一個文化裡，都會有這個文化所
> 重視或偏愛使用的隱喻，是別的文化或語言社群所沒有的。舉
> 例來說，傳統的中國社會一般相當重視的一個隱喻是：沈默是
> 金。而這也在某一程度上反映了這個語言社群的思維模式。這
> 樣的思維模式，和西方社會所強調主動積極的想法，可謂大相
> 逕庭。由此我們可以看出，我們所使用的隱喻，並不只是隱喻
> 而已，其背後所代表的，可以是某一個語言社群或**文化的行為
> 或思維模式**。[37]

由此看來，許多視覺詞彙都有其背後的「文化」性，姑且稱為「文化
基因」。當然，我們的文化基因與文化特質，不會只有文中所言的
「沈默是金」，我們也很難以一兩個成語去界定該文化的思維特質。
所以進行文化溯源的考察，還是有其意義的。因此進行文化溯源的工
作，一方面可知出處來源，如「仰觀俯察」是《易傳》之語、「玄
覽」來自《老子》、「以管窺天」是《莊子》的寓言故事、「青白眼」

---

36 尚可參考《易・觀卦・象傳》的「大觀在上，順而巽，中正以觀天下。觀，盥而不
薦，有孚顒若，下觀而化也。觀天之神道，而四時不忒，聖人以神道設教，而天下
服矣」，其義更明。參見〔魏〕王弼，〔晉〕韓康伯注，〔唐〕孔穎達等正義：《周易
正義》，頁59。

37 蘇以文：《隱喻與認知》（臺北市：國立臺灣大學出版中心，2005年），頁12。

語出《晉書‧阮籍傳》指人之特殊處世性格、「慧眼」、「天眼」與
「明心見性」等詞彙則來自佛教經典。另一方面也是對承載著文化基
因的詞彙、語句,分析考察其背後所承載的豐富思想。[38]以「仰觀俯
察」為例,觀察雖作為視覺詞彙,是視覺範疇跨域映射到智慧範疇的
例子之一,但其中卻帶有漢語獨特的文化與思想,亦即認知語言學者
提出的「創意表述」(elaboration)或「創意延伸」(exlending)[39]。

　　因此,從漢語中尋找「思如見」的概念譬喻,除了證明「普遍譬
喻」(universal metaphors)存在,尚有一重要的任務,即如何發掘具
漢語文化特殊性的創意映射。目前學界以視覺作為來源域的相關譬喻
研究,著墨於普遍譬喻者為數甚多,但發掘漢語文化特殊性者較少,
如何找到漢語文化的特殊映射?並能予以適當的解讀?筆者以為回溯
至古漢語的詞彙、文句乃至篇章中「知如見」譬喻運作處,當是可行
的探察管道。下文即從兩個方面尋找其特殊性:一方面尋找具哲理性
的視覺詞彙,並觀察其詞彙延伸、類聚與組合現象,解讀漢語視覺詞
彙的文化特殊性;另一方面就思想篇章的上下文脈中,推敲中國思想
文獻的視覺隱喻特色。

---

38 文章此處僅先徵引出處,語詞內涵於第三章說明。

39 譬喻語言學家主要以文學材料為觀察對象,提出「創意延伸」、「創意表述」、「創意
　拼合」與「創意質疑」等四種日常譬喻的詩性運作。周世箴指出「創意延伸」
　(Extending)指「將常規日常譬喻在文學情境作創意改造的一種方式,開發來源域
　中新(未採用過)的概念成分,由新的語言手段表述常規概念成分譬喻」;「創意表
　述」(Elaboration)指「將常規日常譬喻在文學情境作創意改造的方式,將來源域原
　存成分以跳脫慣例的方式來創意表述」。以上說法參見氏著:〈中譯導讀〉,收入
　《我們賴以生存的譬喻》,頁61。在本章中,以思想文獻為材料,亦可得到類近的
　譬喻運作。

二　視覺詞彙類聚與詞義延伸

　　從思想的角度來看視覺詞彙的研究，亦可視為「觀念史」的研究方法，[40]與過去思想史整理觀念字的研究略有不同。最大的不同是過去觀念字研究多半以名詞為主，特指帶有特定思想色彩的詞彙作為研究對象，如「理」、「天」、「道」、「氣」或「自然」等字詞的研究。[41]其主要的工作方法是從單一名詞作為切入，例如以「仁」、「理」、「氣」為關鍵字，搜尋學派或學者的文本作品，就其中出現「理」字的文句，進行統計、整理與分類，從而說明此一字詞在該學派或學者的思想意義。然而，若採用此方法進行視覺譬喻的研究，首先產生的研究難題即是關鍵字的擇選。觀看，作為人體感官的首要活動，牽涉了能觀看的主體、所看的對象與觀看的動作。「觀看」的主體，包括能看的人、神經與器官；被看的對象包括具體可視的物體或物件；觀看的動作即視覺動作，如看、見、視、窺、觀、顧、察等。簡言之，並沒有一個單一的關鍵詞可以含括所有觀看的意義，如何找出對應的關鍵字，或者找出可供概念研究的關鍵詞彙，無非是此觀念史研究入門的第一個「難題」。

40 本書提出視覺詞彙研究的方法，從思想史的角度，可能較接近金觀濤、劉青峰、鄭文惠等人所謂的觀念史研究。金、劉兩人在歷史學界，以「關鍵詞」為核心，利用「數據挖掘」（data mining）方法，進行的政治領域觀念史研究，已有諸多研究成果，可參考金觀濤、劉青峰：《觀念史研究：中國現代重要政治術語的形成》（北京市：法律出版社，2010年12月）。相關導論介紹，參見鄭文惠：〈從概念史到數位人文學：東亞觀念史研究的新視野與新方法〉，《東亞觀念史集刊》1期（2011年12月），頁47-54。

41 例如張立文先生主編之《道》（北京市：中國人民大學出版社，1989年3月）、《氣》（北京市：中國人民大學出版社，1990年12月）、《理》（北京市：中國人民大學出版社，1991年11月）等專著，收於《中國哲學範疇精粹叢書》三書，以單一關鍵字作為特定某範疇的分析主軸，分析歷來哲學家、派的哲學義理。

　　此一關鍵字擇選的難題，嘗試解決方法有二，一從認知語言學者的研究成果中汲取經驗，[42] 一是從哲學文獻的資料中比對。首先，以認知語言的方法，考察現代漢語「知如見」概念譬喻的，其對視覺關鍵字的研究有兩類，一是外部器官以「眼」為主、「目」為輔；一是著力於視覺動詞的分析。從「思如見」的譬喻運作來看，這兩類的視覺詞彙的確常常居中扮演了跨域映射角色。

　　若要建立資料庫檢索的關鍵詞組，第一類「眼」、「目」，因為字詞量少，建立搜尋都較為容易。但第二類「觀看動詞」卻會產生第二個研究難題。觀察前人研究中視覺動詞的擇選標的範圍，或是僅集中於一、二視覺動詞，特別是集中於「看」或「見」為主的討論；或是以「目」字部首部件匯集上百個與視覺相關的詞彙群。但具有哲思意義的視覺關鍵字，在過少的選擇標的中，必然被排除在外；而在過多的選擇標的中，則淹沒於詞彙群。因此，檢索過程的適度的擴大標的是必要的，然而也必須進行篩選。如何從繁雜的觀看動詞中篩選出具有哲學義理特質的觀看詞彙？我們先以學者整理出的目動詞群為關鍵詞，[43] 在以哲學思想類為主的古籍資料庫檢索、統計與整理，[44] 則可先得出「見」、「觀」、「視」、「顧」、「察」、「望」等字，不但詞頻較高，而且語義延伸較廣，往往已有較大量的例子，顯示其從視覺範域投射到智慧範圍。[45] 以下略為說明其義。

---

42 如前文「視覺譬喻研究現況」所示者。

43 此處先以王鳳陽《古辭辨》「目動詞」類目所錄之字為基礎，其目動詞錄有：見、相、觀、視、顧、察、審、望、臨、睹、示、瞻、覘、瞋、省、閱、瞠、窺、眄、覽、念、覷、看、矚、瞪、瞬、瞥、盼、睇、睐、覢、伺、偵、眺、瞭、眷、諦、想等。參見氏著：《古辭辨》（長春市：吉林文史出版社，1993年6月），頁20。

44 此部分的統計只能先據資料庫的初步檢得資料作詞頻統計，未作詳盡的版本與內文校訂，暫不宜公開。選擇的哲學文本以先秦至漢朝的經籍為主。

45 擇選標的的多寡，成為視覺關鍵詞的研究藝術。過少，則見樹不見林；過多，是見林不見樹，也許，先選擇部分壽命長久的參天古木是可行的作法。

　　以眼目為例，其本義為視覺器官。上古漢語以「目」為主，「眼」字後出。「目」有轉喻的用法，以目代人，如《周易・小畜》：「夫妻反目」[46]以目代能力；如《左傳・僖公》：「耳不聽五聲之和為聾，目不別五色之章為昧」。[47]譬喻延伸則如《孟子・離婁》：「聖人既竭目力焉，繼之以規矩準繩，以為方員平直，不可勝用也」，[48]目力指心理視覺，有洞察明辨之義。上古漢語以「目」為主，「眼」字少用，中古後有詞彙更替的現象，[49]「眼」因轉喻與譬喻作用而延伸出的詞義增多，轉喻中用於人名的如《魏書》出現的「楊大眼」、「傅豎眼」[50]，譬喻投射在具體事物的如俗語「四眼龜」、「鵝眼錢」[51]；至於跨域到智慧範疇的映射則有佛教的「五眼」，指五種智慧。

　　又如「觀」字，藉由目動詞為關鍵字所搜得的結果，某些視覺詞彙具有特殊的詞義，而不僅僅只是一般的觀看而已，則可視其譬喻延伸的情況加以判斷。以下以《論語》所搜出的語料為例說明：

1. 子曰：「父在，**觀**其志；父沒，**觀**其行；三年無改於父之道，可謂孝矣。」（《論語・學而》）[52]

46　〔魏〕王弼，〔晉〕韓康伯注，〔唐〕孔穎達等正義：《周易正義》，頁39。

47　〔晉〕杜預注，〔唐〕孔穎達正義：《左傳正義》（臺北市：藝文印書館，1979年，影印阮元校《十三經注疏》本），頁257。

48　〔漢〕趙岐注，〔宋〕孫奭疏：《孟子注疏》（臺北市：藝文印書館，1979年，影印阮元校《十三經注疏》本），頁124。

49　古漢語「眼」、「目」的詞彙組合與更替，參見周玟慧：《中古漢語詞彙特色管窺》（臺北市：萬卷樓圖書公司，2012年8月），頁130-131；周玟慧：〈從「眼」「目」歷史更替論南北朝通語異同〉，《中國語言學集刊》第六卷第一期（2012年8月），頁25-45。

50　〔北齊〕魏收：《魏書》（臺北市：鼎文書局，1981年，金陵書局本）卷8，頁197、卷8，頁214。

51　〔梁〕沈約：《宋書》（臺北市：鼎文書局，1981年，金陵書局本）卷28，頁801、卷75，頁1963。

52　〔魏〕何晏注，〔宋〕邢昺疏：《論語注疏》，頁8。

2. 子曰:「視其所以,**觀**其所由,察其所安。人焉廋哉?人焉
廋哉?」(《論語・為政》)[53]

3. 子曰:「禘自既灌而往者,吾不欲**觀**之矣。」(《論語・八
佾》)[54]

4. 子曰:「人之過也,各於其黨。**觀**過,斯知仁矣。」(《論
語・里仁》)[55]

《說文》:「觀,諦視也」,「諦,審也」,[56]指對於所看之事物仔細詳察
之義。從觀的字形字源來看也本有此義,觀從雚,雚為水鳥之一種,
以鳥專注的注視為其構詞根據。然而,《論語》的這四個例子中,
例 1 的「觀其行」與例 2 的「觀其由」,是觀看人的行動,例 3 的
「不欲觀」是不再看典禮、禮儀的進行,或還可以說是肉眼視覺所
見,但例 1 的「觀其志」與例 4 的「觀過」,人的心志與過錯的都不
是具體肉眼所能得,或有人辯駁,過錯是看得見的,然而仔細分析,
肉眼所見是人的行為、行動,是非對錯則是經過心智簡別過的結果。
顯然的,這些不只帶有肉眼觀看之義的觀看動詞,正是搜尋的對象,
在這些視覺詞彙中,挾帶了思想的特殊意涵,對之進行搜集分析,正
是思想史上視覺思維的語料來源。這些源自於身體肉眼,但又不僅限
於肉眼觀看之詞的「視覺動詞」,語言學者稱之為視覺詞彙「譬喻
義」的衍生,從「譬喻」的角度加以理解,並指出在西方即有「知即
見」的長遠傳統。透過「譬喻的衍生」的理解,在思想文獻中尋找具
有思想意涵的視覺關鍵字,是可行的方法。

---

53 〔魏〕何晏注,〔宋〕邢昺疏:《論語注疏》,頁14。

54 〔魏〕何晏注,〔宋〕邢昺疏:《論語注疏》,頁27。

55 〔魏〕何晏注,〔宋〕邢昺疏:《論語注疏》,頁37。

56 〔漢〕許慎,〔清〕段玉裁注:《說文解字注》(臺北市:洪葉文化事業公司,1999
年),頁412。

以上的討論，可以說明詞彙類聚與詞義延伸時，轉喻與譬喻所產生的作用，及扮演的重要角色。也說明從語料庫中搜出關鍵字詞後，須就其思想義理作判斷的必要性。

三 視覺詞彙的雙音組合

此外，因為漢語的發展，具有從單音詞走向複音詞的特色，故於中古漢語資料庫進行關鍵字搜索時，可以得到另一種語言現象，即帶有視覺詞彙的雙音組合，如以「觀」為例，有「思觀」、「止觀」、「觀念」、「正觀」、「諦觀」、「受觀」、「自觀」、「所觀」、「相觀」等組合；以「見」為例，有「望見」、「會見」、「正見」、「邪見」、「慧見」、「諦見」、「知見」，如果從譬喻的認知語言學角度說，都可以說是譬喻的衍生。以「觀」字成詞的雙音組合為例，研究者指出其變化、發展現象：

> 上古時期「觀」詞的雙音組合僅有16條例，6個義位，發展至中古則有1920筆條例，13個義位，為中古「觀看類」詞頻最高，構詞能力最強的雙音組合。[57]

雙音組合中，有一新生組合詞「觀念」，本文以此為例說明雙音組合的特色。透過現代數位資料庫的檢索與時地確認，[58]觀念最早見於西

---

57 郭琳琳：《中古「觀看類」常用詞雙音組合研究》（臺中市：東海大學中國文學系碩士論文，2015年），頁149。郭文注意到「觀」字的特殊性，但因研究取向以語言學為主，未及考量到思想層面，只以論文主要選擇的視、看、見、睹、瞻、顧、觀、察、望等九個觀看動詞作並列雙音組合，而未能看出正觀、觀念、觀想等具有思想意涵的詞彙。

58 參見法鼓佛教學院數位典藏組（Digital Archives Section of DDBC）製作之CBETA

晉竺法護的《修行道地經》的譯文中。在六朝的文獻中尚不普見，到了隋唐則大量見於佛教文獻中。觀念一詞，在今日的詞典解釋中說：「佛教語，對特定對象或義理的觀察思維。[59]其他二義解釋為思想知識與觀點概念，已是現代漢語的用法。而觀念一詞，實為觀察心念。如《雜阿含經》：「謂身身觀念處，受、心、法法觀念處」[60]與《阿毘達磨大毘婆沙論》：「四念住，何等為四，謂於身循身觀念住，乃至於法循法觀念住」。[61]至於中國發展出來的天臺觀法，觀現前之一念，一念三千之意，則更具有從觀看引申至修行實踐之意。

綜上所述，除了譬喻的觀點之外，雙音詞在六朝的特殊組合形態及其詞義所形成的視覺詞彙詞義系統，可說是第二種找到具有思想意涵的視覺關鍵字的方法。

第三節　思想文獻中「知如見」的詮釋

對於視覺的詞彙進行考察後，再依此置諸傳統儒釋道三家思想文獻脈絡中，視覺動詞表達肉眼視覺外，的確成系統的映射到精神活動的智慧範域中。我們先擇選儒釋道三家中重要的典籍為考察文本，經分析整理與考察其視覺詞彙在篇章中的意義。所得結果除證明三家文本都有「知如見」的概念譬喻同現外，更發現與視覺詞彙相關的語句、篇章，恰恰好傳達兩種相對的概念，此處姑且先稱其為視覺之

Lexicon Tool http://140.112.26.229/cbetalexicon/range.py?term=%E8%A7%80%E5%BF%B5（檢索日期：2015年8月10日）。

59 出自《漢語大詞典》「觀念」詞條。詞例舉唐魏靜《禪宗永嘉集·序》：「物物斯安，觀念相續，心心靡間，始終抗節。」又唐宋之問〈遊法華寺〉詩：「觀念幸相續，庶幾最後明。」

60 〔劉宋〕求那跋陀羅譯：《雜阿含經》，《大正藏》冊2，No.99，頁139a。

61 〔唐〕玄奘譯：《阿毘達磨大毘婆沙論》，《大正藏》冊27，No.1545，頁936。

「劣義」與「勝義」。以下略陳各家對於視覺劣、勝義的詞義衍生。關於視覺的劣義衍生，是該視覺詞義傳達的語義較為負面或是具貶抑義；勝義的衍生則是指該視覺詞義傳達的語義，傳達了與精神的修養、生命的粹鍊與轉化有關的智慧能力。

一 儒家的視覺文化義

孔子回答顏淵問仁說：「非禮勿視，非禮勿聽，非禮勿言，非禮勿動。」[62]指出修仁的先要條件之一即是對於視覺動作與對象的限制。以具有禁止、禁令的「勿」去限制「視」（視覺的活動），暗指對於視覺肉體原始經驗的不全然信任，以為必須透過「禮」的節制與教化。孟子發揮其義，回答公都子大人、小人之辨時說：「耳目之官不思，而蔽於物，物交物，則引之而已矣。心之官則思，思則得之，不思則不得也。此天之所與我者，先立乎其大者，則其小者弗能奪也。此為大人而已矣。」[63]孟子的這段話，點出了幾個議題的討論。第一，耳目感官與外境相接觸，攝取外境時，是「物交物」的狀況。耳目是一種「不思之物」，境有「引之」（牽引）的作用，倒不是說外境具有主動牽引的能力，而是強調在耳目攝取外境時，是隨順外境。何以會隨順外境呢？孟子言外之意是在人們見聞外物時，易受外物引誘進而追逐耳目之娛，所以要在本能之感官追求上，再立一個能思然否，有「惻隱」、「羞惡」、「辭讓」、「是非」四端之「道德心」。「心之官」具有「能思」的作用，思則得，不思則不得。孟子以「先立乎其大（即心）者，則其小（即耳目）者弗能奪也」為大人之學，在此他

---

62 〔魏〕何晏注，〔宋〕邢昺疏：《論語注疏》，頁106。
63 〔漢〕趙岐注，〔宋〕孫奭疏：《孟子注疏》，頁204。

確立了一種對耳目感官的基本立場，道德修養是大人之學，而耳目感官是從屬關係，大者（即心，即道德）先立乎其前，小者（即耳目感官、肉體感知）是從之而後，大者為先為優，小者為後為劣。孟子這種觀念，形成了一種詮釋的傳統。後來儒家學者對於肉體感官的質疑與不信任，形成了一種獨特的詮釋傳統。從「非禮勿視」到「耳目之官不思」，即儒家視覺劣義的詮釋傳統。

　　此外，再論視覺勝義的詮釋傳統。對於視覺的詞彙與思想進行考察時。除了看見的原型義外，儒家經典中對「見」的詮釋，文化影響力已略見端倪。依《周禮‧春官》所載諸侯見王之禮：「大宗伯以賓禮親邦國，春見曰朝，夏見曰宗，秋見曰覲，冬見曰遇，時見曰會，殷見曰同」。[64]「見」之字義的區分在中國儒家禮樂制度中具有重要的人文倫常分際的文化意義。[65]如前文討論《易傳》「仰觀俯察」之觀看本義與延伸發展的人文意義，即可視為儒家觀看人文思維的典型代表。中古仰觀俯察的詞彙大量出現在諸子典籍中，《文心雕龍‧原道》所謂「仰觀吐曜，俯察含章」；[66]不過，此時也出現其他的「仰觀」義涵，如《魏書‧管輅》指輅自幼便喜仰天文，及長「果明周易，仰觀、風角、占、相之道，無不精微」。[67]此間視覺動詞所指涉的精神層面義涵，已從人文化成的角度，又轉而為觀象卜筮之道，與前述參天地之化育的人文勝義有別。

64　〔漢〕鄭玄注，〔唐〕賈公彥疏：《周禮注疏》（臺北市：藝文印書館，1979年影印阮元校《十三經注疏》本）卷18，頁275。

65　「見」（觀看）文化的隱喻，來源域是看見，但投射域卻是國家的禮儀、國家的秩序。前者是身體感官具體之事物，後者是抽象的意義，藉由隱喻而具體傳達出的一種思維。

66　〔梁〕劉勰、詹鍈義證：《文心雕龍義證》冊上（上海市：上海古籍出版社，1989年），頁4。

67　〔晉〕陳壽撰，〔南朝宋〕裴松之注：《魏書‧管略傳》卷29，頁811。

二 道家的視覺文化義

不論是從先秦始倡，或是發揚到中古，與儒家並足擅場的老莊道家，也有其特殊的觀看性。老子一方面反對視覺的過度享樂，故言「五色令人目盲」；但道家一方面也應用視覺詞彙作為體道的重要動詞，如其言「滌除玄覽」[68]、「致虛極，守靜篤。萬物並作，吾以觀復」[69]。此皆可看出老子視覺的劣、勝義。關於勝義之說，《莊子・秋水》有所謂「以道觀之」之說，如何以道觀之，略舉其一寓言之譬喻說明：

> 匠石之齊，至乎曲轅，見櫟社樹。其大蔽牛，絜之百圍。其高，臨山十仞而後有枝。其可以為舟者旁十數。觀者如市，匠伯不顧，遂行不輟。弟子厭觀之，走及匠石，曰：「自吾執斧斤以隨夫子，未嘗見材如此其美也。先生不肯視，行不輟，何邪？」曰：「已矣，勿言之矣！散木也，以為舟則沈，以為棺槨則速腐，以為器則速毀，以為門戶則液樠，以為柱則蠹。是不材之木也，無所可用，故能若是之壽。」匠石歸，櫟社見夢曰：「女將惡乎比予哉？若將比予於文木邪？……故不終其天年而中道夭，自掊擊於世俗者也。物莫不若是。且予求無所可用久矣，幾死，乃今得之，為予大用。使予也而有用，且得有此大也邪？且也，若與予也皆物也，奈何哉其相物也？而幾死之散人，又惡知散木！」[70]

---

68 〔魏〕王弼等著：《老子四種》（臺北市：大安出版社，1999年），頁7。
69 〔魏〕王弼等著：《老子四種》，頁13。
70 〔清〕郭慶藩集釋，王孝魚點校：《莊子集釋》卷2，頁170-172。

寓言中眾人圍觀，弟子厭觀（飽觀之義）、匠石不顧（顧有回顧、回
看之義）的語言表述，都與觀看有關，而這三種觀看，指向同一櫟社
古樹，而眾人觀者如市的熱鬧圍觀，與受過職業訓練，從功利實用角
度出發的弟子、老師卻顯示出不同的觀看情緒，正在學習階段的弟
子，初看這樹，覺得非常值得玩賞，說「自吾執斧斤以隨夫子，未嘗
見材如此其美也」，感嘆從未見過，所以飽觀一番後才趨赴早已前行
的老師。匠石何以不顧，是因為知其不材。接來下匠石一連串的批評
散木之語，無非是對弟子再教育，要弟子改觀之，從匠石累積的工匠
經驗與智慧來看（理解）這株古木，實無可觀、實無可用。最後，櫟
木入匠石夢，陳述己志的內容應該可以說是第四種觀看，如果前三種
都是由「他觀」之，這櫟木之語，就是一段「自觀」的剖白。自觀即
自我理解透過自觀之語，也是莊子藉由寓言要傳達的思想見解——如
何能無用於世而保其天年，才是真正的觀看之道，此即道家的觀看勝
義之說。

　　又如《莊子》內篇〈大宗師〉有「見獨」一語。該文藉南伯子葵
問女偊「道可得學耶」，「自稱聞道」的女偊答以一段修道的歷程，
其曰：

> 我有聖人之道而無聖人之才，吾欲以教之，庶幾其果為聖人
> 乎！不然，以聖人之道告聖人之才，亦易矣。吾猶守而告之，
> 參日而後能外天下；已外天下矣，吾又守之，七日而後能外
> 物；已外物矣，吾又守之，九日而後能外生；已外生矣，而後
> 能朝徹；朝徹，而後能見獨；見獨，而後能無古今；無古今，
> 而後能入於不死不生。[71]

---

71 〔清〕郭慶藩集釋，王孝魚點校：《莊子集釋》卷3，頁252-253。

「見獨」一詞，本身很難理解其義，雖然「見」字，根據上文以來的譬喻背景知道，肯定必為從視覺範域跨域映射到智慧範域的詞彙，但從未在古漢語資料庫出現其他類同的語例，可視為一種特殊譬喻之「創意表述」（elaboration）與「創意拼合」（combining）[72]。放在莊子詮釋的脈絡中，也不是一般智慧範域所指，而是莊子特有的文化思維。[73]

三　佛家的視覺文化義

若說儒道各有視覺的劣、勝義之說，那麼佛家的五眼之喻，更巧妙的將劣勝義之層級差別細細區分出來。《大智度論》將凡夫到佛不同生命形態所具有的視覺能力，區分五等：肉眼、天眼、慧眼、法眼、佛眼[74]，即是以眼喻智慧。依學者研究視覺譬喻義的衍生現象，指出這是「視覺動詞總將心智活動的抽象意義彰顯出來」的現象，此類譬喻「大致是建立於視力與知識的強烈連結，及視覺範域與智慧範域所共有的特性」[75]。

五眼的劣勝義別，更深深的扣緊了生命情態的修養與轉化：凡夫之肉眼「見近不見遠，見前不見後，見外不見內，見晝不見夜」[76]，以是之故求「遠近皆見，前後、內外，晝夜、上下，悉皆無礙」的天眼，而天眼卻也有「不見實相」之病，復求「不受一切法，智慧自內

---

72 參見周世箴：〈中譯導讀〉，收入《我們賴以生存的譬喻》，頁61。

73 此段莊子注：「郭司馬云：朝，旦也。徹，達妙之道。李云：夫能洞照，不崇朝而遠徹也。」當所遇而安之，忘先後之所接，斯見獨者也。夫至道凝然，妙絕言象，非無非有，不古不今，獨往獨來，絕待絕對。睹斯勝境，謂之見獨。故老經云寂寞而不改。」

74 《大智度論》卷33，《大正藏》冊25，頁305。

75 參見曹逢甫等著：《身體與譬喻》，頁22-23。

76 以上兩句引文參見《大智度論》卷33，《大正藏》冊25，頁305。

滅」的慧眼，再求「知一切眾生各各方便門」之法眼，終而求「無事不知，覆障雖密，無不見知；於餘人極遠，於佛至近；於餘幽闇，於佛顯明；於餘為疑，於佛決定；於餘微細，於佛為麤；於餘甚深，於佛甚淺」[77]之佛眼。一切法，佛眼常照的視覺勝義，所透顯與指涉的心智的視覺，深具生命轉化與智慧提升的旨趣。

中古之際，除有儒家的「觀察」、道家的「玄覽」之外，也有佛教的新生的種種與視覺有關的詞彙，大大的擴增與豐富視覺詞義場的內涵。「觀」作為佛教哲學的重要關鍵字，蔡耀明申明其義言：

> 觀（毘婆舍那、洞察禪修），相當於梵文的vipaśyanā，來自動詞字根（觀看）之陰性名詞，加上接頭音節vi-（分辨、辨明）。vipaśyanā（insight; insight meditation; clear-seeing; seeing deeply）字面的意思大致為觀看、觀察。如果將vipaśyanā放在禪修的脈絡，其作用主要就在於強化心態的觀察品質，而非僅止於依賴信念、概念、或推理。[78]

將「觀」解讀為「洞察禪修」，可見佛教視覺詞彙背後承載的文化意涵。蔡氏的研究更進一步指出，此「觀」法所涉及的念住、止、觀、靜慮等持等禪修活動，乃是一種「心身觀照」與「心態鍛鍊」，涉及

---

77 《大智度論》卷33，《大正藏》冊25，頁305。

78 蔡耀明：《佛教視角的生命哲學與世界觀》（臺北市：文津出版社，2012年4月），頁171。文中也繼續指出對「觀」的三個面向解讀，其言「就此而論，如下的三點，尤其值得重視。首先，vipaśyanā強調現前知覺的觀察，走到前線，進行第一手的生命經驗之觀察，而且進行觀察的時候，單純地觀察，盡可能不將信念或概念挾帶入場。其次，vipaśyanā將能觀察的一方、所觀察的一方、以及觀察的程序相互搭配地設置為一套運轉的系統，既非片面地切割為對象化的觀察，亦非隔絕為獨我式的觀察。第三，vipaśyanā將觀察所及的系統，不僅力求突破組合的表層而清晰地觀察進去，而且力求突破歷程段落的端點而深入地觀察進去。」

的不只是靜態的知識、智力領域，而是具有歷程性的，動態的修學領域。蔡氏又言：

> 如果從心身安頓的角度探討佛教禪修，雖然禪修既非直接在使心身安頓，亦非主要在追求心身安頓，只要順著禪修的理路確實地做下去，心身安頓乃水到渠成之事。關鍵的要領在於，藉由念住、止、觀、靜慮、等至、等持等禪修課業，專精於心身觀照與心態鍛鍊，從而開發心態活動的內涵之品與運作能力，包括清明、覺察、安住、平靜、專注、洞察、深沈、寂靜、清淨、平等、抵達、專一、持住。就這樣，一方面，不必由於追逐生命世界褊狹的對象物而追逐在生死輪迴的流程；另一方面，憑藉所練就的心態工夫，將調正的心路歷程，切換為高超導向的修行道路。藉由生命歷程浮現的任何的心身組合，持續禪修，而且持續行走在修行的道路，則生命歷程所浮現的心身，即持續安頓在生命實現的修煉與度化。[79]

由此可見，置放在念住、止、觀、靜慮、等至到等持，一連串的佛教修學脈絡中，這些字詞形成了新的一組佛教特有的智慧、修學概念範疇，視覺詞彙「觀」跨域的投射進來，延伸出來的新語義，則如實的反映佛教特有的智慧、修學文化。

綜上簡引儒道釋三家的視覺代表詞彙，可以看見觀看一詞在各自文化中的重要性，乃至關於德性、心性的實踐要義。而觀看的角度、實踐的方法亦各有所重、各有其義，各自成趣。

---

79 蔡耀明：《佛教視角的生命哲學與世界觀》，頁185。

第四節　漢語文化的視覺體驗

　　以上由視覺詞彙、認知隱喻語言的剖析，觀察「知如見」隱喻在中古的發展與演變。透過這些中古文獻的記錄，了解此一隱喻的發展演變，可以作為探索人們的理解與思想的發展變化。由此觀察到文本中對人類所謂的「觀看」做深層思考，不只是停留於感官表面的觀看，而是對觀看進行深度的哲學省思與省考。[80]正如同 Lakoff 從「自我理解」的觀點解釋譬喻的特殊性時說到：

　　　　搜尋個人譬喻去凸顯我們的過去、目前的活動以及夢想、希望
　　　　與目標等等以求相合。大部分自我理解就是搜尋恰當的個人譬
　　　　喻去明白人生意涵。[81]

---

80 關於視覺的重要性，尚可舉一補充於此。卡佳・絲爾薇曼（Kaja Silverman）在《世界的觀看者》（*World Spectators*）章節之一〈銀河〉，開宗明義即比較了觀看與語言在認知與表達層次上的優先序列。其言：「透過觀看，我們說出了慾望的語言。我們屬於欲力驅動的語言行為（libidinal speech）通常多由影像構成，而非文字。但是，就時間上與情感上而言，觀看比語言發生的更早。不僅因為我們說話之前，就已經開始看見事物，更是因為某種特定而迫切的視覺經驗，使得我們轉向語言，尋求表達。正是因為我們渴求將已經看到的，以及希望看見的，帶入意識的層次，文字才因而產生；若非如此，這些經驗都將永遠停留於我們的知識之外。這種視覺模式對於我們習慣採用的理體中心思維造成的挑戰，不應該被簡化而企圖僅僅以影像取代文字。因為，視覺模式所做的發言，與文字所使的發言，是完全不同的。語言的能指基本上是封閉的；語言不會在情感轉移、文字能指，或是世界的層面持續轉移展開。然而。知覺的能指則是開放的，可以在情感、知覺能指，以及世界層面繼續移動。此種差異，使得事物的出現基本上是屬於視覺的活動，而非文字的活動。」〈銀河〉一文由劉紀蕙譯，收入劉紀蕙主編：《文化的視覺系統Ⅱ：日常生活與大眾文化》（臺北市：麥田出版社，2006年），頁211-238。

81 《我們賴以生存的譬喻》，頁337。

因此不論是先秦依禮制將見延伸為「朝、宗、覲、遇、會」等字群，或是老子提出的「致虛寂，守靜篤」的觀復之道，玄學中的「玄覽」，乃至佛教的「正見」、「邪見」、「觀念」、「一心三觀」「事事無礙法界觀」，其實都是一種根基於「視覺」的「創意譬喻映射」。這些映射，成為後人得以重新理解、重新認識，乃至深入視覺活動的創意管道。

此外，本章的撰作，除了了解漢語文化圈特殊的視覺隱喻外，也希望藉由中國傳統思想文獻中對視覺的隱喻，重新思考視覺的體驗意義，可在當代學科間進行跨域對話。視覺感官，因為作為訊息接收器，是人類認知活動重要的基礎，自然也成為不同學科可以對話的平臺，所以本書中首先選擇「視覺」作為討論的對象，是研究感官族群議題的起源點。[82]若參照當代其他學科的視覺研究，如醫學界或科技界的視覺研究成果，或許可以凸顯人文視覺的研究意義。

不同的學科對於「視覺」的研究如何？在此略舉與人類最密切相關的醫學與科技資訊為例，述其研究的趨勢與意義。在醫學方面，美國化學家沃爾德（Wald George）致力於眼睛在視覺過程中的生理與化學機制的研究，他發現了視網膜中由特殊色素組成，該色素的蛋白質與視醛的分合變化，與外界明暗有關，視醛的健全與否則與維生素A密切相關，因此發現了維生素A與夜盲症的關係，以此獲得一九六七

---

82 選擇「視覺」作為討論與研究感官議題的起源點，意指並非限於視覺研究，甚至在許多研究成果指出「聯覺反應」，感官間彼此有關連性，而是作為研究的起跑點。此是根據腦神經學者的研究，一般情況下（排除盲人或視覺功能不全者），人進行認知活動時，視覺部分的神經、腦神經是最活躍的（盲人的實驗也可以提出另類的看法，只有在視覺功能喪失的人，認知活動由其他感官取代時，在腦神經相對應的部分相形才活絡起來），這是腦神經科學給予的證明；此外，語言學者也藉由統計，發現我們的熟語之中，以五種感官部位與功能作分別統計，視覺部分與功能是感官中的首位。因此，促成筆者以視覺作為研究的起點。

年諾貝爾醫學獎殊榮。另外一組與視覺有關的諾貝爾醫學獎是一九八一年，由史派利（R. W. Sperry）、胡伯爾（D.H. Hubel）和威舍（T. N. Wiesel）共同獲得。他們或是透過視覺實驗發現了左右腦不同的功能與身體活動，或是深入理解大腦神經處理視覺訊息的方式。透過動物實驗證明小動物初生的數星期具有「決定期」的重要影響意義。[83]若說諾貝爾獎反映了學術發展的潮流與承繼，以及當前學術發展的主流趨勢[84]，或許可以說發現了視覺在醫學界的研究意義。或以醫療為取向，針對人類視覺病變或功能喪失提出治療或改善的方法，尋求病理的治療技術之突破與改進；或是從腦神經科學的角度，針對視覺活動進行更精深的探討與研究，用以解開人類得以看見的神祕之窗。

再就科技方面來看。科技的研究目的常是希望帶給人類更便利的生活為前提，暫且不論其研究室內的成果，光看研究出來的成品或者是即將面世的成品，即令人目不暇給。以科技界領頭羊之一的 Google X 實驗室（2012年研發經費達68億美元）推出的 Google 眼鏡（Google Project Glass）為例，實驗室延攬華盛頓大學電氣工程教授 Babak Parviz，透過其發表之相關論文中「增強現實的頭戴式顯示器（Head-mounted display, HMD）技術，實際研發出一種內置電子元件的隱形眼鏡，從而將圖像投影到佩戴者的眼睛上的裝置，因其獨創性、獨特性，Google Project Glass 也被時代雜誌選為二〇一二年最佳發明之一。雖然面臨著損害視力或是侵犯隱私權的質疑，研究者 Parviz 仍希望人們了解該項發明的宗旨與目的在於「讓人們能夠迅速而無障礙地獲取知識，從而『徹底改變了解事物的意義』」[85]。

---

83 諾貝爾獎得主相關資訊，參見http://www.nobelprize.org/（檢索日期：2013年10月17日）。

84 周成功：〈諾貝爾獎札記〉，《科學人》2004年，第34期12月號。

85 Google Glass 相關資訊，參見 Tsukayama, Hayley (5 April 2012). "Google's Project

　　在醫學與科技領域中，以求好、求快、求便利為訴求的研究趨向，是該領域的研究趨勢，我們也必須承認，它的研究影響所及不只是在該領域的學術殿堂中，且更深廣的滲入了我們的日常生活中。身為人文研究者，當我們的眼睛出了毛病，還是會去眼科尋求診治，或者因用眼過度，也經常服用葉黃素以補救。同時，日常生活也使用手機、智慧手機，或者是利用 google 地圖。所以醫學、科技帶來的無遠弗屆的影響力，是有目共睹的。所以本章撰寫作用意並不在於反駁或與科學研究對立，而是在「視覺」這個生理性的平臺上，進一步去思考。在研究的取向上，除了醫學、科技思維追求「更好、更快、更便利」之外，身為人文學者，是否對於人類的視覺，可以提出不同取向的看法，而這些看法，可以讓我們在追求「更快、更好、更便利」一片倒的趨勢，產生反思，提出不同的生活選擇。[86]治眼疾之餘，對於視覺疾病可能再有不同的看法。

　　本章的最後，以佛教一則寓言故事作結。《百喻經》中有一則五通仙之眼喻：

Glass engineers: Who are they?" *The Washington Post*.; "Best Inventions of the Year 2012 - Google Glass". Time Inc. 23 November 2012. Retrieved 24 November 2012.; Bloomberg Businessweek（商業週刊／中文版）http://read.bbwc.cn/NC8zOi8zMzQwMw%3D%3D.html（檢索日期：2013年10月17日）。

86 如中研院院長翁啟惠所言：「但科技的進步也可能帶來不幸，例如，生技的發展可帶給人類健康，但也可發展生物戰劑。放射性同位素的發現，帶來核能發電的新技術，但也被用於發展毀滅性之武器。石油的開採，帶來新能源，但也因此造成二氧化碳排放量的增加，以致破壞環境並且造成地球之暖化。因此，科學工作者在追求科技的創新及應用的過程，絕不能忘記對人文及環境的關懷及提升文化價值的社會責任。」「學術研究與社會責任」，余紀忠講座致詞全文，2009年6月。（http://www.sinica.edu.tw/manage/gatenews/showsingle.php?_op=?rid:2391，檢索日期：2013年10月17日）

> 昔有一人，入山學道得五通仙，天眼徹視，能見地中一切伏藏
> 種種珍寶。國王聞之，心大歡喜便語臣言：「云何得使此人常
> 在我國不餘處去？使我藏中得多珍寶。」有一愚臣輒便往至，
> 挑仙人雙眼持來白王：「臣以挑眼，更不得去，常住是國。」
> 王語臣言：「所以貪得仙人住者，能見地中一切伏藏，汝今毀
> 眼，何所復任？」世間之人亦復如是，見他頭陀苦行山林曠野
> 塚間樹下，修四意止及不淨觀，便強將來於其家中，種種供
> 養，毀他善法，使道果不成，喪其道眼，已失其利空無所獲，
> 如彼愚臣唐毀他目也。[87]

故事中，仙人獲得天眼通，可徹見一切伏藏珍寶。國王想要分得其利
益，遣人去求人，但愚昧的臣子卻只取了「眼」來，眼去人亡，留下
無限憾恨。因為，真正的天眼通，不是肉眼，而是心眼。人文經典智
慧所傳達的，常常是心盲之病遠甚於眼盲之患。可以修鍊與轉化的，
從來不是肉眼，而是心靈的智慧之眼。[88]

　　本章所揭示為詞彙層次與語句層次中的「見如思」概念譬喻的意
義與研究方向。接下來的兩章，則從文本篇章層次分析「見如思」概
念譬喻在經典中的運作與意義。

---

87 〔南朝齊〕求那毘地譯：《百喻經》卷2，《大正藏》冊4，頁548。

88 〔後秦〕鳩摩羅什譯：《大智度論》，《大正藏》冊25，頁416-417。

第三章

法界難睹，依觀修之
——《華嚴經》「法界觀」的譬喻解讀

　　「法界觀」為漢傳佛教《華嚴》祖師所示，為闡明《華嚴》境界及其修法之要。所謂法界觀，即《法界觀門》中所提出的「真空觀、理事無礙觀、周遍含容觀」，後智儼有十玄門之說，圭峰宗密則衍為「四法界觀」（事法界、理法界、理事無礙法界、事事無礙法界）。此法界觀諸說，皆陳示法華奧義，實為佛陀等覺普賢大士等佛家賢聖所證所知之境界。此一境界，對並無法身大士實證經驗的凡夫而言，絕對是一個陌生而無法感受、感知乃至體解的境界。經教中如何傳達這些「非共享經驗」（unshared experience）？此法界為何？此觀為何？如何應用譬喻以傳達意義、產生理解？本章以譬喻語言學的角度去分析、理解《華嚴》經教中所出現的「法界觀」。主要想探討的問題是，《華嚴》經教中「譬喻」如何運作？如何以譬喻的方式令閱聽者對「非共享經驗」產生理解？而最後也必須回答《華嚴》經教所創造的「法界觀」譬喻，在傳播法義的成功與侷限之議題。以下先以華嚴名句作譬喻分析之例，再就「法界」喻與「觀」喻進行譬喻的探索之路。

第一節　《華嚴》名句的譬喻分析

　　「古人云：『不讀《華嚴》，不知佛家富貴』」。這句古德名言，成為一般人談到《華嚴經》常引用的一句話，意在為彰顯《華嚴》經的重要性與豐富義理。此語最早可能出自唐代圭峰宗密法師（784-

841），稱《華嚴》「稱性備談十身威雄，若不讀《華嚴經》，不知佛富貴，為欲顯斯果德，故說《華嚴》大經十種因緣，皆應一一隨其本因」[1]；宋永明延壽法師（904-975）也有此語：「十地菩薩示受佛職位，如來十號是佛職，不讀《華嚴經》，焉知佛富貴。此一真心，可謂富貴，可謂尊極。」[2]顯然的，視世間富貴如朝露泡影的佛教祖師，不當也不會以財貨豐富或是名位尊貴實指或牢籠《華嚴》境界。若依一般修辭討論，此可劃歸「譬喻格」之一，《華嚴》祖師使用此語，為一比喻用法，將《華嚴》豐富的義理比擬為一般財富、人生地位，其效果如將譬喻「奇異詞」其目的在於「可使語言顯得華麗並擺脫生活用語的一般化」。[3]然而認知譬喻語言學者不滿足於僅限於表面類比關係、修辭技巧的譬喻界義，而企圖從「從修辭的特殊技術層面，還原到生活與思維的基本層面，揭示了其（譬喻）在人類生活中的重要性」。[4]因此，依認知譬喻的角度來分析，可以產生新的討論可能性。

宗密使用此喻詮釋澄觀說明《華嚴》教起十種因緣之第八「顯果難思」，〈鈔〉中除了「富貴」喻外，也用為「華藏世界海」喻稱《華嚴》所詮佛之果德依報。海喻為華嚴常用之喻，富貴與海皆在譬說華嚴法義深廣。然而，此一習語「不讀華嚴，不知佛富貴」，何以不能以佛之海取代？如果照傳統修辭所稱，比喻中有喻體、喻詞與喻依，在此句話中，佛教經義是喻體，而富貴是喻依，而喻詞（是、如、像）

1　唐圭峰宗密法師：《華嚴經行願品疏鈔》卷2，《卐續藏》0229，05冊。或有引此文稱出自澄觀法師語，語。此語為宗密於詮解澄觀鈔「八顯果難思者」所作之鈔。

2　宋永明延壽法師：《心賦注》卷3，《卐續藏》1231，63冊。

3　亞里斯多德著，陳中梅譯：《詩學》（北京市：商務印書館，1996年），頁156。

4　周世箴：《我們賴以生存的譬喻·中譯導讀》（臺北市：聯經出版公司，2006年），頁17。

省略了，或可歸為隱喻或略喻的一種。但譬喻是從經驗上感受其相似性而作出對應的選擇，那麼，財位的富貴與海的廣大一樣都可以指稱《華嚴》在佛教經義中展示的廣大義，何以不能以海喻取代富貴喻？則令人感到些許的困惑。從譬喻語言學者的角度觀看，不認為譬喻是因相似性而形成喻體、喻依平行比對的關係，學者Johnson主張譬喻是「以一個經驗域的形態格局去理解並建構另一個截然不同經驗域的思維方式」。[5]隱藏在譬喻的語言表達層面（喻體、喻詞、喻依所組成的語言表達式）之下，有一個譬喻的認知層面。「不讀《華嚴》，不知佛富貴」語句有一藏在其下的認知層面。此語「來源域」是金錢，而「目標域」是《華嚴》經義，以「富貴」一語作為映射（mapping），建立兩個概念域的關聯性。《華嚴》經義是譬喻訴求的目標，是抽象的存在，可以理解，卻無法具體捉摸，若能藉助易知可感的有形實物實體，作為其具象化的來源，那麼對於閱聽者而言，可以創造便於感知的管道。所以用一般人易於認知金錢為來源域，就創造了一個感知管道，財物之「富」與「貴」為閱聽者所熟知，所以《華嚴》的法義之內容豐富與尊貴由此令閱聽者獲得具體感知，也就是這個譬喻成功的對應兩者在認知層面的運作。至於何以不能使用「海」喻，是因為「佛富貴」一語言，還有一個不容易被辨識的概念譬喻式存在，在此「佛」作為一擬人化的基礎譬喻，來源域是「人」，而目標域是「佛教經義」或「佛所說的法義」，「佛」作為佛教創教者，用以代表他所說的法義，是「轉喻」的類型之一。因此，此處佛指稱的是人，所以使用了人所擁有的財物之多──「富」，與地位尊貴──「貴」來指稱人的狀態，而此人的存在狀態，譬喻了佛經經義深廣尊貴。富貴可以指稱一個人存在的狀況，而海並不能指稱人存在的狀況，雖然這富貴

---

5 Johnson, Mark. *The Body in the Mind: the Bodily Basis of Meaning, Imagination, and Reason*. Chicago: The University of Chicago Press. 1987.

與大海都可以類比《華嚴》經義的深廣。這裡也例證了譬喻底層具有認知系統對應的關係，而非語言表面類近關係就可以隨意類比、比附。

以上對於「不讀《華嚴》，不知佛富貴」的譬喻分析，或可稍微理解此一譬喻的形成，然而，為何這句話成為後人好用的習語？《華嚴》經中本有許多對《華嚴》境界譬喻之辭，如世界海、因陀羅網、鏡喻等等，何以此語成習用之語？或許如譬喻學者所言，宗密在傳統對《華嚴》法義或境界描述時使用的譬喻之外，創意性（creative）的創造一個新喻，這個譬喻提供了閱聽者對經驗的新理解與感受。雷可夫等學者指出「新喻有創造新真實（new reality）的能力，當我們開始以譬喻理解我們的經驗時，就會發生；當我們開始付諸行動時則變成一個更玄妙的真實（deeper reality）。如果一個新譬喻進入我們行為所依存的概念系統，便會更改那個概念系統、感知，以及由此系統所賦予的行為。」[6]細繹宗密此一譬喻的施設原因，的確是要鼓勵閱聽者進行「閱讀」《華嚴》的行動，讀《華嚴》經教的感受，就如同感知佛家廣大尊崇的境界一樣，在境界的感知上，「財富」又的確遠比「大海」喻、「因陀羅網」喻來得具體親近，這種新喻的創造，讓讀者對閱讀《華嚴》有新的經驗理解與感受，而當這個感受可能與自己有密切關係時，則更具傳播的效果。所以永明延壽法師沿用此語解釋時說「此一真心，可謂富貴，可謂尊極」，則明指隱喻之佛為「真心」，而我與佛同具之真心，在此界義下同富且貴，豈不令人更生起嚮往之心，富貴一詞在此脫離日常用語，不再是被視為如夢幻泡影的富貴煙雲，而是豐富尊貴的佛法義理內涵。

綜上所述，是借用譬喻語言學的新見對於引用《華嚴》時常用的

---

6 Lakoff, George. & Johnson, Mark. 1980. *Metaphors We Live By,* pp.222. 譯文參考《我們賴以生存的譬喻》，頁231、232。

一句習用熟語進行簡單的分析，卻也可以從中發現「譬喻」之使用，的確不僅是使用相似語詞、物件進行比附的語言表達層面問題，而是深入語言之中與人類認知的形成層面息息相關。譬喻語言學者進一步主張譬喻不只是語言表達式的問題而已，還包括存在其間的意義、真理、思維本質與身體在心智形成過程中的作用，這一切又往往與該社會、文化、思想傳統有所繫連。所以重新思考譬喻的形成與意義，或許創造了一個研究方向的新可能。所以，本章嘗試以譬喻語言學的角度去分析、理解《華嚴》經教中所出現的「法界觀」。主要想探討的問題是，《華嚴》經教中「譬喻」如何運作？如何以譬喻的方式令閱聽者對「非共享經驗」產生理解？而最後也必須回答《華嚴》經教所創造的「法界觀」譬喻，在傳播法義的成功與侷限之議題。

第二節　《華嚴》「法界」的譬喻分析

「法界」之界說義理，《華嚴》祖師亦多所闡釋發揚其義，法藏《華嚴經探玄記》中指出：「法有三義」「一持自性義、二軌則義、對意之義」、「界亦有三義」「一是因之義、二是性之義、三是分齊之義」[7]；圭峰宗密《註華嚴法界觀門》有四法界之界說：

> 統唯一真法界，謂總該萬有，唯是一心，然心融萬有便成四法界。一事法界，界是分義，一一事法有差別，有分齊故；二理法界，界是性義，無盡事法，同一性故。三理事無礙法界，具性分二義，性分無礙故，蓋理因事顯，事依理成，理事交融，相得益彰。四事事無礙法界，一切分齊事法，大如須彌，小至

7　〔唐〕法藏：《華嚴經探玄記》，《大正藏》冊35，頁440b。

> 毫毛，得理法界之鎔融，皆隨理性而普徧，彼此不相妨礙，如
> 性融通，而重重無盡故[8]

此中對有形無形、有相無相、事與理等義理的闡明，一方面可透過義
理梳理而證，另一方面，《華嚴》祖師亦巧用譬喻以闡示此一理境或
證入境界。譬喻的類型有二，一是傳統習知的海印喻、海波喻、帝羅
網喻、鏡喻等喻，二是譬喻語言學者提出的實體喻。

一　海印喻、海波喻、因陀羅網喻

（一）海印喻

《華嚴經》中有「海印」之語：

> 隨諸眾生若干身，無量行業諸音聲，一切示現無有餘，海印三
> 昧勢力故[9]。
> 究竟語言法，分別悉了知，遠離諸虛妄，真實見所行。
> 安住法海印，善印一切法，了法無實相，方便身所行。
> 能於一一剎，無量無數劫，窮盡諸劫行，其心無憂厭。
> 無數諸如來，名號各不同，見之一毛孔，善修之所行。
> 如一毛端處，普見無量佛，一切諸世界，見佛亦如是。[10]
> 正覺了知一切法，無二離二悉平等，自性清淨如虛空，我與非
> 我不分別。

8　〔唐〕圭峰宗密：《註華嚴法界觀門》，《大正藏》冊35，頁684b。
9　〔東晉〕佛馱跋陀羅譯：《大方廣佛華嚴經‧賢首菩薩品》，《大正藏》冊9，頁434c。
10　〔東晉〕佛馱跋陀羅譯：《大方廣佛華嚴經‧賢首菩薩品》，《大正藏》冊9，頁472b。

> 如海印現眾生身，以此說其為大海；菩提普印諸心行，是故說
> 名為正覺。[11]

以海為喻，形容佛陀智慧者本所在多有，同經處即有如「智慧如
海」、「入佛海智」、「入佛智海」之喻。然，此特說「海印」，則在取
譬時有「功能角度攝取」的考量。如法藏（643-712）《華嚴經探玄
記》解釋其義說：「海印者從喻為名，如修羅四兵列在空中，於大海
內印現其像。菩薩定心，猶如大海，應機現異。」[12]又如澄觀（738-
839）演義其義說：「如海普現眾生身，以此說名為大海。菩提普印諸
心行，是故正覺名無量，非唯智現物心，亦依此智，頓現萬象普應諸
類……各不同行業，音聲亦無量，如是一切皆能現，海印三昧威神
力」、又進一步說：「海即是喻，識浪既停云湛智海、無心頓現，故曰
虛含，能應所應皆為萬象。」[13]其喻所取之「功能視角」在於海面平
靜無波時，具有映照事物的功能，而以此具體感知之經驗，譬喻修證
者處於華嚴三昧定中，可映現萬象，普應諸類之義。

（二）海波喻

以海為喻，除上述海印之說，《華嚴》經教亦有海波共舉為喻。
法藏《華嚴一乘教義分齊章》以普賢所證境界為「此二無二全體遍
收，其猶波水」。[14]圭峰宗密：《註華嚴法界觀門》註釋其義說：「亦不
得以世俗情所見矣，世人焉見全一大海在一波中耶？此但以海波指理
事之位，以分義相非全喻法，如全一大海在一波中而海非小，海無二

---

11 〔唐〕實叉難陀譯：《大方廣佛華嚴經‧如來出現品》，《大正藏》冊10，頁275b。
12 〔唐〕法藏：《華嚴經探玄記》：《大正藏》冊35，頁189。
13 〔唐〕澄觀：《大方廣佛華嚴經隨疏演義序》，《大正藏》冊36，頁4b-c。
14 〔唐〕法藏：《華嚴一乘教義分齊章》，《大正藏》冊45，頁477。

故,俱鹹濕故。」此喻雖同上喻以「海」為喻,但所取之功能視角不同,前者言海之映現功能,此則著眼海之內容為鹹味、濕性,全海與各別之波,相狀雖有別異,體性一同。因所取之功能視角不同,因此來源域雖同為海,目標域同為法界義,但其所闡之義理則迥然有別。功能視角所取不同,對應之感知即異,是二喻之別。

(三)因陀羅網喻、鏡喻

因陀羅網亦為《華嚴》重要的譬喻之一。智儼在《一乘十玄門》中,欲解釋「一乘緣起自體法界義」,以十玄門闡釋其義,十門第二即為「因陀羅網境界門」:「帝釋殿網為喻者,須先識此帝網之相,以何為相?猶如眾鏡相照眾鏡之影見一鏡中,如是影中復現眾影,一一影中復現眾影,即重重現影,成其無盡復無盡也。是故如第七地讚請經云:於一微塵中各示那由他無量無邊佛於中而說法,此即智正覺。世間又云:於一微塵中現無量佛國須彌金剛圍,世間不迫迮。此即據器世間。又云:於一微塵中現有三惡道天人阿修羅,各各受業報。此即據眾生世間;又云:「如一微塵所示現,一切微塵亦如是,故於微塵現國土。國土微塵復示現,所以成其無盡復無盡,此即是其法界緣起。」因陀羅網,又名帝網。是帝釋天之寶網,以其網之間,珠玉交絡,既有映現意象,又有重重無盡的意象,以此傳達、彰顯法界一即一切、一切即一,重重無盡之義。

二 「法界」的實體譬喻思維

除上述海印等喻本為讀《華嚴》人所熟知的譬喻外,若說「入法界」、「法界緣起」、「稱周法界」、「遍法界」等語,也是「譬喻」之一,必令人升起重重疑團。然而,細思其語背後的思維概念,似乎隱

隱然有其理。雷可夫等指出語言中普遍存在的物質與實體譬喻（ontological metaphors），是我們基於實存物與物質（physical objects and substance）的經驗，對於新事物、抽象理則的理解提供了「深厚的基礎」[15]，實體譬喻的基礎來自於一般人熟悉的生活經驗，我們對於實際存在的事物，更重要是自身的身體經驗。這些經驗提供了一般人對於非實體狀況存在的事件、活動、情感與觀點等，視之為實體與物質。[16] 由此觀之，《華嚴》經教中的確有為數不少符合此定義的實體譬喻，如將「法界」視為一個容器，《華嚴》經教中，如「譬如虛空普持一切遍法界中所有世界」（《大方廣佛華嚴經》卷47、「謂遍法界內皆有佛身」（澄觀·《大方廣佛華嚴經疏》）的句子為數很多，法界一詞並非實體，實無內外邊界可言，如雷可夫指稱是一種「無實存邊界之處」（no natural physical），但是人很難去理解一個無邊界、非實體的概念。我們的內在、本有的肉身經驗，以皮膚為界，可以區分內外、是一個有表有界的實存體，「容器」的思維就很容易做我們投射到外界以認識外在世界，在實存世界中企圖以進、出、內、外去作概念的思維與投射。《華嚴》經教中所謂「無不從此法界流，無不還歸此法界」[17]一句，隱藏在表面語言的背後，不容易被發現的就是這樣的實體思維譬喻，我們以可以容許物體流動、進出、還歸的容器譬喻來理解抽象的法界概念。語言者習焉不察的原因，也在於這是存在於

---

15 Lakoff, George. & Johnson, Mark. *Metaphors We Live By*, p.36-43. 譯文參考《我們賴以生存的譬喻》第六章「實體譬喻」，頁47-58。雷可夫等學者認為「藉由物件與物質去了解我們的經驗，使我們得以挑選出經驗的組成部分，並視之為統一體中有區別的實體與物質，一旦能將我們的經驗視為實與物質，我們就可以將之指涉、分類、組合以及量化──並且以此一手段下判斷」，頁47。

16 雷可夫等在書中舉了相關的語料例證，歸納有以下數種實體譬喻情形：Referring、Quantifying、Identifying Aspects、Identifying Causes 等，參考 Lakoff, George. & Johnson, Mark. *Metaphors We Live By*, p.37-48.

17 〔唐〕澄觀：《大方廣佛華嚴經疏》卷1，《大正藏》冊35，頁504b。

文化與心智模式中重要的成分,是人們賴以思考與理解運作的模作。因此,我們很難想像拿掉這些實體譬喻,將如何行文表述事件、行動、情感等抽象概念的意義。然而,也不能不承認「實體」的譬喻語言,也因此有可能造成理解《華嚴》經教的誤讀,畢竟「法界」可否完全以一個別獨立的實體來指稱,是有爭議的。

綜上所述,創造譬喻在溝通「法界緣起」、「重重無盡」、「一多相即」等抽象義理與境界之「非共享經驗」,扮演了重要的溝通角色。同時,如何藉由譬語語言傳情達意,也在在考驗詮釋者「融合世界觀及調整經驗範疇化方式之能力」。[18]華嚴經教之中,如何透過「譬喻語言」來啟迪弟子,讓聞法的人經由「能近取譬」,從具體透顯抽象的經驗,映射抽象之佛知見。「佛之知見」甚深難解,那麼佛與眾生之間認知理解本來就差距非常之大,佛是佛的境界,佛是佛的知見,眾生是眾生的境界,眾生是眾生的知見,兩者本無溝通、互解之可能。但「開示悟入佛知見」的前提,就是希望眾生能「聞」、「思」、「修」,透過聞經解理而達到修行體證的可能性,或是走上修行實踐之路。

第三節　法界「觀」的見如思譬喻

不論是《法界觀門》「華嚴三觀」(真空觀、理事無礙觀、周遍含容觀),或是其後增衍的「四法界觀」(事法界、理法界、理事無礙法

---

18 「非共享經驗(unshared experience)」。譬喻語言學者認為人與人溝通或雙向理解時,若在文化、知識、價值觀與設想方面毫無共識,則雙方雙向溝通會產生困難。因此,除了抱持同理之心,了解並尊重雙方背景差異外,若能發現適當譬喻去溝通非共享經驗中之相關局部或者去突顯雙方共享經驗(the shared experiences)而忽略其餘,而能創造一致(rapport)並溝通非共享經驗。參考 Lakoff, George. & Johnson, Mark. *Metaphors We Live By*, p.242.《我們賴以生存的譬喻》,頁335。

界、事事無礙法界），在語言表達上都使用「觀」字。若從主張譬喻語言學者眼中看來，必也是「隱喻」之一種嗎？誠然，觀看為喻，在譬喻語言學已對此一具有悠長歷史的「理解是見」的古老譬喻傳統進行溯源與實例分析，證實語言中運用視覺生理感官為基礎，投射於意義理解的動詞或動作。「觀看」何以成為一種隱喻，不同文化間如何以此生理共性形成類同的隱喻，而又如何發展出新的譬喻映射，其實是很有趣的觀察點。以下從「理解是見」的中國隱喻傳統與《華嚴》「觀」的譬喻特色討論之。

　　就相對於西方具有古老傳統的「知如見」、「理解是見」譬喻，中國早見具有文化意義與深度思維的「仰觀俯察」、「以道觀之」等智慧之語。如前章所述，中國傳統思想文獻中，不論是儒家、道家或佛教都有「理解是見」的譬喻存在，而此譬喻延伸又存在劣義與勝義兩種情形。在此暫不論儒道之視覺語彙優劣語義，以佛教而言，「五眼」之喻已巧妙的傳達視覺劣勝義之層次差別。《大智度論》區分五種視覺能力。以「理解是見」的隱喻思維模式來說，就是典型的以眼喻智慧。不論是理解或是智慧，這種語義衍生的現象，語言學者說明這是基於「視覺動詞總將心智活動的抽象意義彰顯出來」的現象，此類譬喻建立在「視力」與「知識」的連結關係，以及「視覺範域」與「智慧範域」具有共同的特性之上。[19]

　　《華嚴》「法界」展示佛修正之果海，重重無盡，互攝互入之義與喻，而何必加「觀」字？《華嚴》經之「觀」，除常與「法界」繫連成詞，也常出現「止觀」並舉。法藏在《修華嚴奧旨妄盡還源觀》中，說明入止觀兩門的重要性，他說

---

19 參見《我們賴以生存的譬喻》，頁91。

云何更要入止觀兩門耶？答：《起信》云：「若修止者，對治凡
夫住著世間，能捨二乘怯弱之見；若修觀者，對治二乘不起大
悲狹劣之過，遠離凡夫不修善根。」以此義故，止觀兩門，共
相成助，不相捨離。若不修止觀，無由得入菩提之路，《華
嚴》云：「譬如金翅鳥，以左右兩翅，鼓揚海水，令其兩闢觀
諸龍眾，命將盡者而搏取之，如來出世，亦復如是。以大止妙
觀而為兩翅。鼓揚眾生大愛海水，令其兩闢觀諸眾生，根成熟
者而度脫之。」依此義故，要修止觀也。[20]

依文之意，與「觀」相對的「見」，有凡夫之見、二乘之見。文中
「觀」與「見」字，都已非單純肉眼觀看之義，轉而延伸詞義為對世
間事理的理解與智慧。然而，與止相對之「觀」何以不用「見」字而
用「觀」字，在《華嚴》中多稱偏差錯誤的理解為「見」，如空見、
有見，所謂「一相無二，兩見不生」[21]，是須要捨棄之見。而觀字，
不只是心智活動的理解或了解義，而有體證之義。若「觀」前之
「止」已除「一切諸想」，甚至連「除想」亦遣，以「一切法，本來
無想，念念不生，念念不滅，亦不心外念境界。然後以心除心，心若
馳散，即當攝來。令歸正念。常勤正念，唯心識觀。」[22]所以，雖然
「觀」字使用了視覺的隱喻，但其義理，也絕非「理解是見」之「理
解」義所限，何以如此？圭峰宗密《註華嚴法界觀門》有此說法：

---

20 〔唐〕法藏：《修華嚴奧旨妄盡還源觀》卷1，《大正藏》冊45，頁639。

21 《華嚴五教止觀》：「以何方便而證契耶？答即於此空有法上，消息取之，以空攝於
有。有而非有，有見斯盡；以有攝於空，空而非空。空執都亡，空有即入全體交
徹，一相無二，兩見不生。」《大正藏》冊45，頁512a。

22 〔唐〕法藏：《修華嚴奧旨妄盡還源觀》卷1，《大正藏》冊45，頁639c。

以心目求之之謂也，豈可以文義而至哉？問曰：「略指其門誠當矣，吾恐學者終不能自入也。……夫求道者必資於慧目，慧目不能自開。必求師以抉其膜也。若情膜未抉，雖有其門，亦焉能入之哉？縱廣何益？既遇明師，何假略注？」答曰：「法界難睹，須依觀以修之，觀文難通，須略注為樞鑰之用也。」惑者稽首讚曰：「入法界之術盡於此矣。」[23]

諸文中以「目」求之，資於「慧目」，甚至有治眼翳抉膜及與視覺有關譬喻，然而宗密清楚的知道凡夫肉眼之限制，也清楚知道語言說解的限制，然而，師資道通之際，卻不能不借助文字注釋以明理了義。所以「觀」不是普通的視覺觀看，或是普通的心智活動，而是修觀之義，乃具有實修的工夫後所體證了知的境界。

從以上譬喻解說來看，雖然入手是從譬喻語言學的「理解是見」的譬喻框架下進行語料例證的說明理解，也看到中國文化或《華嚴》經教中有雷同近似的「理解是見」的譬喻式。然而，最後就華嚴的「觀」字的使用來看，卻可以發現其中的譬喻延伸已遠超過語言學家認定的「理解」範域，而是新的「修證」範域。或許這也是譬喻語言學者在得知他的研究成果將發行中文版時所說，渴望從異文化中獲取更多創意表述映射（more elaborate mapping）[24]的原因了。

第四節　小結

本章從隱喻理論的角度，重新回頭檢視中國思想史上的素材與材

---

23 〔唐〕裴休著：〈註華嚴法界觀門序〉，收入〔唐〕宗密：《註華嚴法界觀門》，《大正藏》冊45，頁684b。

24 Johnson, Mark：〈作者致中文版序〉，《我們賴以生存的譬喻》，頁10。

料。作為中國思想史中的重要一家，佛教的譬喻為數不少，既是佛陀傳法中十二分教的重要方式，當然也是佛經語言的特色，在哲理闡釋中被視為比喻、表法之用。但是，本章並不是從譬喻的作用著手，而是從「譬喻語言學」的角度，觀察《華嚴》作為一個特殊的宗教文化，其文獻語言中所創造出的具有特色的譬喻延伸與譬喻映射。這一方面是印證譬喻語言學所主張的「無所不在的譬喻」，更重要的是深入其中，發現了華嚴在傳達「非共享經驗」時，所作出的創意譬喻，以及這些譬喻所帶來的身心體驗的理解與感受，反過來更能理解譬喻語言學者之所以主張譬喻並非客觀主義，亦非主觀主義，而是體驗論的原因。

這當然也要面對一個議題，就是這些譬喻可能帶來誤解或誤讀。這是譬喻之所難免，但是「發現適當譬喻去溝通非共享經驗中之相關局部，或者去突顯雙方共享經驗（the shared experiences）而忽略其餘」本是一件極為挑戰的事，華嚴祖師們在締造理解以溝通凡聖在生命情態、修行證悟上的落差時，如何善用譬喻並迴避譬喻語言帶來的誤解，都是詮釋《華嚴》經教時重要的課題。

第四章

凡見浮虛，聖睹真寂
──蕭統「凡聖異見」的譬喻解讀

> 凡見浮虛，聖睹真寂。約彼凡聖，可得立二諦。
>
> 梁・蕭統〈令旨解二諦義并問答〉[1]

　　蕭統（501-531），字德施，梁武帝長子，天監元年（502）立為皇太子，早逝，諡號昭明，故世稱昭明太子。蕭統編纂現存最早文學選集──《文選》（世稱《昭明文選》），這部選集保存梁之前重要的文學作品，《文選》學也成為後世研究的顯學。除此文學成就，蕭統同時是一位佛學家。《梁書》記載他雙才華的展現：

> 太子美姿貌，善舉止。讀書數行並下，過目皆憶。每遊宴祖道，賦詩至十數韻。或命作劇韻賦之，皆屬思便成，無所點易。高祖大弘佛教，親自講說。太子亦崇信三寶，遍覽眾經，乃於宮內別立慧義殿，專為法集之所招引，名僧談論不絕，太子自立二諦、法身義，並有新義。[2]

1　〔梁〕蕭統：〈令旨解二諦義并問答〉，《昭明太子集》（上海市：商務印書館，1936年景印烏程許氏藏明刊本）卷5，頁124-125。

2　〔唐〕姚思廉：《梁書》（臺北市：鼎文書局，1980年）卷8，頁166。《梁書》引作「太子自立三諦法身義」，《廣弘明集》卷24，〈昭明太子解二諦令旨並問答〉、《昭明太子集》卷5，〈令旨解二諦義并問答〉皆作二諦，二諦謂真諦、俗諦，文中指不

史傳中蕭統是一位能屬文作賦、過目不忘,而且善講佛教經義的文苑
精英。然而,相對於文學上的成就與表現,《昭明太子集》中僅有的
〈令旨解二諦義〉、〈令旨解法身義〉[3]與一些零星的佛學詩偈贊,似
乎無法與文學上傑出成就相提並論;就撰述篇幅而言,更無法與東晉
以來的諸大佛學家的文論相提並論。然而史學家,不論是從正史編史
者或是佛門編史者來看蕭統的佛學表現,並沒有視而不見,或是輕忽
而過。如上引《梁書》本傳稱譽其佛學見解頗有新義,唐道宣編纂
《廣弘明集》時,即收錄其「二諦」與「法身」的論著。顯然,想要
了解蕭統的學術成就,乃至了解梁朝的學術思想發展,蕭統的二諦、
法身等佛學思想應是管窺的途徑之一。由梁書的記載看來,生而聰
叡,三歲即受《孝經》、《論語》,五歲悉能諷誦五經[4]的蕭統,研讀佛
經,甚至能領略其中深義的能力是無庸置疑的。同時他在專門討論佛
經義的集會場所——慧義殿,召集名僧講述佛理,並作「二諦」與
「法身」的相關討論。《梁書》作者評論蕭統對於佛理的解釋「並有
新義」。近現代的佛教史,評論蕭統的佛教義理思想成就,多依據
《梁書》之說,如湯用彤《漢魏兩晉南北朝佛教史》論「佛教之南
統」,提及蕭統,即抄錄此文[5]。對於「新義」為何並無解釋。鎌田茂
雄(1927-2001)在《中國佛教通史》中評述蕭統:

須立三諦。《冊府元龜》亦作「二諦」,故鼎文版本校注言據此改三為二。

3 《昭明太子集》收錄二諦與法身的作品,名為〈令旨解二諦義〉、〈令旨解法身義〉,
《廣弘明集》題名為〈解二諦義〉、〈令旨解法身義〉,論文版本依《昭明太子集》,
又以下〈令旨解二諦義〉引文皆出自《昭明太子集》卷5,頁116-157,不復詳註。

4 同前註。《梁書》:「太子生而聰叡,三歲受《孝經》、《論語》,五歲遍讀五經,悉能
諷誦。五年六月庚戌,始出居東宮。……八年九月,于壽安殿講孝經,盡通大義。
講畢,親臨釋奠于國學。」

5 湯用彤:《漢魏兩晉南北朝佛教史》(臺北市:臺灣商務印書館,1962年),頁479。

太子並且親自解釋二諦，制立法身義的新譯。此即收錄在《廣
弘明集》卷21的「昭明太子解二諦義章」與「昭明太子令旨解
法身義一章」者是。光宅寺法雲上表請昭明太子開講，昭明太
子也於此作答覆。昭明太子深刻地理解真俗二諦與法身的教理
意義。關於二諦和法身問題，他與南澗寺慧超、晉安王蕭、招
提寺慧琰、栖玄寺曇宗、司待從事中郎王規、靈根寺僧遷、中
興寺僧懷、光宅寺法雲等許多僧俗互相問答，可見昭明太子是
講論佛理集會的中心所在。這個地方即如先前所述是在慧義
殿。普通元年（520）四月，應感於太子的至德，當時在慧義
殿曾有甘露的降注。[6]

此顯然亦是《梁書》的改譯，對比《梁書》的前後段落，鎌田對於
「新義」的解讀應是「深刻地理解真俗二諦與法身的教理」。但是，
對於蕭統是否深刻、正確的理解二諦法身之義，從佛教詮釋脈絡來
看，此新義的成立與否是有爭議的。但近人從二諦的詮釋理解《文
選・遊覽》編選篇目，在文學詮釋上獲得一種新的理解，此將蕭統視
為一個人格統整的人，在其文學、佛學思想的表現當有一致性表現的
前提下，其「新義」有一種新的觀看世界的角度，這也顯示當時佛教
文化對於文人的新影響——帶入一種新的觀看角度。

　　因此，重讀〈解二諦義章〉，並尋求其義，並不在於證明《梁
書》本傳的新義為何，恐怕從詮釋學的理路而言，也無法重建一個絕
對的新義，而硬套為本傳之新義。故討論以蕭統為首的〈解二諦義
章〉及其僧俗集會問答，主要的目的在除了佛教詮釋系統外，從視覺
隱喻的角度重新思考該文本提出的概念與意義。

6　〔日〕鎌田茂雄：《中國佛教通史》（高雄市：佛光出版社，1986年），頁238。

第一節 「二諦」義的佛教詮釋

　　「二諦」為佛教的專有名詞，也是佛教表述真理與知識議題的重要思想之一。二諦指俗諦與真諦，俗諦或稱世諦、世俗諦，真諦或稱勝義諦、第一義諦。諦，梵文satya，譯為真理、諦理。表面的涵義是指真實層面與世俗層面的真理。二諦的語詞早見於《增一阿含經》，後《婆沙論》、《俱舍論》、《般若經》、《涅槃經》、《楞伽經》、《大智度論》、《瑜伽師地論》等大小乘、般若、中觀、唯識、空有各宗經典皆有「二諦」之討論[7]。二諦本義為何？義理何解？一如其它佛教名詞一樣，因為諸教衍流教派不同，各自在不同的釋義系統之中，而有不同的定義與解釋，乃至是一組相當有紛爭歷史的專有名詞。

　　傳入中國的二諦思想，在初傳階段也同樣充滿歧異。蕭統集會討論二諦，即是緣由於此。二諦的討論牽涉空有議題，對於中觀「緣起性空」的理解，緣於思想文化的差異與翻譯的不同，般若性空義很容易在格義中錯解，晉時六家七宗對於空義的紛見，即為一例[8]。從鳩摩羅什（334-413）譯《中論》等相關著作，到僧肇（384-414）《肇論》「不真空論」等論題的提出，對於空義有了較深入、深刻的理解。蕭統在〈解二諦義章〉所謂聖人所知的真諦──離有離無之中

7　二諦中印觀念發展影響，參見廖明活：《中國佛教思想述要》第五章：「中國佛教成長時期的一些流行思想課題」第一節專論「二諦」。二諦在印度的形成發展，可參考安井廣濟：《中觀思想の研究》（京都：法藏館，1961年）、西義雄：〈真俗二諦說の構造〉，收入宮本正尊編《佛教の根本真理》（東京：三省堂，1956年）、藤謙敬：〈佛教の教授原理としての二諦說〉，《印の度學佛教學研究》第3卷第1期，1954年。平川彰著，莊崑木譯：《印度佛教史》（臺北市：商周出版社，2002年）

8　中國東晉時期對於般若空義的理解討論，參見羅因：《「空」、「有」與「有」、「無」──玄學與般若學交會問題之研究》，《臺大文史叢刊》（臺北市：國立臺灣大學出版中心，2003年），第121種。

道，僧肇於〈不真空論〉已有討論辨析：

> 試論之曰：《摩訶衍論》云：「諸法亦非有相，亦非無相。」《中論》云：「諸法不有不無者，第一真諦也。」尋夫不有不無者，豈謂滌除萬物，杜塞視聽，寂寥虛豁，然後為真諦者乎？性莫之易，故雖無而有；物莫之逆，故雖有而無。雖有而無，所謂非有；雖無而有。所謂非無。[9]

僧肇〈不真空論〉較諸前六家七宗學者，能更清楚表述中觀「空」義，既不誤解其為一空無所有之無，亦不將之落實為一實體之空。二諦的討論，則是進一步在空有的議題上，討論真與俗的真理如何安立、理解的議題。在蕭統之後的嘉祥吉藏（549-623）法師，三論宗的集大成者，在其《二諦章》、《大乘玄論》皆專門討論二諦義理。《二諦章》主要承其興皇法朗（507-581）師門之教，以十重釋義，繁複展演了二諦的義理。他提出的觀點是承著《中觀頌・觀四諦品》：「諸佛依二諦，為眾生說法。一以世俗諦，二第一義諦，若人不能知，分別於二諦，則於深佛法，不知真實義。若不依俗諦，不得第一義，不得第一義，則不得涅槃」，[10]以「教二諦」說，駁斥之前論師所謂「理境二諦」的論點，從語言的層次，提出更清楚的「二諦是教，不二是理」的概念[11]。此後，天臺宗進一步提出三諦三觀的圓教思想，學者稱之為中國佛教的特色發展，是後中觀時代的開展，挖掘

9　〔東晉〕僧肇：《肇論・不真空論》，《大正藏》卷45，頁132上-153上。

10　《大正藏》卷30，頁32下-33上。

11　「言教二諦」與「理境二諦」是從言語層次與「實在」（reality）層次區分的詳細討論，參見萬金川：《中觀思想講錄》（嘉義縣：香光出版社，1998年），頁156-162。

出中觀二諦中道的深蘊。[12]

由此看來，蕭統以「境」來解釋二諦，認為是聖人所知、見的理境，與世人所知、見的理境。這樣的解釋，實不如後來三論宗吉藏「教二諦」說、與天臺三諦三觀圓教圓融之說深刻精采。那麼，蕭統二諦說有無討論的意義？若在佛教詮釋脈絡下，觀察蕭統的「二諦」，其實並無「新義」可言。然而，這篇文章，這場聚會，因為義理不精采，就無足可觀了嗎？或沒有討論的價值了嗎？如果不從佛教詮釋脈絡，是否有其他的脈絡可以有重讀的契機？蕭統與僧俗二十餘人的玄圃園論議[13]，這樣的知識份子集會論議，聚合了王公貴冑、高僧名臣的論議集會，以「集會」而言，是否有其意義？由此是否可以了解當時知識份子（包含僧俗文人）關心的議題，乃至理解梁朝的思想發展脈絡。這樣一次規模不小的學術論議聚會，似乎也不容輕輕放過。

換句話說，若上述二諦的中印淵源發展，是屬於佛教義理的進展，但是傳到中國後，因為理解、誤解而有的種種詮釋與論諍是有意義的。如早期的六家七宗，到僧肇不真空論，乃至蕭統〈解二諦義章〉一連串熱烈的討論是有意義的——二諦的思想意義進入文人圈，這是一種文化內化／傳播的重要指標。反而到了後來教二諦的討論之後，四種二諦等更深刻的理解詮釋，二諦的討論就侷限於佛教的詮釋

---

12 參見傅偉勳：〈從中觀的二諦中道到後中觀的臺賢二宗思想對立——兼論中國天臺的特質與思維限制〉，《中華佛學學報》第10期（1997年7月），頁383-395。天臺三諦思想，參見楊惠南：〈智顗的「三諦」思想及其所依經論〉，《佛學研究中心學報》第6期（2001年7月），頁67-109。

13 玄圃園：梁昭明太子於天監十六年、十七年（517-519）置十僧於玄圃園，講論內外經論。參考梁書本傳：「（蕭統）性愛山水，于玄圃穿築，更立亭館，與朝士名素者遊其中。」〈解二諦義章〉成文時間是天監十七年（518），於玄圃園集合高僧名士，共論佛法。蕭統親自講解「二諦」與「法身」之義，並與同會僧俗往來問難，計有〈二諦義〉問答，道俗二十二人問答；〈法身義〉問答，六人問答。

脈絡中，成為佛教內部的問題。所以昭明太子的僧俗團體集會談論二諦，顯示它不僅只是佛教問題，而對之產生興趣，更有意義的應該在於它是一組思維概念，是時人用以理解世界、理解真理，看待世界，看待真理的一種方法。

第二節　文學詮釋脈絡下的觀看

　　如上所言，蕭統二諦義相較三論、天臺精采的論述，實無新義，囿於在佛教義理詮釋脈絡，學界對於此文並無太多關注與著墨。筆者曾經從三教論議的角度，觀看弘明集到廣弘明集的議題發展變化，在個人生命觀向度上，從《弘明集》收錄的形神之爭相關文獻，到《廣弘明集・法義篇》收入謝靈運〈辯宗論〉與梁昭明太子〈解二諦義章〉兩篇文章，討論三教論議從形神議題過渡到成聖議題，這也是從佛教義理詮釋脈絡出走，發現收編於「法義篇」之下，蕭統二諦義在思想脈絡有其意義[14]。後閱讀朱曉海〈從蕭統佛教信仰中的二諦觀解讀《文選・遊覽》三賦〉[15]，從蕭統二諦的解讀借光，重新審視了《文選・遊覽》三賦的編排意義。從而對史傳所謂「新義」之評，激發新想法：若不將該文放置在佛教詮釋脈絡下，而拉入了文學史脈絡、乃至思想史脈絡等其他領域，所產生之「新義」，是否也可稱得上是「新義」呢？此「新義」自非史傳本義，雖非「本義」亦有可觀可思者，站在詮釋學的角度，因為閱聽者所產生的理解，雖非本義，但舊文本的時代新義卻因為重讀、重新詮釋而有新生命。

---

14 周玟觀：《挑戰與回應：論唐以前佛教中國化的幾個關鍵問題》（臺北市：國立臺灣大學中國文學系博士論文，2007年6月）。

15 朱曉海：〈從蕭統佛教信仰中的二諦觀解讀《文選・遊覽》三賦〉，《清華學報》新37卷第2期（2007年12月），頁431-466。

該文思考蕭統何以將孫綽〈遊天臺山賦〉與王粲〈登樓〉、鮑照〈蕪城〉並列為三？起疑於孫綽並非以賦名譽當時，何得與名家名賦共編入選文？又該賦為何與〈登樓〉、〈蕪城〉同入「遊覽」類目中。「遊覽」之內容一般以為是山水之文，若同為山水遊歷，同入「山水」子目即可，何需別立新目[16]？從思考上述問題出發，從而探索《文選》編者蕭統是否有「獨特的視角」。朱曉海主張從統一人格的立場來理解這類問題，即編《文選》的蕭統與談「二諦」的蕭統，有一致趨向的思想性。[17]因此，從〈解二諦義章〉「凡見浮虛，聖睹真寂」區別了聖凡不同的體會層次，從「真諦離有離無」、「離有離無此為中道」與「俗諦即有即無」、「即有即無斯是假名」中，去審視三篇賦文的體會境界即有高下分別。[18]這的確是從傳統「遠望當歸」、「登臨懷古」兩大主題視角出發，觀看〈登樓〉、〈蕪城〉兩賦的主流方式[19]，因為對於蕭統〈解二諦義章〉的理解，而走出的新解讀。王粲〈登樓賦〉，在故鄉的緬懷中流露對功業的眷戀，是俗人凡情所見，指空為

---

16 朱曉海：〈從蕭統佛教信仰中的二諦觀解讀《文選‧遊覽》三賦〉，頁434-436。

17 該文指出「人非一哲學系統，乃現實的存在，無論心靈或行徑都會有許多不相協調之處。蕭統兼有數重身分，要想將他一生行事，思維統整為一，恐難逃化約之譏。然而只要假設蕭統並不具有多重人格，則身為虔誠佛教徒的他在編撰《文選》時，勢難不有意或無形受到自己佛教信仰的影響，而這也讓後人解釋某些作品入選原委，在其文學成就之外，多增一項說服力；倒過來說，也可讓我們在文學途徑之外，另獲一角度來體會蕭統心目中的解讀方式」，同前註，頁433-434。

18 朱曉海提出的觀點是：從蕭統佛學信仰的觀點，王粲〈登樓〉流露對功業的追求，將「天衢」視為家鄉，認為於其中可獲得安身立命的歸屬感，固然是迷，為俗諦。鮑照〈蕪城〉從興／亡、生／滅披露人世間的一切努力盡屬枉然，也止於「解俗」，並未「解真」，不過是「相似解」。……這兩賦蘊含的觀點均未合乎第一義諦。合乎他觀點者乃孫綽的〈遊天臺山賦〉，同前註，頁453-454。

19 此兩大主題傳統，參見：廖蔚卿：〈論中國古典文學中的兩大主題──從〈登樓賦〉與〈蕪城賦〉探討望遠當歸與登臨懷古〉，《漢魏六朝文學論集》（臺北市：大安出版社，1997年），頁47-96。

有而為俗諦；鮑照〈蕪城賦〉如其歌所唱「千齡兮萬代，共盡兮何言」，透視了人事功蹟、興衰得失終究成空，也僅只為「解俗」，其「凝思寂聽，心傷已摧」，終究是與悟知非有非空的中道相隔一層；孫綽〈遊天臺山賦〉在「太虛遼廓而無閡，運自然之妙有」的遊歷間，最終體悟「泯色空以合跡，忽即有而得玄。」是符合〈解二諦義章〉所言聖人真諦「非有非無，亦有亦無」的體解，〈遊天臺山賦〉可說是反映了真諦的中道思想。所以在此詮釋之中，孫綽〈遊天臺山賦〉與前述名家名賦並列就有其意義了。

　　因此站在嚴格的佛教詮釋理路、脈絡來說，蕭統〈解二諦義章〉其實並無任何新義可言。然而，如果前述所示的文學詮釋新徑，確實在舊的框格中，有了新的可能，即是一種新思想滲入文學的意義。也就是說，文學家在理解、編排心目中的文類、文章時，他背後必定有一套編選的邏輯，一套對於文學評比的思想。蕭統以其佛學思想，產生了不同的認知與視角。所以，他在編「遊覽」時，他特別留意的，不是「被」遊覽的山水，而是「能」遊覽的眼界。山水是客觀的山水，美景是客觀的美景，亭臺樓觀亦是。山光水色，第一眼投射進入眼睛時，大腦機制將景色停留在視網膜上的影響，每個人之間的差異並不大，除非我們的視覺功能受損。然而每個人所得到的感受卻何以不同？由於我們除了透過視覺感知到世界，還會進一步對所感知的內容進行詮釋、解讀、重疊在我們的感知訊息之上，所以我們說：「我看見了……」往往早已不是所看見的客觀內容，而是附加了自我的解讀，此即個人思想的反映。心繫世間功名的王粲「憑軒檻以遙望兮」，遙望者就不只是原生故鄉、生理故鄉的方向，真正遙望的是對心靈家鄉的渴望。鮑照的蕪城悲歌，從興衰景象中對必然逝者的沉痛感傷，亦是如此。相較前兩者，對佛理有所涉獵的孫綽，顯然，在看見世間事物時，他所觀照到的，就不是功業，也不是興衰哀嘆，而是

如登高行遠的行道者，企望看見一種符合心境的冥觀，一種非有非無的中道妙境。這也可以說，看見，不只是看見。看見，是思想的投射。

　　借用佛教的觀點，作為文學解讀的新管道、新佐證，可以產生新看法。有趣的是，〈解二諦義章〉從文學的詮釋脈絡來解釋，可說「二諦」的佛教義理，也進入了當時群文人的心眼中，成為他們看待世界、解讀世界的一個詮釋方式；成為當時體驗生活、檢視世界的一種新方法與工具。

第三節　「理解是見」的譬喻探義

一　觀看，作為一種體知世界的譬喻

　　看見，不只是看見。看見，是思想的投射。如果依照 Lakoff 等譬喻語言學提出的觀點，這是一組「理解是見」的重要譬喻。我們要先解釋在此「譬喻」的意義。譬喻是什麼？以《詩經》六義之一的「比」來說，朱熹《詩集傳》定義「比」是「以彼物比此物」[20]，是一種借他喻此的文學技巧與作法。它是可具體可知的事物，用以理解不易感知的此物；如〈魏風・碩鼠〉「碩鼠碩鼠，無食我黍。三歲貫女，莫我肯顧」[21]，以鼠輩喻貪婪的統治者；〈衛風・碩人〉「手如柔荑，膚如凝脂，領如蝤蠐，齒如瓠犀。螓首蛾眉，巧笑倩兮，美目盼兮」；[22]以各種具象之物喻人之形劃。由此看來，譬喻是一種重要的文

20　〔宋〕朱熹：《詩集傳》，《朱子全書》冊1（上海市：上海古籍出版社，2002年12月），頁406。
21　〔漢〕毛亨傳、鄭玄箋，〔唐〕孔穎達疏：《詩經注疏》（臺北市：藝文印書館，1979年，影印阮元校《十三經注疏》本），頁211。
22　〔漢〕毛亨傳、鄭玄箋，〔唐〕孔穎達疏：《詩經注疏》，頁129。

學創作技巧。中國傳統以譬喻為一種文學修辭技巧，「比」似乎不會受到太大的重視。在文學作品中，譬喻作為修辭的一種常見的技巧，它讓文章更生動，作者的想像力、聯想力、創造了令讀者驚奇的連結，使得讀者更容易理解、進入作者的文學感悟之中。我們通常以為這是一種重要的工具，而不會給予太多的重視。甚至，我們會檢討這個譬喻是否用得恰當，或者比附不當。此外，佛經也有「譬喻」之說，為十二部經之一。梵語「阿波陀那」，《翻譯名義集》曰：「阿波陀那，此云譬喻。《文句》云：『譬者，比況也；喻者，曉訓也』。至理玄微，抱迷不悟；妙法深奧，執情奚解。要假近以喻遠，故借彼而況此」。[23]佛經論中以譬喻為名者如《佛說譬喻經》、《百喻經》、《雜譬喻經》與《法句譬喻經》等。可見佛經中善言譬喻。但佛經常指語言文字之教，當視如渡筏，不可執著守滯，反為修道之礙。因此，譬喻或只被視為語言表達的增強工具；或只是借以喻至道的接駁工具。同樣的情況，在西方遠溯於亞里斯多德的詩學，譬喻歸類為七種「奇異詞」之一小類，所謂的奇異詞是「使用奇異詞可使言語顯得華麗並擺脫生活用語的一般化」。[24]不過，經過近世哲學家、詩人，乃至人類學者的逐步的反省與思考、譬喻不只是文學技巧，甚至是本能，是詩意智慧（poetic wisdom），是「反映現實」，是與社會現實間具類比關係，是在自然秩序與社會秩序之間具有的類比關係（analogies）。凡此種種，都顯示了譬喻有其深意，與人類的思維息息相關。[25]

　　稍後譬喻在認知科學與語言學的交會結合之中開出新局，體認到

23　〔東晉〕釋法雲：《翻譯名義集》卷5，《大正藏》冊54，頁1140b。

24　亞里斯多德著，陳中梅譯：《詩學》（北京市：商務印書館，1996年），頁156。

25　對於「隱喻」性質的思考與深思，參考周世箴譯：《我們賴以生存的譬喻・中譯導讀》，頁16-17。相關書籍可參見：Hawkes著，高丙中譯：《論隱喻》（北京：昆侖出版社）。

譬喻真的不只是文學修辭技巧，而是一種「思維方式」。Georeg
Lakoff & Johnson《我們賴以生存的譬喻》就是重要的代表作。
Johnson指出概念隱喻存於我們抽象思維之中，我們概念系統多由譬
喻系統所建構，這些譬喻系統都在我們有意識的知覺層之下自動運
作。因此產生了兩種特性：一是非全面易察覺：我們可能難以一一
的、普遍的察覺究竟使用了那些譬喻用法；一是產生於肉體體驗與文
化傳承雙重而來的譬喻，形塑了我們主要的思維內容與方式。[26]譬喻
在不同文化上的表現，有二種情況，一是跨文化的普遍譬喻，這是因
為生理的共性，肉體感官作為人類普遍的知覺來源[27]，一是文化差異
產生的不同性，在不同的文化上各有其特性。例如，英、漢語雖有共
同的基本譬喻（basic metaphor），但在漢語中映射細節上的創意延伸
仍多於英文。[28]

　　從蕭統《文選》「遊覽」類的收錄篇章中來看，其實也可以發現
不少視覺譬喻，視覺作為譬喻的「來源域」，而理解與知識作為譬喻
的「目標域」，這是一組「理解是見」的譬喻概念，在英語與漢語中
都有類似的例子[29]。以「看見」作為來源概念，映射於思考、理解人
文、自然世界的抽象道理的例子，在中國古代思想文獻中更是不乏其
例。每一家的觀看，都是從肉身感知的「觀看」出發的映射譬喻，其

---

26 Johnson, Mark 著，周世箴譯：《我們賴以生存的譬喻・作者致中文版序》，頁9。

27 Johnson, Mark 提到在 *Metaphors We Live By* 出版後，對於譬喻的運作方式有更深入的
　研究，提出譬喻基於「肉體體驗」的運作方式，主要是以感覺肌動來源域
　（sensory-motor source domains）為基礎。氏著，周世箴譯：《我們賴以生存的譬
　喻・作者致中文版序》，頁9。

28 同前註，Johnson, Mark. 提出兩種語言雖然有基本譬喻，但是漢語在某些映射細節
　上的創意延伸（a far more extensive set for submappings）仍多於英語。此一具創意
　表述映射（more elaborate mapping）使得漢語概念在某些情形，擁有更豐富、更具
　體入微的譬喻概念化。

29 「理解是見」的概念隱喻參見第二章討論。

實非常真切的反映各家的對世界、對人的理解與看法。他們都是透過看見，想要對於他們所感知的世界，帶來一種新的體驗與理解。

　　譬喻語言學揭示「理解是見」的語式，啟發我們對於蕭統的二諦文論，除了佛學關注的「二諦」是什麼？「二諦」是否如理之外，再有一個新的視域。「理解是見」是一個跨文化的普遍譬喻，它代表人們使用看見的相關詞彙時，以看見作為基本的體驗範疇，而去理解新的抽象的理論世界。譬喻語言學者提出經驗論（experientialism）反駁傳統的客觀主義（objectivism），企圖從傳統概念本身的客觀理解出走，而從經驗進行理解的走向，從關注單一客體的性質之外，更關注人與討論對象之間的互動經驗的說法[30]。證諸於本章所討論的「二諦」議題，我們不再客觀的追求對「二諦」為何的真理討論，而是討論作者如何「看見」二諦，以及作者如何藉用「看見」的肉體感知去理解、經驗抽象的諦理。同時又因為這是一組跨文化的普遍譬喻，更可以作為同時代與不同時代，同文化與不同文化的比較。因此，接下來，我們要在「理解是見」的共同譬喻基礎上，去看蕭統使用此一譬喻語言映射出來的「創意延伸」。

二　蕭統的「知如見」譬喻

　　以下再從「理解是見」的譬喻語式，檢視蕭統所編選的《文選‧遊覽》三賦中的觀看思維，並進一步探析〈解二諦義章〉的觀看議題及其意義。

---

30 譬喻語言學者主張經驗論與傳統客觀主義的理解差異，參考蘇以文：《隱喻與認知》（臺北市：國立臺灣大學出版中心，2005年）第八講。《我們賴以生存的譬喻》第二十五章。

（一）從視覺意義看三賦的視覺感知與思維

　　蕭統將王粲〈登樓〉、鮑照〈蕪城〉與孫綽〈遊天臺山〉三賦同編選入《文選》「遊覽」中，其理由可以從真俗二諦的區分中，見其意境高下有別。在此，則專門探討其視覺意象所產生的譬喻延伸意義。並反思蕭統「理境二諦」的詮釋方式，應有其意義。

　　《文選・遊覽》諸賦從「觀看」的隱喻意義來分析，也可以看出此類目之所以以「覽」為名的用意：王粲「登茲樓以四望兮」[31]以視覺感知眼前的世界，眺望眼前名山建築後，升起了「雖信美而非吾土兮，曾何足以少留」的感懷，顯然帶出了思鄉的情感主題。他登樓遠望，當下視覺所欲接觸的對象是地理意義的故鄉。但是在情意抒發、發展、發洩的過程中，則不再停留於眼睛所望的現實故鄉，而是「滑引對心靈故鄉的渴望：一個能讓他『騁力』實現自我抱負的處所」。[32]此中的「遙望」就不是「肉眼」所遙視，而是「心眼」的遙望，肉眼望不盡的是地理意義的家鄉，而心眼所投射的是心靈家鄉的渴望，是傳統士大夫的自我價值、用世之心的投射。因此，他真正的想望，其實是一個個人志向可以實踐的場域。「遠望故鄉」成為一個隱喻，「遠望」，以具體的視覺經驗，譬喻內心深切的思想渴望；「故鄉」，也以具體的地理座標，譬喻內心渴望可以實踐抱負的場域。

　　鮑照的〈蕪城賦〉寫廣陵故城，在四段的文字書寫中，視覺物象的描寫，從極興之物到極衰之敗相，這些物象是肉眼視覺所見，但是他「直視千里外，唯見起黃埃」，「出入三代，五百餘載，竟瓜剖而豆分」的視覺觀看，發出「千齡兮萬代，共盡兮何言」感嘆，此登臨懷

---

31 以下引文三賦文出《文選・賦己・遊覽》卷11，頁166-172，不復一一詳註引文出處。
32 朱曉海：〈從蕭統佛教信仰中的二諦觀解讀《文選・遊覽》三賦〉，頁440。

古之覽，是將當下所見，投射為歷時的思考，延展為對人類功業反思與嘆息。

　　孫綽〈遊天臺山賦〉從「天臺山者，蓋山嶽之神秀者也」破題，展現「窮山海之瑰富，盡人神之壯麗矣」的神秀、壯麗景觀。然而，能賞景者，能遊覽者卻是「舉世罕能登陟，王者莫由禋祀」，限制了非常人之所能臻。因此只有具「遺世翫道，絕粒茹芝」與「遠寄冥搜，篤信通神」等特質的人才能進入仙境，領略此景。文中，以登山陟險為喻，將遊天臺山設定為一艱難的登險之旅：從「睹靈驗而遂徂，忽乎吾之將行」起行，「被毛褐之森森，振金策之鈴鈴」裝備齊全的啟程，「披荒榛之蒙蘢，陟峭崿之崢嶸」、「濟楢由溪而直進，落五界而迅征」一路艱苦挺進，奮力前行、如遠征之行，「跨穹隆之懸磴丁磴，臨萬丈之絕冥」、「踐莓苔之滑石，搏壁立之翠屏」、「攬樛字下音木之長蘿，援葛虆字下音之飛莖」等等的描述，都在在顯示其困、其難、其艱辛危殆非常人之能行。強調必須秉持赤誠——「必契誠於幽昧，履重巘而逾平」，從而能突破前難，柳暗花明又一村，有了一番新境「既克隮於九折，路威夷而脩通」、「覿翔鸞之裔裔，聽鳴鳳之嗈嗈」、「追羲農之絕軌，躡二老之玄蹤」，從自然的山水景觀，進入了玄理的山水意境。最後遊覽結束，更是大量的視覺隱喻：「於是遊覽既周，體靜心閑」、「世事都捐，投刃皆虛，目牛無全」，終以「渾萬象以冥觀，兀同體於自然」作結。遊覽既周，完成這一趟歷經艱辛的遊歷後，心思沉靜。借用莊子庖丁解牛，目無全牛之說——也是個從視覺產生的譬喻映射。庖丁自陳解牛之道：「臣之所好者道也，進乎技矣。始臣解牛之時，所見無非〔全〕牛者。三年之後，未嘗見全牛也。方今之時，臣以神遇而不以目視也，官知止而神欲行。」[33]

---

33 〔清〕郭慶藩集釋，王孝魚點校：《莊子集釋》卷2，〈養生主〉，頁119。

這個寓言，眾所周知，是由技藝的進展來說明、展現一種體道的過程。以看見來說，從只看見全牛，到不見全牛，到不以目視而以神遇以視覺能力為喻，說明修養的進展，是從感官再進展到神思的體會。緊接著這樣的體會，我們當然不能將後面所謂「冥觀」視為一種只停留在視覺感官表面的能力，其實是與「神遇」一樣等級（層級）的體會，是對於道的、自然的冥觀體解。這也證明了「理解是見」的譬喻，其實是一種經驗的體驗。

（二）〈解二諦義章〉的視覺感知與思維

〈解二諦義章〉的組成分為兩個部分，前面是蕭統的解義，後面是二十二組問答。前人或以為〈解二諦義章〉僅有蕭統前釋義的部分顯見重要性，後面的問答無甚意義[34]。然而，筆者以為這兩個部分同樣呈顯出重要意義：蕭統的解義，一方面開宗明義的指出二諦的重要性，一方面扼要的解釋二諦的義理；為數龐大的問答，一方面代表當時人對蕭統所提二諦義的各方面質疑與問難，另一方面在蕭統的回答中更補足了對二諦更為全面的解說與理解。以下，即將「觀看」作一顯題化，討論〈解二諦義章〉問答中的三個與觀看有關的議題：

1 看見，是明道之方，破生死之迷障

首先在解義中蕭統開宗明義的就指出二諦是「明道之方」。這裡有兩點值得留意，一是他指出明道有種種方法，歸為能解之「智」與所解之「境」，二諦是就著「境」而言；二是何謂明道？蕭統從反面說：「若迷其方，三有不絕；若達其致，萬累斯遣」，指的是徹底解決

---

34 朱曉海評議蕭統〈解二諦義章〉豎義之後的某些反覆辯難無甚意義，僅是語文上的執泥糾纏，參見氏著：〈從蕭統佛教信仰中的二諦觀解讀《文選‧遊覽》三賦〉，頁445。

生死問題。所謂「道」，自古儒、道即多言之，也各有其道之「致」與明道之「方」。這裡表明的是從佛教的觀點出發。也就是說，蕭統所謂的悟道、明道，限於此時蕭統與文人、僧俗集團們討論、關切的問題核心，是佛教關於終極生死的解脫、出離的課題。

2　聖俗異見──凡見浮虛，聖睹真寂

　　因為不能區分能／所，膠著於境體一異的難題上，例如前三個問答[35]，幾乎都集中在這樣的質難上。慧超等三人，細分其問答往返，共有十六個細問，其問題都在於對「境」體的迷惑難解上。蕭統的回應，在第一問答以世、出世人所「知」個別之後，幾乎都是使用「見」作回應，並以「見」作為聖俗區分：「真理寂然無起動相，凡夫惑識自橫見起動」、「此理常寂此自一諦，橫見起動復是一諦，準應有兩、不得言一」、「依人為語有此橫見」、「法乃無動，不妨橫者自見其動」、「凡情所見見其起動，聖人所見見其不生」、「即俗知真，即真見俗，就此為談自成無異，約人辨見自有生不生殊」、「不謂流不流各是一體，正言凡夫於不流之中橫見此流」、「體恒相即理不得異，但凡見浮虛聖睹真寂，約彼凡聖可得立二諦名」、「凡夫見有聖人見無。兩見既分以茲成二」、「法常不兩，人見自兩」。

　　如前引譬喻語言學所示，譬喻的應用其實是帶來一種新的認知、體驗。那麼蕭統由知改見，以見作為隱喻，其用意是要讓其論述更具真實體驗的感受。然而，卻也因為是由看見作為譬喻，對於問者而言，固著在看見的「境」，是客觀存在的，難以理解，所見之境何以有一體而有真寂與流動之異見。事實上，蕭統所言的側重點都在於「約人辨見」，能見者的「能」之差異，所以所體解的、所認知的境

---

35 指南潤寺釋慧超諮二諦義往返六番、晉安王綱諮二諦義旨五往返五番、晉安王綱諮二諦義旨往返五番。

有異變，出世人（聖人）無惑見煩惱，故見境之真寂無動；而世人因惑見煩惱故，而見境之起動、流動，是謂橫見。

3 自凡之聖，見有由漸

在最後一組與光宅寺釋敬脫的問答，討論「見之由漸」的問題，此一問答復分五番往返：

1. 光宅寺敬脫咨曰：「未審聖人見真，為當漸見，為當頓見？令旨答曰：『漸見。』」

2. 又咨：「無相虛懷，一見此現萬相並寂，未審何故見真得有由漸？」令旨答曰：「自凡之聖，解有淺深，真自虛寂，不妨見有由漸。」

3. 又咨：「未審一得無相，並忘萬有，為不悉忘？」令旨答：「一得無相，萬有悉忘。」

4. 又咨：「一得無相，忘萬有者，亦可一得虛懷，窮彼真境，不應漸見。」令旨答：「如來會寂，自是窮真，淺行聖人，恒自漸見。」

5. 又咨：「若見真有漸，不可頓會，亦應漸忘萬有，不可頓忘。令旨答：「解有優劣，故有漸見，忘懷無偏，故萬有並寂。」

既如前所言，凡聖異見，則「見」的能力差別，決定了聖俗的差別。聖俗有別，故是舊見，俗可否之聖？偶凡是否可以成聖？此問答之中涉及了這個關鍵的議題。對於聖俗異見，聖人可悟知真理，玄悟、體察、覺照真理之境，魏晉以來的玄學討論中，即是玄聖玄覽玄境。聖凡隔別不通，是先天已決定的，無可更改，隱含聖人不可學而至的思

想。然而，此處〈解二諦義章〉提出的頓漸議題，即是提出修行的可能與工夫所在：仍是透過「見」的由漸，故言「自凡之聖，解有深淺」、「淺行聖人，恒自漸見」。凡俗可以透過修學解行逐步改變見地，最終仍可以契入忘懷萬有的聖人會寂之境。此聖人可學而至的理路討論，與當時謝靈運〈辯宗論〉折衷孔釋、竺道生頓悟之說雖各有不同，然其內蘊的聖人可至的思想，是相互貫通的。[36]

　　以上從三個方面提出蕭統在〈解二諦義章〉及其問答中所反映出來的世界感知。下一節則從傳統思想脈絡來討論這其中是否展現一種新的世界理解。

第四節　小結

　　由上可知，文本中的「見」，並非是肉體的見之能力有所差別，而是聖俗對事理的理解有所差別，對世界的認知有所差別。若能區分、理解語言譬喻的來源域（看見）與目標（理解）有所不同，那麼問答中，數組質難對於體一而見異的誤解就不會出現了。體一而見異，重點並不在於客觀事物是什麼、真實世界是什麼的討論，而是聚焦於個人看到了什麼？體驗到的世界是什麼？歸結來說，是一種「同視異見」的思想表達。如同《莊子》的體解：「瞽者無以與乎文章之觀，聾者無以與乎鐘鼓之聲。豈唯形骸有聾盲哉？夫知亦有之」[37]。由此可知「理解是見」的譬喻語式從先秦開始就存在於思想、文學等素材中。然而，還要進一步的討論，除了有「理解是見」這個譬喻語式存在，在中國文化思想中出現的這組概念具有什麼文化意義。從先秦

---

36 此一議題的討論，曾於博士論文中細論：參見周玟觀：《挑戰與回應：論唐以前佛教中國化的幾個關鍵問題》第三章「生命向度：形神之爭與成聖之學」，頁96-122。
37 〔清〕郭慶藩集釋，王孝魚點校：《莊子集釋》卷1，〈逍遙遊〉，頁30。

傳統到了蕭統二諦，以這個觀察角度出發，有什麼同異性可以討論。
在此初步的提出兩點拙見：一是「聖俗異見」觀點早存在於先秦儒道
的論述中，特別是檢討感官功能得失，與表述修養工夫境界時；二是
蕭統二諦義的在「理解」內容上以佛教的內涵增添的文化新義。

首先，蕭統在〈解二諦義章〉的問答中，以「見」的能力來區分
聖人與凡俗，對於視覺感知有聖俗高下的差異。其實對於視覺的反
省，早於先秦儒道諸子思想中即有所見。他們對於感官層次（視聽
等）的感知，是抱持著懷疑與反對的態度，如《孟子》的以口目耳鼻
為命不為性之說，以為感官「物交物，則引之而已」，一受到外物牽
引即無主，故必先立大人之學。道家《老子》所謂「五色令人目盲」
之說、莊子坐忘是從「墮肢體、黜聰明」──不囿於耳聽目視與心的
了別作用為出發點。到了魏晉玄學王弼〈老子指略〉中提出「夫物之
所以生，功之所以成，必生乎無形，由乎無名」，此生物之本的特
質，是「不宮不商，聽之不可得聞，視之不可得彰，體之不可得而
知，味之不可得而嘗」[38]。這都是認為感官認知之不可信賴。然而，
另一方面陳述聖人體道，實踐工夫的相關論述時，仍是透過視聽的語
彙描繪：如《老子》第十六章「致虛極，守靜篤，萬物並作，吾以觀
復」、《莊子・人間世》「心齋」說中提到「無聽之以耳（心）」而
『聽』之以氣」的工夫。之所以同樣使用「理解是見」的語言譬喻，
但卻有完全相反的意義呈現，其原因並不是外在的境異，而是內在理
解之心的能力聖俗有別。這裡有各家文化的共性與不共性：因為來自
於感官譬喻的原型，而有類近的模式，但填在其中以充實「理解」意
義的，則隨著各家思想理解而變異。

---

38 王弼：《老子指略》，收入樓宇烈校釋：《王弼集校釋》（臺北市：華正書局，1992
　　年），頁195。

　　蕭統〈解二諦義章〉，以「理境」的角度理解了佛教二諦的意義，雖然與後來三論宗。二諦或天臺三諦三觀有其異趣，但也呈現了屬於中國文化下的理解，在傳統儒、道文化中，聖俗異見大體就是以這樣的思維模式進行；蕭統在〈解二諦義章〉中詮釋的聖俗異見，大體也是這樣的趨向。如同魏晉玄學中也有阮籍提出「上遙聽而無聲，下修視而無章」（大人先生傳）、[39]嵇康「夫至物微妙，可以理知，難以目識」（〈養生論〉），[40]以及「神而明之，遂知來物，故能獨觀於萬化之前」（〈難宅無吉凶攝生論〉）。[41]真理無法透過肉眼以「目識」，但特鍾純美的至人卻能明於見物，可以「獨觀」萬化。與玄學「聖人不可學而至」，聖人之境僅聖人獨觀的理路有所不同，〈解二諦義章〉提出了「自凡之聖，見有由漸」的修學可能性。在「理解是見」這個譬喻概念之中，又增添了新的元素。如果「聖俗異見」之譬喻映射的角度是看見的能力與角度，那麼在「見之由漸」的譬喻映射中，增加了學習、實踐的變項，透過學習、實踐可以改俗成聖。所謂頓會、漸見的譬喻創意延伸，確實增加「理解是見」譬喻概念的豐富內容。

　　綜上所述，可以說在中國思想中「觀看」的能力是作為聖俗區別的標幟之一，同時也是切入工夫與精神境界的重要視角之一。以「觀看」作為聚焦，有別於以往對於聖人、聖境、理境議題的討論，乃是從視覺的經驗、體驗的角度出發討論，在思想史的研究理路上，透過蕭統二諦文論的重讀，而有新的啟發。然而，蕭統二諦一文亦有侷限，他所使用的「觀看」詞彙，相對於六朝豐富的雙音組合而產生的

---

39 阮籍：〈大人先生傳〉，收錄於〔清〕嚴可均：《全上古三代秦漢三國六朝文》（北京市：中華書局，1991年），頁1317-2。

40 嵇康：〈養生論〉，收錄於〔清〕嚴可均：《全上古三代秦漢三國六朝文》，頁1324-2。

41 嵇康：〈難張遼叔宅無吉凶攝生論〉，收錄於〔清〕嚴可均：《全上古三代秦漢三國六朝文》，頁1338-2。

眾多新的詞彙（包含觀看視見等視覺詞彙組合），並不豐富，能作為語言範式的討論性並不強，六朝豐富的觀看詞彙所建構的新視域，有待另文專論。本章聚焦於蕭統之見，並非特別強調蕭統個人的特殊性，而是他橫跨文學、思想、佛學的多重身分，在這多重身分中，他個人的觀看體驗，揭示了一個新的觀看自身、觀看世界、體驗諦理的可能性。這個新的視域，如上文所說，一方面是承繼傳統經史子學，一方面也來自文學的經驗，更重要的是佛學思維的啟發。在本章中，我們以一個個人的例子作為揭示，是否可以從這個視角去對更多的文學文本、思想文本、佛學文本作檢視，則有待投入更多的探索與研究。

最後，還要驗證本書的主題之一，即譬喻語言的使用，不在於文學的修飾，而是提出一種體驗論，是一種譬喻思維（metaphorical thought），理解，產生於個人與世界的互動。[42]《梁書》稱述蕭統的人格特質，有如下的記載：

> 性寬和容眾，喜慍不形於色。引納才學之士，賞愛無倦。恒自討論篇籍，或與學士商榷古今；閒則繼以文章著述，率以為常。于時東宮有書幾三萬卷，名才並集，文學之盛，晉、宋以來未之有也。[43]
> 性愛山水，於玄圃穿築，更立亭館，與朝士名素者遊其中。嘗泛舟後池，番禺侯軌盛稱「此中宜奏女樂」。太子不答，詠左思〈招隱詩〉曰：「何必絲與竹，山水有清音。」侯慚而止。出宮二十餘年，不畜聲樂。少時，敕賜太樂女妓一部，略非所好。[44]

---

42 參考《我們賴以生存的譬喻》，頁288-290。

43 《梁書》卷8，頁167。

44 《梁書》卷8，頁168。

這段機辯應答，如果以探問《文選・遊覽》編選動機的心情，將蕭統視為具有整全人格特質的人來看待，那麼，他不畜聲樂，反映的正是一個觀看世界的態度取擇。何以能夠摒除世人所好的聲樂享受，而享受山水清音，不是因為山水清音的客觀外在因素，而是經驗理解感知世界的能力，在討論篇籍，商榷古今，閱讀理解佛學、文學中間而發生了變化，他看見（理解）這個世界的方式自然與凡俗不同。蕭統〈解二諦義章〉提出的聖俗異見、由凡之聖的理路，討論的自然也不能視為是客觀的知識。所以蕭統以基於身體的「看見」為喻，提出一個感知世界、體認世界的新方法。

第五章
「思想是食物」與「修學是旅行」的概念譬喻與思想旨趣

第一節　競爭的隱喻

《史記‧殷本紀》記載伊尹出身的兩種傳說，其言曰：

> 伊尹名阿衡。阿衡欲奸湯而無由，乃為有莘氏媵臣，負鼎俎，以滋味說湯，致于王道。或曰，伊尹處士，湯使人聘迎之，五反然後肯往從湯，言素王及九主之事。[1]

兩種傳說同為司馬遷所聽聞、記錄。一者是說伊尹主動以烹調之法、滋味之說遊說湯王而得要職，一者是殷湯主動聘任伊尹，且經多次往反推辭才接受聘請。伊尹善於料理之術，以料理烹飪調味之要，陳說天子治國之道，其說亦見於《呂氏春秋‧孝行覽‧本味》篇，簡錄其言曰：[2]

> 湯得伊尹，祓之於廟，爝以爟火，釁以犧猳。明日，設朝而見

---

[1] 〔漢〕司馬遷撰，〔劉宋〕裴駰集解，〔唐〕司馬貞索隱，〔唐〕張守節正義：《史記》（臺北市：鼎文書局，1981年）卷3，頁94。

[2] 陳奇猷校注：《呂氏春秋‧孝行覽‧本味》（上海市：上海古籍出版社，2002年）卷14，頁740-741。

之，說湯以至味，湯曰：「可對而為乎？」對曰：「君之國小，不足以具之，為天子然後可具。夫三群之蟲，水居者腥，肉玃者臊，草食者羶，臭惡猶美，皆有所以。凡味之本，水最為始。五味三材，九沸九變，火為之紀。時疾時徐，滅腥去臊除羶，必以其勝，無失其理。調和之事，必以甘酸苦辛鹹，先後多少，其齊甚微，皆有自起。鼎中之變，精妙微纖，口弗能言，志不能喻。

其記載內容細節甚為繁複，從分別食物天然之屬性、如何料理烹煮、掌握火候疾徐，乃至調和甘酸苦辛鹹，視為口弗能言，志不能喻，具有精妙微纖的「鼎中之變」，而此「鼎中之變」若得其要，則可得至味，其言曰：

陰陽之化，四時之數。故久而不弊，熟而不爛，甘而不噥，酸而不酷，鹹而不減，辛而不烈，澹而不薄，肥而不膄。

如此，調和眾味得其要，終而能得「至味」。接下來文中繼續詳細敘述各地名產、食物，指唯有先為天子，方可得具，而要歸天子之道，其言曰：

天子不可彊為，必先知道。道者止彼在己，己成而天子成，天子成則至味具。故審近所以知遠也，成己所以成人也。聖人之道要矣，豈越越多業哉！

行文至此，文章內容已從討論食物料理一轉為慨陳天子為政之道。
　　讀者何以得知該文主旨是藉料理之術以喻天子之道？雖然文章開

頭伊尹以至味說湯，到最後言明聖人之道，文字不過三四行，百字而已，但已形成一主要的論述框架，確認談論的主題。文中言料理雖多達數十行，六百餘字，但卻只是借彼而說此——借飲食之道陳說為天子成聖人的君王之道。料理之事，敘述雖繁，實為譬喻。以飲食料理之說為譬喻，向國君陳言治國至道，自先秦始即有多例，為人熟知的如《老子》的「治大國若烹小鮮」，與出於《莊子》，充滿戲劇張力與畫面的「庖丁解牛」。這些例子，都利用處理食物的不同階段，或收集食材、宰割，或烹煮，向國君天子說以治國大道。

何以有這麼多例子是借飲食說治道？從義理方面說，實非重要的問題，不過是借由較易明白的飲食活動說明複雜的政治治術，主要探討仍為為政之道的內容。然而，從譬喻語言學的角度，卻可發現這是一組成系統有對應關係的概念譬喻——「思想是食物」。藉由民生大事，為用語人所熟知的食物、飲食域為基礎來源域，其中的詞彙語言成系統的映射到思想目標域中。兩者形成概念譬喻，是基於「意象基模」的相同性，飲食域是一個具體可知、熟知的、日常經驗中最為重要的活動，已在吾人內心世界、大腦組織或心靈世界自然形成其根深柢固，甚至不會為人特別覺察的「意象基模」（image schemas）[3]。此

3　或譯為圖象基模或意象圖式，大陸文獻多作此譯語。根據學者們的考察，chemae 一詞譯為圖式、圖型、範型、間架、構架、基模。因為它是指構造對象的框架，不同學門、不同領域有不同的說法與譯詞。心理學家認為 schemae 一詞是一種心理組織。集合了關於事物的具體構成的知識，如事件的空間構成，時間構成，故事的情節構成等等。參見劉靜怡：《隱喻理論中的文學閱讀——以張愛玲上海時期小說為例》（臺中市：東海大學中國文學系碩士論文，1999年6月）；李明懿《現代漢語方位詞「上」的語義分析》（臺北市：國立臺灣師範大學華語文教學研究所碩士論文，2000年）；周世箴：《語言學與詩歌詮釋》，頁93-96有一小節專門解釋意象基模。譬喻語言學者為何要在分析譬喻時提出「意象基模」，其用意如李福印所謂「（意象圖式）是為了把空間結構映射到概念結構而對感性經驗進行的壓縮性的再描寫」，參見氏著：〈意象圖式理論〉，《四川外語學院學報》23卷1期（2007年9月），頁81。

基模在認識、理解、說明新事物或抽象義理時,便因其概念的相近、相類而得以用此說彼,而達到理解、溝通的作用。因此,認知語言學者視譬喻為認知層面的活動,而非僅只語言表達形式的原因。

　　然而,譬喻不一定能說服所有人,縱有來自生理的共性,文化的變項還是有其舉足輕重的影響力。以伊尹要湯的故事為例,戰國時期的孟子聽到這則傳說,顯然相當不認同,其書記載與弟子問答此事,曰:

> 萬章問曰:「人有言『伊尹以割烹要湯』有諸?」孟子曰:
> 「否,不然。伊尹耕於有莘之野,而樂堯舜之道焉。非其義
> 也,非其道也,祿之以天下,弗顧也;繫馬千駟,弗視也。非
> 其義也,非其道也,一介不以與人,一介不以取諸人,湯使人
> 以幣聘之,囂囂然曰:『我何以湯之聘幣為哉?我豈若處畎畝
> 之中,由是以樂堯舜之道哉?』湯三使往聘之,既而幡然改
> 曰:『與我處畎畝之中,由是以樂堯舜之道,吾豈若使是君為
> 堯舜之君哉?吾豈若使是民為堯舜之民哉?吾豈若於吾身親見
> 之哉?天之生此民也,使先知覺後知,使先覺覺後覺也。予,
> 天民之先覺者也;予將以斯道覺斯民也。非予覺之,而誰也?
> 思天下之民匹夫匹婦有不被堯舜之澤者,若己推而內之溝中。
> 其自任以天下之重如此,故就湯而說之以伐夏救民。吾未聞枉
> 己而正人者也,況辱己以正天下者乎?聖人之行不同也,或遠
> 或近,或去或不去,歸潔其身而已矣。[4]

顯然孟子不願接受至味即至道的譬喻說,所以記錄時,對於飲食域中的詞彙只擇選「割烹」二字,至於隱喻脈絡形成的故事內容全然不

4　《孟子・萬章上》,引自〔宋〕朱熹:《孟子集注》,頁433-434。

提。若說這是因為孟子對耳目之學（感官）不滿，連帶從身體而來的飲食譬喻也不那麼以為然，似乎可通，但並非推翻或取代原飲食譬喻的主因。真正的主因在於孟子側重於湯與伊尹之間的君臣聘任過程，究竟伊尹是主動求官，或是湯主動聘任？究竟伊尹是一位要譽要位的求仕人，還是一位有節操的行道之人？顯然，孟子拒絕認同廚師版的伊尹，而將伊尹從廚師的身分換成「樂堯舜之道」的隱居聖人。[5]從隱喻的觀點，孟子不用思想是食物的譬喻，那無所不在的譬喻也出現在孟子的言論中嗎？姑且不論文中孟子用了人之身體是實體喻、容器喻、修為是清潔喻，[6]文中伊尹「樂堯舜之道」一詞即是建構於「人生是旅行」的隱喻上。「道」原為道路之意，此已延伸詞義為「人類日常生活重複遵循踐履」的道路，乃至「人事所應遵循的方法或準則」[7]，而道路本身有路徑的意象基模，而建構出「人生是旅行」概念譬喻。

　　孟子以「人生是旅行」的隱喻取代原來與飲食域接軌的隱喻，可視為「譬喻框架」的競爭與替換，何謂「框架」？何謂隱喻有競爭與替換的作用？譬喻語言學者與新聞學者以此方法解讀新聞人報導新聞的特性，他們說：[8]

5　孟子視伊尹為「聖之任者也」。參見《孟子・萬章下》，《孟子集注》，頁439。

6　參考本篇第二節討論之概念譬喻。

7　道字從道路之義引申、延伸成為中國哲學疇中重要觀念字，魏培泉從語言學的角度剖析其演變歷程。參見魏培泉：〈從道路名詞看先秦的「道」〉，收入鄭吉雄主編：《觀念字解讀與思想史探索》（臺北市：臺灣學生書局，2009年2月），頁1-52。

8　以下三段引文，引自鄧育仁、孫式文：〈隱喻框架：臺灣政治新聞裡的路途隱喻〉，《新聞學研究》67期（2011年），頁88-89。該文聚焦路途隱喻，對新聞中的隱喻與框架有深入的解讀。全文參見氏著：〈隱喻框架：臺灣政治新聞裡的路途隱喻〉，頁87-112。新聞框架的議題，亦可參考臧國仁：《新聞媒體與消息來源——媒介框架與真實建構之論述》（臺北市：三民書局，1999年）。

框架一件事的意思是有重點取捨的構思，架設該事件而帶入對
該事件在這構思下會有的意義解讀、推理形態和評價方式……
編排故事的思考架構出我們如何了解、推論我們所參與、所身
處的事件與情境的思考框架，也範限了我們實際會做怎樣的
事。特別在我們不假思索的時候，我們其實也活出一個故事，
或活出情節穿插、不同故事脈絡交織成的故事網絡，而隱喻是
框架、特別是重新框架故事情節脈絡的重要方式。相應這觀
點，新聞報導可以了解成新聞人為社會群眾編織穿插生活裡的
故事情節。

根據論者之意，則新聞報導並非純客觀的事件陳述，不同的新聞人其
實帶入了不同的看待事件的隱喻框架。對於「隱喻」在編織故事時扮
演的角色，論者解釋：

這情節也許沒有反映事實，也許只片片斷斷……但在比較宏觀
的省察分析下，從新聞報導也是參與社會群眾如何活出或編織
他們故事的方式來看，也可以透露出群體建構出來的生活故事
和思考秩序。隱喻是建構這生活故事的重要方式。

如是說來，故事的真實性是一回事，故事如何被傳述、編織，乃至自
成一套的隱喻框架又是一回事。雖然孟子不是新聞人，但他以何觀點
重新看待、編輯伊尹的觀點，則類近於新聞人的工作，他否定、拒絕
了伊尹以至味說道的隱喻，改採新的取景，有何作用呢？鄧育仁等人
解釋新隱喻的作用，其言曰：

特殊且有創意的新隱喻提供大眾（或分眾）新取景、新看待事

情的方式來批判性重建或取代既有隱喻取景下的故事思考。

孟子的確為弟子帶來新的故事取景，新的隱喻框架，弟子如何回應尚不得知，但後世解讀，如朱熹《集注》於此處引林之奇語：「以堯舜之道要湯者，非實以是要之也，道在此而湯之聘自來耳。猶子貢言夫子之求之，異乎人之求之也」。[9]朱熹可謂孟子之知音人。清楚的說明在此隱喻框架下，故事真正要詮釋的不在飲食至味如何，而是人生道路的出處進退，這不也正是孟子其人其書關懷的重心！

由此，我們可以得到一個重要的隱喻觀點，即隱喻不只是二域之間的映射關係。當作者運用譬喻，特別是在篇章中，他借由具體來源域的字詞投射至目標域，傳達抽象複雜的概念時，運作不同的隱喻，在故事脈絡中提出新隱喻框架，可能是意欲以新說取代陳見，為閱聽者帶來一片新視野。而新的隱喻框架成系統、成組織的出現，也會形成新的文化脈絡，此即人類隱喻認知系統中的文化變項。

此外，值得一提的是伊尹出身傳說的兩種隱喻框架，恰恰是本章要討論的兩組重要基本概念譬喻——「思想是食物」（FOOD IS THOUGHT）與「人生是旅行」（LIFE IS A JOURNEY）之喻。下文即從解釋概念譬喻的要義、分析其意象基模與譬喻的運作，從而溯源古代漢語的詞彙、篇章乃至隱喻故事，觀察其在漢語中的表現與特色，乃至思想意涵。

第二節　概念譬喻的解讀

Lakoff 和 Johnson 提出「概念譬喻」，將譬喻從修辭學的視域拉

---

9 〔宋〕朱熹：《孟子集注》，頁434。

到認知語言學的領域中解讀，並認為譬喻是成系統的二域映射運作模式。他們從日常語言中歸納出許多例證，後來並從詩歌語言中討論驗證，得出許多成組的概念譬喻，一時要全面討論並不容易。因此，本章從食衣住行等人們熟悉的生活經驗中，先擇選其中兩組基本概念譬喻──「思想是食物」與「人生是旅行」作討論。本節說明這兩組概念譬喻的意義。

一 「思想是食物」釋義

Lakoff 和 Johnson 在 *Metaphors We Live By* 書中第十章提出數十組 *Some Further Examples*，歸納許多概念譬喻[10]，IDEAS ARE FOOD（觀念是食物）是其中一組，他們舉了幾個語證來說明這個譬喻，如：[11]

> That's **food** for thought.（那是思想的食糧。）
>
> This is the **meaty** part of the paper.（這是此文最有肉〔→有料／內容豐富〕的部分。）
>
> Let that idea **jell** for a while.（讓那個觀念凝固一下〔→讓那個觀念成型〕。）
>
> That idea has been **fermenting** for years.（那念頭／想法發酵〔→醞釀〕多年。）
>
> We don't neet to **spoon-feed** our students.（我們不必用湯匙餵學生〔→採用填鴨式教育〕。）

---

10 Lakoff, George. & Johnson, Mark. *Metaphors We Live By*, Chap.10 *Some Further Examples*, pp.45-51.

11 以下括號內的譯文參考周世箴譯文：《我們賴以生存的譬喻》，頁81-91。

I just can't **swallow** that claim.（那個說法叫我嚥不下去〔→無法接受〕。）

There are too many facts here for me to digest the mall.（這麼多事實我無法全部消化〔→處理〕。）

以上徵引自原書與譯文的例子，但改變了原書排序的順序，而以取得食物、料理食物到食用乃至消化的歷程為序，重新排列。[12]可以看出所謂的概念譬喻的形成、運作及其系統性。綜合類近的語例，譬喻的兩域關係並非隨意連繫，而是有系統的認知對應。蘇以文的圖示也可以清楚看到兩域之間的對應關係，如下圖示：

---

12 例句中有一句經典的話，即 All this paper has in it are raw facts, half-baked ideas, warmed-over theories.（這整篇論文只有生的事實、半生不熟的觀念以及回鍋加熱的理論），為避免生硬的將原書例子搬至論文中。此處筆者重新排序、重新理解，也可說是重新將之料理一番，希望讀者較易入口。

表三　「思想是食物」概念譬喻映射表

（THE COMPREHENSION OF THOUGHT IS THE DIGESTION OF FOOD）[13]

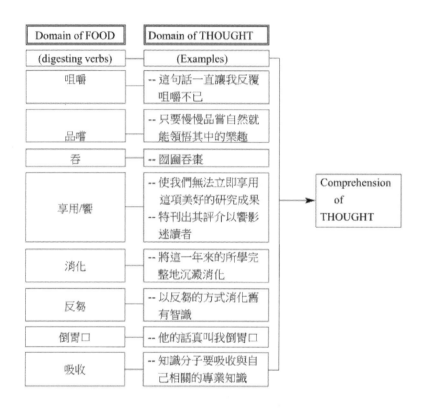

蘇的圖示，也是發現了這兩者之間的成系統對應關係。該圖集中在食物進入口中後，經歷口何以會有「觀念是食物」或「思想是食物」概念譬喻的產生，學者提出「意象基模」的觀點，後來又發展為「動覺意象基模」（Kinesthetic Image Schemes）。意象基模作為一種「心象」（mental images）的呈現，有別於感官感知的心智空間，與動覺有較大的關聯，多數是人與環境互動而產生的經驗結構，而有「容器」、

13 圖引自 Su, I-W. Mapping in Thought and Language as Evidenced in Chinese. *BIBLID*, 18, 2000, p.411.

「通道」、「中心—邊緣」與「源—路徑—目標」基模等類型，與視覺不同，他們都來自於具有概括性、基本的「動覺本質」。[14]所以，飲食作為人日常生活主要的活動，也自然而然形成一組意象基模，從處理食物到飲食過程（口吃→咀嚼→吞嚥→消化→吸收轉化→排廢），乃至身體產生的味覺感受，如美味與否、飢飽與否等身體感伴隨而來。因此，在面對抽象不易理解或溝通表達的「觀念」、「思想」時，首先將觀念與思想「實體化」[15]，成為一容器內容物，結合了「管道譬喻」形成複合譬喻，那麼思想與觀念就成為可以進入心靈之物。[16]處理食物然後輸送入口，並在體內消化吸收的歷程，給予思想或觀念一個類比的對應關係，如同周世箴說：「此一複合譬喻為我們理解『觀念』這個無法直接觀察和感受到的抽象概念提供了一個途徑：『觀

---

14 Lakoff & Johnson 的譬喻觀點與當代認知科學「棲於身」的新見息息相關，學者指出他們利用認知科學最新的研究成果重新建構西方哲學。認知科學的研究認為心智是棲於身的，而且抽象的概念基本上來自隱喻。這類的研究成果塑造了「棲於身」的新語言觀，其中「棲於身」的三個層次分別為（1）神經系統的層次：指概念或認知行為等神經生理機制。（2）無意識的認知層次：這是指一切使我們有意識的經驗（如語言的使用或理解）變得可能的心理運作，如建構我們基本概念或空間概念所需的圖像基模就是無意識的認知現象。（3）有意識的現象學的體驗：這是指人類能感覺到的一切經驗，不論是身體的、心理或社會文化的。參見黃宣範：〈棲於身的體現認知〉，收入蘇以文、畢永峨主編：《語言與認知》（臺北市：國立臺灣大學出版中心，2009年8月），頁341-386。

15 實體化的意思，依 Lakoff 等語言學者的解讀，實體化乃是利用事物和實體去了解我們的經驗，而可以允許我們挑出經驗的小部分，而把它們當成一個完整的東西，或內容完全一致的實體。一旦我們視經驗為實體，我們就可以討論它們、將它們分類、分組、定量——並藉此做推論。實體譬喻的來源即是吾人身體的感受與經驗。參見 Lakoff, George. & Johnson, Mark. 1980a. *Metaphors We Live By*, p.25.

16 周世箴對於「觀念是食物」的運作基礎與過程有深入的討論，其言：「概念譬喻『觀念是食物』顯然基於一個更為根本的譬喻：『觀念是物體』，既然是物體，我們便可從我們身外將之拿過來，裝進容器，並傳遞出去。此外，此一譬喻還以「心是容器」的譬喻為前提，意思是把物體（裝在語辭裡的觀念）送進心智/大腦這個容器」，參見氏譯：《我們賴以生存的譬喻》第十章譯注2，頁83。

念」可以像食物一樣被攝取、品嚐和消化」。[17]，「觀念是食物」與「思想是食物」都反映了這樣的對應關係。也因為飲食域與觀念、思維域為吾人重要的身體與心理活動域，在英漢語的語料中也可見數量龐大的例證。此類跨文化相似存在的概念譬喻也說明了譬喻「棲於身」的體驗性特質。

二 「修學是旅行」釋義

「旅行」作為一個具體的概念來源域成系統的跨域映射到一個較為抽象的佛教修學歷程，其背後有兩個概念的運作是值得關注的，一是歸類於「結構譬喻」的譬喻類型，一是「動態意象基模」。首先，說明旅行譬喻是「結構譬喻」的意義。Lakoff & Johnson 將譬喻類型歸類為三種類型：方位譬喻（orientational metaphor）、本體譬喻（ontological metaphor）、結構譬喻（structural metaphor）。前兩者依於自身肉體經驗的原初認知，結構譬喻則較強調原初概念基礎上的系統性對應。前兩類奠定概念系統的基本面，語言的傳達溝通幾乎依賴著這些上下、進出、物體與實體等身體經驗的基本概念。除此之外，第三類的「結構譬喻」在觀念、思想的溝通上卻扮演了更重要的角色。[18]諸如「人生是旅行」、「思想是食物」、「爭辯是戰爭」等結構譬喻，「結構映射」（structural mapping）的方式成系統的進行譬喻表

---

17 周世箴譯：《我們賴以生存的譬喻》第十章譯注2，頁83。周氏亦在另書解釋「思維是食物」的概念譬喻，用以說明兩者之間具有認識上的對應，反映了認知語言學家所主張的「譬喻蘊涵」的主張。參見氏著：《語言學與詩歌詮釋》，頁91-92。

18 周世箴比較三種類型的數量、內容與差別時指出：「單純肉體經驗的基本概念為數不少，往往僅止於指涉與量化，在這些作用之外，結構譬喻卻使我們能用一個建構性高的，清楚描繪的概念去建構另一個概念。」見氏著：《語言學與詩歌詮釋》第四章〈當代認知譬喻觀點〉，頁99-108。

達。無疑的，這與人們本能的認知活動特質有關，我們習慣依賴具體、實際的概念，去理解非眼見耳聞的，抽象的概念。

　　其次，說明旅行譬喻的「動覺意象基模」的意義。如上文討論「思想是食物」時提及的「動覺意象基模」，旅行的意象基模與「源—路徑—目標」的動覺意象基模來自於具有概括性、基本的「動覺本質」[19]、的動覺意象基模。在結構上，源是起點，目的地是終點，路徑則是從起點經過中途點抵達終點；其基本邏輯則有著從起點到終點，必然要經歷中間不同的空間點，空間的長度越長則歷時越久；譬喻的形式表達則可以是一則事件從開始發生（源），過程（路徑）到最後狀態（目標／目的）。下列的圖式可見其對應關係

表四　「人生是旅行」概念譬喻映射表

旅行域（Domain of JOURNEY）	人生（Domain of LIFE）
旅行者	生命之個體
出發點	出生／特定時期的開始
經過、路徑	事件的發展、進退
終點	死亡／特定時期的結束
遭遇的困難	人生問題
獲得的協助	獲得協助的資源（包括人／物）
旅行的伴侶	朋友

---

19 "Mental imagery, as we pointed out above, is not merely visual. And image schemas are kinesthetic in nature, that is, they have to do with the sense of spatial locations, movement, shape, etc." Lakoff, George. *Women, Fire, and Dangerous Things: What Categories Reveal about the Mind*, pp.445-446.

第三節　詞彙層面的考察

一　詞彙與知識系統

　　如何從語言中觀察「思想是食物」與「人生是旅行」概念隱喻？如同緒論中所論，可以從詞彙、語句與篇章切入，觀察漢語中此類概念譬喻的特色。故本節接著討論如何從「詞彙」入手。語言學者黃居仁對於「詞彙」在認知活動中扮演的角色，有如下的觀察與界定，他說：

> 　　「認知」從詞彙的構成來解釋，就是從「體認」到「知識」的歷程。「體認」來自於人的感官、知覺，與經驗。……語言是人類表達知識，與彼此溝通的最主要工具。在語言的媒介下，人們的知識則是將由體認得到的訊息系統化。觀察和感受才能有效表達，知識得以跨越時空交換與傳承。……只有在人群中，需要溝通時，才需要有一個共有的知識系統。從語言的系統性來看，語言與族群有密不可分的關係，每個語言都是同一族群共同使用的溝通與知識表達系統。而人類表達與處理知識的單元，就是語言的單元。語言中，字詞與詞義的關係，事實上就表現了說話者所體認的知識單元。[20]

黃居仁提出詞彙的構成就代表認知活動從體認轉進為知識的歷程，透過了語言與詞彙，我們可看到訊息如何處理，如何系統化，成為每個

20　黃居仁：〈從詞彙看認知：詞彙語意學研究的趣味〉，收入蘇以文、畢永峨主編：《語言與認知》，頁204-228。

文化下特有的知識表達系統。文字形式的詞彙，可以讓我們看見該文化的知識系統與表達工具。由此可知，文字與詞彙何以可以成為吾人觀察譬喻認知運作的表現。同時，漢字又因特殊的形構而在認知語言學者眼中有獨特的意義，黃居仁說：

> 過去的研究常把漢字的意符（部首），看成不完美的分類系統。然而，本系統性研究發現，每個意符所衍生的漢字家族，事實上是一個小的知識體系。[21]

語言學者發現文字部首、部件[22]的分類，可視為一組小型的「知識體系」，也有學者視之為類近譬喻的「原型範疇」。每一組部首可以繫連出一組相關的知識群，以「艸」為例，即可以繫連出植物的部分（Part）與利用（Usage）與屬性（Properties），成為一植物的知識系統。又如金部也可以繫連出金屬名稱、金屬功用、與金屬的製造過程與方法等概念。故他說：

---

21 黃居仁：〈從詞彙看認知：詞彙語意學研究的趣味〉，頁222。亦可參考黃居仁主編：《中文的意義與詞義》，《意義與詞義》系列（臺北市：中央研究院語言所文獻語料庫與資訊所中文詞知識庫小組技術報告）。

22 部件也有相同的作用，且具有心理認知辨知的意義，如葉素玲說：「心理學的研究顯示，在看到一個漢字時，部件（包括部首和聲旁）本身的字義也會激發，因此也可視為一個詞素」，參見氏著：〈文字辨識〉，收入蘇以文、畢永峨主編：《語言與認知》，頁298。「部件」的說法，亦可參考黃沛榮〈部件教學法的運用及其局限〉，黃沛榮以教育部4808個常用字為基準，據以分析出440個部件，並統計其出現頻率與組字特性，對部件的界定與應用有重要的研究成果。故筆者以為除論者所謂「部首」外，亦應考慮「部件」元素。如黃沛榮所歸納出的高頻部件與整字部件都具有其重要性，參見氏著：《漢字教學的理論與實踐》（臺北市：樂學書局，2006年6月），頁81-122。

> 人類知識的衍生，主要的是由分類、組成、功用與產生來源等
> 經驗知識來的。我們證明了漢字意符表達的知識系統，正是建
> 立在經驗知識的基礎上，也驗證了知識的共同認知基礎。⋯⋯
> 顯示漢字與中文都具有強健的知識表達系統，系統本身即有豐
> 富的知識。[23]

據其研究分析，義符除了個別文字的表意功能，同一義符還可以組成
一組因認知經驗而相結合的「知識表達領域」。從譬喻語言學的角度
說，若是從身體器官取象的部首，如第二章的「目」代表與視覺相關
的概念，常常就是身體譬喻的基本來源域。換言之，身體器官的義符
形成一組小型知識系統，其中集合了某一生理、身體經驗域的認知概
念，也成為重要的譬喻來源域，可以作為理解、表達抽象概念範域的
詞彙語詞。

　　因此，譬喻可從詞彙的類聚組合加以觀察與分析，不只是看出類
聚關係是由轉喻或隱喻產生，還包括其背後「域」的概念，就是一組
小型的具有辨義作用的知識系統，而這個知識系統的觀察可由詞彙義
符、部件作為切入點，以下即以此一觀念為前引，討論飲食域與旅行
域的詞彙隱喻意義。

二　詞彙層面的概念隱喻

(一)「飲食」系統

　　文字的義符，提供觀察某一概念域的切入點。對於同一義符，我
們可以有兩個觀察角度，一是就個別文字的字義，其詞義從本義到衍

---

23 黃居仁：〈從詞彙看認知：詞彙語意學研究的趣味〉，頁222-223。

生的「詞義延伸」現象，一是就詞彙之間相近義或相反義而形成的「詞彙類聚」現象，兩者都可以觀察到譬喻的現象。從第二章討論「目」類視覺詞彙可以知一二。

那麼，本章所討論的兩組概念譬喻，若要先從身體詞彙開始，則可擇選「口」部與「足部」，但學者的身體詞彙研究卻指出一些研究上的限制。與飲食類相關的部首，從身體域來看，自然以「口」居先，鼻「嗅」為輔。然而據學者就「口」的器官與味覺的詞彙分析，以「口」、「味」和「嗅」為例，卻發現其映射到精神域遠不如前章所討論的目視覺詞彙為多。曹逢甫即指出嗅覺與味覺在映射上，不似視覺動詞經常發展出指涉、映射到精神活動的譬喻義，他說：

> 嗅覺與味覺比較少有抽象或指涉精神層面的涵養。在英文，不好的味道指涉不好的人格或不好的想法。……雖然smell當動詞時可指涉「發現」，被發現的對象卻只侷限於不好的東西。……另一方面，在英文，味覺與個人對於服飾、藝術或食物的喜好厭惡連結在一起，如（He has an exquistite **taste** in food/art/clothing.）。其他的印歐語也有相同的傾向。……有趣的是，在漢語，除了「發覺」這一個意思外，我們並沒有發現嗅覺有任何精神層面的延伸。（舉例：我可以嗅到春天的蹤跡。）然而，像印歐語一樣，漢語的味覺發展出指涉個人好惡的譬喻義，如（他對食物／藝術／衣服有很高的品味）。除此之外，它也指涉體驗及人格。[24]

從英漢語身體器官詞彙來看，除了味覺可顯示個人好惡外，幾乎看不

---

24 曹逢甫等著：《身體與譬喻》，頁40。

出從身體域延伸到精神域的特別現象。然而，回溯古漢語的思想語料，卻有如本章開頭所引的至味治國之說，似乎仍有空間往古漢語的思想文獻中尋蹤覓跡。

如果納入「口」更多詞彙，或是不只從「口」部著手呢？可否開拓新的語料範圍。我們仔細觀察飲食的活動過程，可以發現從食物處理、切割烹調、醞釀、取其菁華、去其糟粕、食用先後過程，都有相關、相對應的義符部件如口、食、刀、火、酉、禾、魚、肉等部[25]，這些部首內的字群，詞彙群。舉例如下：[26]

口部中有吞、吐、品、含、味等字。「吞」從生理的吞嚥義，延伸出兼併義的「侵吞」「併吞」；「吐」從生理的吐出食物義，延伸出洩露義的「吐露」（心情、心聲）義。「含」從擱置停留口內的狀態描述義，延伸出包容義的「包含」。「品」從生理的品嚐食物義，延伸出對食物的細辨滋味的「品味」；因為區辨滋味而有高低優劣之別，如「上品」「中品」、「下品」對之物；又延伸出評量義的「品評」、「品題」，乃至於成為對人的等級類分，如古代官制有九品，或是對人也有「上品」「下品」之別。

食部中有「食」、「飲」、「飽」、「養」。「食」字從生理的吃，以「轉喻」方式延伸出食物的總稱，如「豐食足食」，或是以「譬喻」方式延伸出薪水義，如「食祿」、「謀食」。「飲」從喝液體類飲料食物，延伸出情緒感受，如「飲恨」。「飽」從生理的滿足感受，延伸充足豐富之義，如學識充足豐富的「飽學」，或指經歷豐富的人生經驗「飽經世故」。「養」從，從生理的餵食義，延伸出給予照顧，乃至培植、培育之義，如照顧身體的「養身」、「養傷」、對人的「生養」、培

---

25 部件可表達一特定知識域，口部、食部等可以反映類近的飲食知識系統。

26 關於「詞義延伸」與「詞彙類聚」的解釋，語言學有諸多不同理論，在此必須強調以下的舉例與解讀是從譬喻語言學的觀點。

育有生物的「植花養草」，乃至延伸為抽象精神域的（道德、德性）「修養」。

　　若就處理食物階段言，因為必須借助工具，如具切割作用的會收入「刀」部、具烹煮詞義的會收入「火」部。個別字如「剖」從對破開食物，延伸出分辨事理的「剖析」、「剖白」、「剖解」義。「剔」從分解骨肉的動作，延伸出具去除義的「剔除」。「割」從以刀割物品，延伸出捨去義，如「割愛」或「難割難捨」。「火」部中「炙」本義為燒烤，延伸出薰染義，如「親炙」。「炮」本為燒製食物，延伸出對食物之外的如藥物煉製，如「炮製」、「炮煉」，後延伸至抽象事理，如「如法炮製」。酉部字，如「酌」原為酌酒，延伸為飲酒宴會義，如「清酌」「小酌」，又另延伸出量度義的「商酌」。「醞釀」，《說文》中醞釀互訓，指釀酒過程，延伸出變化演變之義。

　　至於與食材相關的「禾」部、「米」部、「肉」部與「魚」部[27]，也各有詞義延伸的譬喻現象，此暫只處理映射至思想域者，如「秀」本為植物吐穗開花，引申出優秀義，因此可延伸為對人的優劣評語，如「秀外慧中」的稱譽義，或「秀而不實」與「苗而不秀」都是指對人的評論。「穎」本指禾之尖端，後延伸出人或思想、智慧出眾者，如「聰穎」、「穎悟」。「米」部之「精」，為舂去糠皮的米，因為有精製之義，而延伸出擅長的「精通」義，或是聰明的「精明」義，因此指人的精神，相關成語如「聚精會神」、「殫精竭慮」，乃至可以指人的思想或作風，如人文精神、科學精神等。「魚」部，「鮮」為活魚義，因其生鮮意象，而延伸出新鮮、光鮮等義；因其稀少，而有少義，如「寡廉鮮恥」。「鮑」為鮑魚，魚種之一。因此特殊氣味而有「鮑魚之肆」之詞，指惡臭的環境，又可引申為惡劣的環境。

---

27 此類亦可從人是植物、人是動物等概念譬喻解讀，此暫不岔出討論。

　　以上語例，相對於飲食類的數量繁多的詞彙譬喻現象，可謂以管窺天。由此的確證明以「吃食」為核心概念的飲食域，從詞彙來看，是可看出系統的對應到思想、學說等智慧、精神範域。所以「口」部、「食」部、乃至「酉」部、「魚」部、「月（肉）」部，其實是可以繫連出一組關於中華文化的飲食知識文字表達系統的詞彙類聚。

　　概念譬喻有生理共性與文化差異性，以上的語例可證明漢語中「食物（飲食）是思想」，如同目類視覺詞彙，因生理機制而產生的構詞動力外。同時，文化因素也扮演了舉足輕重的影響力。以下列舉數則以見其義。「味道」一詞，魏晉有「味道研機」[28]與「潛心味道」，[29]之語，與當時的清談玄風有關。佛教文獻亦有「觀風味道」之詞，《高僧傳》記載：

> 潛伏膺已後，剪削浮華，崇本務學，微言興化，譽洽西朝，風姿容貌，堂堂如也。至年二十四，講《法華》、《大品》。既蘊深解，復能善說，故觀風味道者，常數盈五百。[30]

「味道」一詞，今通指口鼻所感受的食物感受，名詞用法為多。但在古漢語中，卻有品嚐、體會道味之義，是一動賓組合。而品味的內容——「道」，更是重要的哲學詞彙，有其文化特殊的意義。「咀嚼」一詞，從嚼碎食物的詞義，延伸出細細體會之義。劉勰《文心雕龍・序志》言「傲岸泉石，咀嚼文義」。[31]「斟酌」，一詞，斟酌原與酒

28　〔西晉〕潘岳：〈楊仲武誄〉：「鉤深探賾，味道研機」，收錄於〔清〕嚴可均：《全上古三代秦漢三國六朝文》卷92（北京市：中華書局，1991年），頁1993-2。

29　《晉書・成公簡傳》簡述其人志行，稱「成公簡……性朴素，不求榮利，潛心味道，罔有干其志者。默識過人。」〔唐〕房玄齡等撰：《晉書》（臺北市：鼎文書局，1981年，金陵書局本）卷61，頁1665。

30　《高僧傳》卷4，《大正藏》冊50，頁347c。

31　〔梁〕劉勰、詹鍈義證：《文心雕龍義證》冊下，頁1938。

器、倒酒有關，因為傾倒時需注意量之多寡，而有延伸至智慧域的「斟酌」用法，如「字斟句酌」，表對語言文詞的仔細考量，又如《諸葛亮》〈出師表〉：「至於斟酌損益，進盡忠言，則攸之、禕、允之任也」，指一個人處事的能力與特質。「醍醐」一詞，為牛奶精煉製品，因佛經中以牛奶製成的不同成品——乳、酪、酥、醍醐道。醍醐為至味，以喻至道，如：

> 若有欲界人身四大諸根，爾時正有欲界人身四大諸根，非欲界天身，色界天身，空處、識處、無所有處、有想無想處天身。如是乃至有有想無想處天身時，爾時正有想無想處天身，無有欲界人身四大諸根，及欲界天身，色界天身，空處、識處、無所有處天身。象首！譬如牛乳，乳變為酪，酪為生酥，生酥為熟酥，熟酥為醍醐，醍醐為第一。象首！當有乳時，唯名為乳，不名為酪、酥、醍醐，如是展轉，至醍醐時，唯名醍醐，不名為乳，不名酪、酥。象首！此亦如是。(《長阿含經》)[32]

另天臺經教中，「出乳味相」之五味喻佛經內容、次第[33]。以醍醐指佛法最高層次，亦有至道之義。因此產生「醍醐灌頂」之類的成語傳世，指人突然接受到好的想法或思想，而產生新的感受或領悟。

最後，舉「食指」一詞為例，食指為何以「食」為名？在英語中並無此義。溯其源，則見於一則古事，據《左傳·宣公四年》記載言：

> 楚人獻黿於鄭靈公，公子宋與子家將見。子公之食指動，以示

---

32 《長阿含經》卷17，《大正藏》冊1，頁112a。
33 〔隋〕智顗：《妙法蓮華經玄義》卷1，《大正藏》冊33，頁823b-c。

> 子家曰:「他日我如此,必嘗異味」。及入,宰夫將解黿,相視
> 而笑。公問之,子家以告。及食大夫黿,召子公而弗與也。子
> 公怒,染指於鼎,嘗之而出。[34]

故有成語「食指大動」一詞,食指以此得名。後轉喻為家中之人,如
成語「食指浩繁」,指家中人口眾多。後金庸撰寫《射雕英雄傳》
時,九指神丐洪七公的人物發想也是來自這個典故。

上述所舉古漢語飲食類詞彙之例,可見文化因素在「思想是食
物」概念譬喻中所新增的創意映射。

(二)「旅行」系統

另外,與旅行相關的詞彙,也是不能僅靠身體器官的「足」完全
得其概念。仔細觀察旅行的活動歷程,可以發現從個人能行動的行動
動詞、所行的道路、所憑藉的交通工具等,旅行系統可納入足、辵、
行等部件與代表交通工具的馬、車、舟等部件等組合成一旅行域的知
識系統。具有這些部件的字群,詞彙群,與本譬喻相關者,舉例說明
如下:[35]

「足」的「路」為人行走的道路,延伸為做事的方法、途徑或方
向,如門路、正路、邪路等。也指思想的方向或內容,如思路、理
路。「踐」義為用腳踏地,而延伸出實行義,如實踐、踐履。辵部
「通」,本通路,延伸出通達義、通透義。本指行動方向的「返」
「迴」,延伸出指心意狀態的迴心轉意。「道」,本道路,延伸出方法

---

34 (晉)杜預注(唐)孔穎達正義:《左傳正義》(臺北市:藝文印書館,1979年,影
　印阮元校《十三經注疏》本),頁368-369。

35 關於「詞義延伸」與「詞彙類聚」的解釋,語言學有諸多不同理論,本文必須強調
　以下的舉例與解讀是從譬喻語言學的觀點。

或方向，如道術、人生大道等。「行」，本為身體的行走、走路、步行義，延伸出德性的實踐義，如行孝、行義；亦延伸出文告類的「發佈」義，如發行、刊行。「術」本為人為的道路，延伸出技藝，如技術、武術、算術等。「衝」為向前直走，延伸為衝突義，或延伸為交通要道，如「要衝」；或是描述情緒，如「衝動」。「馬」、「車」、「舟」為古今重要交通工具。因此其詞彙也可延伸表達人生事件，如「馳」，指馬快行，延伸有心思方向，如神馳、馳念義。「騰」指奔跑、跳躍，而延出騰讓義，或指心情的騰雲駕霧。「輔」為車兩旁夾木，延伸有輔助義，輔導義。「輪」為車輪，延伸為輪流之。

　　以上語例，相對於數量繁多的旅行詞彙類的轉喻與譬喻，可謂以管窺天。但也已證明以「行動」為核心的旅行域概念，從詞彙系統來看，是可以系統的映射到人生事件的範域中。所以「足」部、「行」部、乃至「馬」部、「車」部、「舟」部件等詞彙類聚，也可視為一組旅行知識文字表達系統。

　　此外，此一旅行域的文化因素，在中國古代思想也可以找到系統映射到思想域中，甚至成為哲學範疇中的重要觀念字詞。舉其要者，即「道」與「行」兩字。「道」早在先秦思想諸家中，已延伸為重要的人生準則或學說，乃至具有超越哲學義的道；「行」的動詞，有實踐義，與行道相組成詞，具實踐學說的行動義，至於「五行」一詞，更是先秦思想中重要的詞彙，學者論述甚夥。其中兩篇文獻，是語言學者，或義理與語言學者跨領域結合共同討論的文章，值得注意，也與本書取徑角度較為相關。一是魏培泉：〈從道路名詞看先秦的「道」〉，一是鄭吉雄、楊秀芳等思想與語言學者合作，對「行」之字義考鏡源流、辨章學術。學者從語言角度的分析，[36]剖析特定詞彙的

---

36 參見魏培泉：〈從道路名詞看先秦的「道」〉，收入鄭吉雄主編：《觀念字解讀與思想

來龍去脈，發現古文字義的初始與轉變，乃至哲學化為重要觀念字的歷程。其轉變的歷程也可說是從具象義輾轉延伸出抽象哲思義。雖然其論述不是以譬喻語言學的方法，但所得之結論，也可以看到字義延伸與詞彙類聚的現象。由此可說，文化乃作為字義詞彙發展、變動的背後動力。雖取徑不同，但都可得到類近的現象。故筆者於本書緒論曾言，取徑譬喻語言學以研究古思想文獻，在方法學上，絕非以新言代舊說，而是增加多元視角，對於古思想文獻的內容意義、思維特色有更清晰的圖像。

最後，以「道」作本章的結束之例，同時作為回應第一節「競爭的隱喻」之義，何以先秦諸家多言「道」？諸家之道，學者就義理層面論述甚繁，擬不重述。但從隱喻的角度來看，第一，他們本身除了將自己的學說以「道」為象徵、代表，各有皆有精采之道論，且多采多姿。「道」字從原型核心的道路轉來，因此延伸出豐富的字義內涵。其次，這些精采的道論，各家皆有其特色，而各家之所以提出道、標舉道，從義理與作用上，學者認為其「最主要的目標是追求政治安定、人際和諧以及修身養性之道」，故『道』是否為宇宙第一原理恐非學者所關心的重點，因為學派或個人的志趣與動機偏重不同，乃使得『道』呈現出多樣的特色。」[37]從義理與作用上固然如學者所言，但何以非得強調「道」字？標舉「道」字？從譬喻語言學而言，諸子動機可從「隱喻競爭」論。因為道有方向、方法義，所以在此「道」上講求，各抒己見，即是各自形成隱喻的框架，而為閱讀者──包括國君與當時知識份子，帶來一片關於修身治國的新視野。

史探索》，頁1-52。鄭吉雄、楊秀芳、朱歧祥、劉承慧：〈先秦經典「行」字字義的原始與變遷──兼論「五行」〉，《中國文哲研究集刊》第35期（2009年9月），頁89-127。

37 魏培泉：〈從道路名詞看先秦的「道」〉，頁40。

　　從本章的討論與溯源，可知隱喻的探討，不只注意隱喻為二域之間的映射關係，還當用心理解作者的隱喻策略。當作者運用譬喻時，借由具體來源域的字詞投射至目標域，傳達抽象複雜的概念時，也運用不同的隱喻，在故事脈絡中提出新隱喻框架，即以新說取代陳見，為閱聽者帶來一片新視野。而新的隱喻框架成系統的出現，也會形成新的文化脈絡，此即人類隱喻認知系統中的文化變項。

　　本章所揭示為詞彙系統中的「思想是食物」與「修學是旅行」的研究方向，接下來的兩章，則從文本篇章角度分析兩組概念譬喻在經典中的運作與意義。

第六章

雖復飲食，禪悅為味

──《維摩詰所說經・香積佛品》的譬喻解讀

第一節　從禁食到饗宴

「民以食為天」[1]，飲食是人類重要的日常生活活動，更是賴以維生的生存重要條件。而《禮記》「夫禮之初，始諸飲食」[2]之說，則說明飲食與禮樂、教化乃至人類文明之間具有密切關係。因此，歷來學者從不同的角度研究飲食與人類文明發展之間的關係，從飲食活動所透顯出來的象徵與隱喻，觀察到不同文化的進展與思維結構及其內涵。其中一個有趣的現象與議題，是在不同的宗教與文化現象中，都出現飲食活動的「禁忌」規範。若分別「禁」與「忌」類型，一種是忌食，對於某些食物的避免或忌諱[3]；一種是禁食，如齋戒不食、非時不食等在特定時間、時節或儀式中禁斷飲食。

飲食既然作為人賴以生存的重要條件，何以有違反人性的「禁食」

1　漢班固：〈酈陸朱劉叔孫傳第十三・酈食其傳〉，《漢書》（北京市：中華書局，1997年）卷43，頁2108。

2　〔漢〕鄭玄注，〔唐〕孔穎達疏：〈禮運〉，《禮記注疏》（臺北市：藝文印書館，1997年），頁416。

3　關於禁食，UCLA 行為演變文化中心教授 Daniel M.T Fessler 與 Carlos Carlos David Navarrete 曾針對12種地方文化的研究調查，歸納出45種禁食，其中38種肉食禁忌，7種植物性飲食禁忌。參見 Fessler, Daniel MT, and Carlos David Navarrete. Meat is good to taboo: Dietary proscriptions as a product of the interaction of psychological mechanisms and social processes. *Journal of Cognition and Culture* 3.1 2003, pp.1-40.

約束？先舉《論語》一個師生問答思考之。《論語‧顏淵》篇記載：

> 子貢問「政」。子曰：「足食，足兵，民信之矣。」子貢曰：
> 「必不得已而去，於斯三者何先？」曰：「去兵。」子貢曰：
> 「必不得已而去，於斯二者何先？」曰：「去食；自古皆有
> 死；民無信不立。」[4]

何晏注引孔安國說：「死者，古今常道，人皆有死，治邦不可失
信。」邢昺疏發揮其義說：「死者，古今常道，人皆有之；治國不可
失信，失信則國不立。」[5]這個例子固然是從統治者治國之道的取捨
來談，但其中也彰顯了道德實踐的位階是高過於攸關性命的飲食之
欲。然而，禁止「飲食男女，人之大欲存焉」[6]，故禁食與禁男女之
欲一樣，都象徵了抑制欲望以成就道德的理解與實踐。

　　不僅德行的實踐如此，若從宗教文化的脈絡來看，禁食也被視為
對宗教教義的理解與體現。禁食的活動既可作為宗教的認同，又可以
作為宗教象徵，乃至於宗教實踐的重要表現。禁食中對於飲食的禁止
與約束，雖然在肉體上帶來了飢餓與痛苦，甚至可能危及生命，但卻
象徵了對於欲望的節制、克制。從對於俗世身體的約制中，展現了追
求聖義、通達聖道，與神聖相感通的特殊意義。

　　然而，宗教神聖的意義，禁食卻不一定是唯一獲取其義的飲食活
動，宗教活動中的盛典與饗宴可能同樣象徵了對於聖教義的體解、奉
獻與體現。學者 Bynum 從中世紀婦女的宗教生活研究中，發現神聖
的饗宴（Holy Feast）與神聖的禁食（Holy Feast）是並存於其宗教生

4　〔魏〕何晏注，〔宋〕邢昺疏：《論語注疏》，〈顏淵〉卷12，頁107。

5　〔魏〕何晏注，〔宋〕邢昺疏：《論語注疏》，頁107。

6　〔漢〕鄭玄注，〔唐〕賈公彥疏：《周禮注疏》，頁431。

活中。Bynum 反對從心理分析角度，視中古婦女的禁食為二十世紀神經性厭食症的先驅；也反對從靈肉二元論（dualism）角度藉禁食否定自己的身體，以尋求靈命的提力，而主張從禁食到饗宴都具有神聖的宗教意義，從而主張中古婦女一方面藉由控制飲食作為棄絕塵世的宗教情懷體現，另一方面也藉由分送食物、進食聖體等活動實踐宗教精神。[7]此外，宗教學者蔡怡佳也從食物與宗教的經典名作《芭比的盛宴》（*Babette's Feast*）中，從身體感的研究視角切入，討論禁食與饗宴兩種飲食活動的宗教意義。[8]

　　學者們或宗教文化史，或從身體感的視域中，對於禁食與饗宴等宗教飲食活動有了新的理解，也啟發筆者重新閱讀[9]《維摩詰所說經》的興味，從中發現〈香積佛品〉一節經文與故事的情節與喻意，顯示禁食到饗宴歷程轉變的飲食活動間，具有濃厚的宗教文化象徵與隱喻。經文中從具有禁食意味的呵食開場，卻以神變帶出眾香國的盛宴，令與會眾人皆飯飽食足、身安快樂。其中呵食代表的意義為何？香積饗宴的神變意義為何？落實在宗教實踐上又具有何種旨趣？

　　本章的問題意識與寫作意圖，即欲從〈香積佛品〉切入，解讀禁食與饗宴這一既對立又矛盾的概念，如何詮釋、如何說解以及如何實

7　Caroline Walker Bynum, Holy Feast and Holy Fast: The Religious Significance of Food to Medieval Women, The University of California Press, 1987。臺灣評論參見李貞德：〈評 Caroline Walker Bynum, Holy Feast and Holy Fast: The Religious Significance of Food to Medieval Women（神聖的饗宴與神聖的禁食：食物對中古婦女的宗教意義）〉，《新史學》3卷4期（1992年），頁187-193。

8　蔡怡佳：〈恩典的滋味：由「芭比的盛宴」談食物與體悟〉，刊於余舜德主編：《體物入微：物與身體感的研究》（新竹市：清華大學出版社，2008年），頁241-273。（註：原發表於《臺灣宗教研究》6卷1期（2006年），頁1-34。）

9　「重讀」之義：筆者博士班時修習古師清美「大乘佛典選讀」課程。時以〈香積佛品〉作課堂報告，師生共聚一堂，同享經義味長。未料課程甫結束，師竟棄人間之味而去。爾後經年，常思重探其義，今重讀而得償宿願，亦以此懷緬先師。

踐？飲食活動與隱喻如何體現宗教教義與精神？若說「思想是食物」，這則從禁食到饗宴的故事，帶來什麼新的隱喻框架，足以重新改寫飲食與修行的連結關係？

第二節　文本的義理、解讀

　　詮釋解讀經義前，先說明何以選擇《維摩詰所說經》之〈香積佛品〉為主要探討的經文段落；以及說明何以選擇鳩摩羅什譯本與僧肇注本作為討論依據。

　　首先，說明選擇《維摩詰所說經》之〈香積佛品〉作為探討文本的意義。《維摩詰所說經》故事的主角是維摩詰居士，經中所呈現的人物形象如下文所示：

> 雖為白衣，奉持沙門清淨律行；雖處居家，不著三界；示有妻子，常修梵行；現有眷屬，常樂遠離；雖服寶飾，而以相好嚴身；雖復飲食，而以禪悅為味；若至博弈戲處，輒以度人；受諸異道，不毀正信；雖明世典，常樂佛法。[10]

可知維摩詰居士的行事風格雖迥異於出家清修沙門，但心地修持卻能完全體現佛陀教法。本經緣起即維摩詰居士「示疾」後，佛遣諸菩薩弟子前去問疾，從而開展宣說大乘法義的故事。

　　全文的結構，依此譯本品目分章，序分中有〈佛國品〉、〈方便品〉，正宗分中續接〈弟子品〉、〈菩薩品〉……乃至〈不二法門品〉。〈不二法門品〉諸菩薩紛陳己見後，維摩詰默然無語以對文殊之問，

10　〔後秦〕鳩摩羅什：《維摩詰所說經》卷上，《大正藏》冊14，頁539a。

成為全品乃至全經之高潮，呈示不思議法門之深奧要義。〈不二法門品〉最後一段經文如下：

> 如是諸菩薩各各說已，問文殊師利：「何等是菩薩入不二法門？」文殊師利曰：「如我意者，於一切法無言無說，無示無識，離諸問答，是為入不二法門。」於是文殊師利問維摩詰：「我等各自說已，仁者當說何等是菩薩入不二法門？」時維摩詰默然無言。文殊師利歎曰：「善哉！善哉！乃至無有文字、語言，是真入不二法門。」[11]

〈不二法門品〉為此經重要關鍵品目，維摩詰居士問諸菩薩們，各自「隨所樂說」對於「入不二法門」的體會。[12]在諸承此妙問妙答，不落言筌的不二法義展現後，接續的就是〈香積佛品〉。〈香積佛品〉一段，在品目的位置上，承接於此全經主問答之後的第一品目，可視為法義宣說後，回歸日常生活第一要事的象徵。所以舍利佛的思食之問，反映了聽法與人間生活之間的斷裂，人無法只透過聽法而忘卻人間事。因此，如何解決舍利佛因禁食而起的思食之念，是維摩詰的不二法門如何落實到人間活動的重要轉折與關鍵。

　　換句話說，作為人間的日常生活起居活動，「飲食」具有重要的意義，其用以維繫生命自不在話下，但飲食也反映了人之本能欲望，延伸出宗教對於此欲望的控制與調節，而有禁食之制。但禁食真能完全抑制欲望，達成生命修行轉化的目標嗎？其中容有討論的空間。因此〈香積佛品〉或可作為該經或佛教對於感官欲望等身心議題討論的起始點。

11　〔後秦〕鳩摩羅什：《維摩詰所說經》卷上，《大正藏》冊14，頁551c。
12　〔後秦〕鳩摩羅什：《維摩詰所說經》卷上，《大正藏》冊14，頁550b-551c。

其次，說明選擇鳩摩羅什譯本與僧肇注本作為討論依據。[13]若要探討《維摩詰所說經》在佛教史的來龍去脈、承繼演變與義理探究，自然要從梵藏漢譯諸版本下手，作全盤的研究。然而，一者基於這方面的成果，前輩學者已投入許多功夫，再者本章的探求目的並不在於此，本章撰寫的用意在於討論飲食活動如何體現宗教教義？若依學者研究所示，不二思想是該經核心義理，是《維摩詰所說經》的宗旨、旨趣[14]，那麼在實際的日常生活當中，如何實踐其義理，彰顯其義理？「不二」如何在生活中調節處處是二的對立情境，例如禁食與饗

---

13 《維摩詰所說經》約在西元一百年前後流傳於印喥。在西元一八三年，由支謙首次漢譯。曾有七種漢文譯本，現存三國時期吳支謙《佛說維摩詰經》三卷、後秦鳩摩羅什《維摩詰所說經》三卷、唐朝玄奘《說無垢稱經》五卷。一九八一年，西藏高等研究中央學院出版了他們所收藏的梵文版本，名為《聖無垢稱所說大乘經典》。一九九九年，日本大正大學高橋尚夫教授，在中國政府允許下，在西藏布達拉宮進行文獻考察時，在《智光明莊嚴經》抄寫本中，發現另一個梵文本《聖無垢稱所說大乘經典》。

14 蔡耀明即指出中日學界長久以來將「不二法門」看成正好居於該經的核心位置，可以作為代表該經的義理性格。其理由有二，一是「不二法門」在品目中有完整一品，二是在義理上的高度，不二法門所表述的足以「走到這部經的思想上的最高峰」。氏著：〈《阿含經》和《說無垢稱經的不二法門初探》〉，《佛學建構的出路——佛教定慧之學與如來藏的理路》（臺北市：法鼓文化，2006年），頁213。相關的學界研究尚有林文彬：〈維摩詰經不二法門義理初探〉，《興大中文學報》10期，頁145-158；宗玉微：〈不可思議之不二、解脫、方便：一個維摩詰經異名之探討〉，《諦觀》76期（1994年1月），頁153-171；陳沛然：〈《維摩詰經》之不二法門〉，《新亞學報》第18卷（1997年），頁415-438。日人大鹿實秋：〈不二：維摩經の中心思想〉，《論集》第10號（1983年），頁95-122；兒山敬一，〈無にして一の限定へ：維摩經・入不二法門品について〉，《印度學佛教學研究》7卷1號（1958年），頁57-66；兒山敬一，〈入不二の哲學意味〉，《東洋大學東洋學研究所東洋研究》第1號（1965年），頁1-10。兒山敬一：〈維摩經における入不二と菩薩行〉，收錄於《大乘菩薩道の研究》，西義雄編：（京都：平樂寺書店，1968年），頁195-229；橋本芳契：〈維摩經の中道思想について〉，《印度學佛教學研究》2卷1號（1960年），頁334-337；橋本芳契：《維摩經の思想的研究》（京都：法藏館，1966年）等日文研究成果。如上所列舉的《維摩詰經》相關研究成果，都指出不二法門作為該經的旨趣與要義所在。

宴、節制與放縱、禁欲與欲望皆是對立的兩方？因此在文本的選擇
上，選擇一個漢譯版本，就有該譯本在漢地流傳時的實際時空背景，
見聞者如何接受與思考，乃至在自己的生命學問的選擇與實踐上是否
有影響？或可在這個特別具有實踐意味的「不二法門」上有比較具體
的體認。因此，在譯、注本的選擇上[15]，本章選擇鳩摩羅什譯僧肇注
的文本。一方面作為相關研究的起點，另一方面也是視飲食為具體的
日常生活體現，先將研究的視域藉由注本限制在特定時間斷代，以見
其特殊時代性。[16]

　　以下，即扣著〈香積佛品〉的三個段落，分別闡述經文與僧肇注
的意義與義理。

一　經文兩重禁食之義

　　〈香積佛品〉一開始是舍利弗與維摩詰的一段簡短問難，反映出
兩重禁食之義。經文原文載：

> 舍利弗心念：「日時欲至，此諸菩薩當於何食？」
> 時維摩詰知其意而語言：「佛說八解脫，仁者受行，豈雜欲食
> 而聞法乎？若欲食者，且待須臾，當令汝得未曾有食。」[17]

---

15 歷代維摩詰經相關的注疏不在少數，尚有隋淨影慧遠《維摩經義記》八卷；天臺智
　　顗《維摩經玄疏》六卷；智顗撰、灌頂續補《維摩經文疏》二十八卷；智顗說、灌
　　頂略《維摩經略疏》十卷；天臺湛然《維摩經疏記》三卷；三論宗吉藏《淨名玄
　　論》八卷和《維摩經義疏》六卷，宋代有天臺宗智圓《維摩經略疏垂裕記》十卷等。
16 僧肇的《注維摩詰經》，有廣略兩本，廣本收有鳩摩羅什、僧肇、道生注，略本僅
　　收前二人之說。今採用版本為《大正藏》冊38，即為廣本。
17 〔東晉〕釋僧肇：《注維摩詰經》卷8，《大正藏》冊38，頁399c。

在前一品〈入不二法門品〉，維摩詰居士以「默然無言」之姿回應文殊師利「何等是菩薩入不二法門」之問，總結了諸菩薩不二法門之義。文殊贊嘆其以「無有文字語言，是真入不二法門」[18]，經文的敘事場景，從示疾、探病到宣說演示法義，至此可說是達到了高峰。然而，舍利弗突然分心了，發現「日欲時至」，佛制可以飲食的時間快要過去了，如果此時不食，恐怕落入犯非時食戒或是挨餓至隔日的困窘與矛盾的兩難選擇中。舍利佛此時的「當於何食」之問，反映了第一重的禁食之義。此禁食之義，是來自於佛制「離非時食」的戒律。[19]離非時食制定之意，一說以《毘羅三昧經》載「早起諸天食，日中三世諸佛食，日西畜生食，日暮鬼神食」，而「佛制斷六趣因。今同三世佛食故」[20]，故制中後不食；又一說以防行者貪「肥美飲食，貪食過飽」而致病礙行，曰：

> 吾前所以制中前食者，為諸比丘捨外道法，於我法中出家為道。先習苦行，飢餓心故，得諸弟子肥美飲食，貪食過飽，食不消故，則致眾病。是故制食，非為飢苦求福德也。
> 又節食者，見諸比丘縱橫乞食無有晝夜、食無時節，為諸外道之所譏責而作是言：「瞿曇沙門自言道精，何以不如外道法也？」是故節食，非於飢苦而求福也。以要言之，所制禁戒，正為癡人無方便慧，非為智人知時宜也。[21]

---

18 〔東晉〕釋僧肇：《注維摩詰經》卷8，《大正藏》冊38，頁399b。

19 非時食，梵語 vikālabhojana，巴利語同。指非時之食，亦即過日中而食。又作非時食學處。凡日中以後至翌日明相（天空露白之狀）未出之間所受之食，皆稱非時食。於律典中，制之為戒法。非時食戒，又作不過中食戒、不過時食戒、離食非時食（梵 vikālabhojana-virati）。戒法中，八齋戒、十戒中之不過中食戒、比丘戒之非時食戒，均為佛道修行者節制食欲之戒。《佛光大辭典》，頁3710。

20 〔東晉〕釋法雲：《翻譯名義集》卷7，《大正藏》冊54，頁399b，頁1173a。

21 〔蕭齊〕釋曇景譯：《佛說未曾有因緣經》卷下，《大正藏》冊17，頁588a。

或因斷六趣惡因，或因斷貪食欲想，佛制離非時食，有其制定因緣與目的。不過，維摩詰對於舍利弗此舉顯然不以為然，認為舍利弗於甚深法義宣說演示的場合中，竟然分心欲食，於是呵斥舍利弗雜有「欲食」之心。維摩詰之呵食，則可視為第二重的禁食。呵斥其不可雜欲食心聽法，也可視為禁食之一種，令其不可在聽法時起欲食之想，此所謂第二重禁食。與前述第一重基於佛制禁食之義不同，此是針對舍利弗因為想守佛制禁食，卻又從而生起的「欲食心」，再作進一層的約制，禁其飲食。維摩詰居士認為此時此刻正在宣說法義，暢言不二之妙義，是理境絕妙的殊勝境界，怎麼可以生起「雜欲食」的凡俗之心？

　　所以在第二重的禁食中，其實是對於第一重的佛制禁食的實踐作更深層的思考。如果遵行佛制只在表面的行儀中遵守、遵行法規不逾範，顯然是一種只是表面安全的作法。如果深入探討其恪守禁食的心，卻有可議之處，那麼此「不非時食戒」就有值得檢討的地方。這是維摩詰藉由「呵食之禁」，顯示出對奉行、遵行、實踐第一重禁食戒律的檢討。

　　維摩詰對舍利弗「呵食」之舉，藉以檢討佛弟子奉行戒律，可能流於表面行為。此類呵斥作為在《維摩詰所說經》中並非孤例。在此可舉另兩個與飲食有關，出於〈弟子品〉的例子。〈弟子品〉中佛請諸弟子行詣維摩詰問疾，諸弟子舉個人被維摩詰呵斥責難的經驗，而紛紛推託婉拒。其一，大迦葉以「乞食」一事，曾受呵於維摩詰。維摩詰對大迦葉僅於貧里行乞食不以為然，而闡述「乞食」義：

> 唯，大迦葉！有慈悲心而不能普，捨豪富，從貧乞，迦葉！住平等法，應次行乞食；為不食故，應行乞食；為壞和合相故，應取摶食；為不受故，應受彼食；以空聚相，入於聚落；所見色與盲等，所聞聲與響等，所嗅香與風等，所食味不分別，受

諸觸如智證，知諸法如幻相；無自性，無他性；本自不然，今
則無滅。迦葉！若能不捨八邪，入八解脫，以邪相入正法；以
一食施一切，供養諸佛，及眾賢聖，然後可食；如是食者，非
有煩惱，非離煩惱；非入定意，非起定意；非住世間，非住涅
槃。其有施者，無大福，無小福；不為益，不為損，是為正入
佛道，不依聲聞。迦葉！若如是食，為不空食人之施也。[22]

其二，須菩提亦因「乞食」而受呵於維摩詰。維摩詰對於須菩提捨貧
求富的行乞作法，亦有所誡：

唯，須菩提！若能於食等者，諸法亦等，諸法等者，於食亦
等；如是行乞，乃可取食。若須菩提不斷婬怒癡，亦不與俱；
不壞於身，而隨一相；不滅癡愛，起於解脫；以五逆相而得解
脫，亦不解不縛；不見四諦，非不見諦；非得果，非不得果；
非凡夫，非離凡夫法；非聖人，非不聖人；雖成就一切法，而
離諸法相，乃可取食。若須菩提不見佛，不聞法，彼外道六
師：富蘭那迦葉、末伽梨拘賒梨子、刪闍夜毗羅胝子、阿耆多
翅舍欽婆羅、迦羅鳩馱迦旃延、尼犍陀若提子等，是汝之師。
因其出家，彼師所墮，汝亦隨墮，乃可取食。若須菩提入諸邪
見，不到彼岸；住於八難，不得無難；同於煩惱，離清淨法；
汝得無諍三昧，一切眾生亦得是定；其施汝者，不名福田；供
養汝者，墮三惡道；為與眾魔共一手作諸勞侶，汝與眾魔，及
諸塵勞，等無有異；於一切眾生而有怨心，謗諸佛、毀於法，
不入眾數，終不得滅度，汝若如是，乃可取食。[23]

---

22 〔東晉〕釋僧肇：《注維摩詰經》卷2，《大正藏》冊38，頁348a-349b。
23 〔東晉〕釋僧肇：《注維摩詰經》卷3，《大正藏》冊38，頁349c-350b。

這兩段對於「乞食」之呵，可視為〈香積佛品〉呵食的補充說明。對於弟子實踐戒律中與飲食有關的日常活動，維摩詰的「呵食」反映了對相關飲食實踐的再反思。對弟子的呵責，積極演示的是檢討只在行為表面講究，而忽略了實踐、修行的內在心地開展。

此段僧肇注曰：

> 佛說八解脫，乃是無欲之嘉肴，養法身之上膳。仁者親受，謂無多求。然方雜食想，而欲聽法，豈是元舉來求之情乎？[24]

僧肇舉「八解脫法」，即前述承佛國品以來到不二法門品中所說的法義，這些法義是趨向人生修行解脫的法義。如是法義就是「無欲之嘉肴，養法身之上膳」。這裡是以食物的譬喻況來說，深奧微妙的法義，就好像食物一樣，而且是如嘉肴上膳的饗宴一般，可以滋養身體。因此，可以說僧肇對於呵食的詮釋，緊扣著飲食的譬喻，作了兩方面的詮釋。一是「去食」——去雜食想；二是「就食」——就法身食。前者意在促使行者在修行的歸趣上起迴小向大之心，後者則陳說大乘佛理旨趣。以下分點敘論其義。

1　去食——迴小向大義

〈香積佛品〉中以呵食開端，看似極不給舍利弗面子。但這種呵斥行者的情形全經並不希見，整個〈弟子品〉中，都是維摩詰呵斥諸弟子們「宴坐」、「乞食」、「說出家功德」等等只重視表面儀行之非。舉與舍利弗相關一則，與飲食相關一則作附證。

在〈弟子品〉中，舍利弗稱「不堪任詣彼問疾」的原因，在於曾

24　〔東晉〕釋僧肇：《注維摩詰經》卷8，《大正藏》冊38，頁399c。

於宴坐時，遭遇維摩詰呵責，維摩詰以宴坐當是「不於三界現身意，是為宴坐」；「不起滅定而現諸威儀，是為宴坐」；「不捨道法而現凡夫事，是為宴坐」；「心不住內，亦不在外，是為宴坐」；「於諸見不動而修行三十七道品，是為晏坐」；「不斷煩惱而入涅槃，是為宴坐」。僧肇的注則緊扣著大小乘分別之義，他說：

> 夫法身之宴坐，形神俱滅，道絕常境，視聽之所不及，豈復現身於三界，修意而為定哉？舍利弗猶有世報生身，及世報意根，故以人間為煩擾，而宴坐樹下，未能神形無跡，故致斯呵。凡呵之興，意在多益，豈存彼我，是非為心乎？[25]
> 小乘入滅盡定，則形猶枯木，無運用之能；大士入實相定，心智永滅，而形充八極，順機而作，應會無方，異動進止，不捨威儀，其為宴坐也亦以極。……夫以無現，故能無不現，即無現之體也。庶參玄君子，有以會其所以同，而同其所異也。[26]
> 小乘障隔生死，故不能和光，大士美惡齊旨，道俗一觀，故終日凡夫，終日道法也，淨名之有居家，即其事也。[27]

在上所列舉的注文中，顯示了幾層意義。其一，維摩詰呵斥舍利弗，「意在多益」，非為存是非人我之心，排除了迴小乘向大乘中，非議小乘獨讚大乘的疑慮；其二，依修行的歷程，修為、證道的淺深，身而有報身與法身之別，小乘猶有世報生身、世報意根之著，所以修行之棄取必然著相，棄人間煩擾為所著之棄相，取樹下宴坐為所著之取向，既有著之棄取，則是有限之修為，是「小乘障隔生死，故不能和

25　〔東晉〕釋僧肇：《注維摩詰經》卷2，《大正藏》冊38，頁344b。
26　〔東晉〕釋僧肇：《注維摩詰經》卷2，《大正藏》冊38，頁344c。
27　〔東晉〕釋僧肇：《注維摩詰經》卷2，《大正藏》冊38，頁344c。

光」之因由。其三，注文彰明的大乘義理，是「實相無相」之實踐修法，指出大乘菩薩因能「美惡齊旨，道俗一觀」，無對立，有二之分別，故能「終日凡夫，終日道法」。這幾段僧肇對於舍利弗宴坐被呵的注文，可作為香積佛品中注舍利弗思食的補充，而鳩摩羅什於此注舍利弗獨發念食之因，提到「絕意大方，樂法不深」也是此意。

2 就食——就法身食

以上一段談的是呵食禁食，但接下來馬上是香積饗宴上場。敘事情節看似是矛盾的鍵接，但如果明白經中不二之奧義妙理，自然可解。為了呈顯此理，僧肇將「佛說八解脫」的經文注解為「無欲之嘉肴，養法身之上膳」，在消極的禁食之外，提出了積極的飲食之義。此中所謂「法身」有別於色身，僧肇注說：

> 法身者，虛空身也，無生而無不生，無形而無不形，超三界之表絕有心之境，陰入所不攝，稱讚所不及，寒暑不能為其患，生死無以化其體故。其為物也，微妙無象不可為有，備應萬形不可為無；彌綸八極不可為小，細入無間不可為大。故能出生入死，通洞于無窮之化；變現殊方，應無端之求。此二乘之所不議，補處之所不睹，況凡夫無目敢措心於其間哉？聊依經誠言粗標其玄極耳。然則法身在天為天。在人而人，豈可近捨丈六而遠求法身乎。[28]

法身無生無不生，無形而無不形，超越任何形相與心思，指的是般若空義的實相法身，是諸佛菩薩所證入的實相空理。法身既離開了世間

---

28 〔東晉〕釋僧肇：《注維摩詰經》卷2，《大正藏》冊38，頁343a。

形相，當然也不需要飲食為生，何以在這裡說「養法身之上膳」？實為一種譬喻語言之用，將大乘佛理的八解脫法視為無上妙味，上膳法供，可以滋養法身。

綜上所述，禁食在佛制戒律中「非時不食」的本意良善，但在實際的實踐上卻因行者心偏而有了偏失，所以需要再加以檢討缺失，以求取其中更深層的意義的開展，此深義是《維摩詰經》意欲闡述的不二要旨，也是僧肇《注維摩詰經》中所要開顯的「微遠幽深，二乘不能測，不可思議」[29]義。

二　香積佛國神變之義

在〈香積佛品〉中，維摩詰雖然呵斥舍利弗聽法而雜食想，卻緊接著說「若欲食者，且待須臾令得食未曾食」[30]，繼續聚焦在「飲食」的議題上。維摩詰以神通力示現距此土過四十二恒河沙佛土外的眾香國，請食香積，供食甘露味飯等神變情節上演。這一段演出或有學者以為是「戲劇化」的橋段[31]，或者學者從敘事學的角度分析其神通的特性與性格[32]。不過，不論從戲劇或敘事角度，似乎對於如何透過飲食神變呼應全經「不二」的旨趣，或是此不可思議境背後彰顯的

29　〔東晉〕釋僧肇：《注維摩詰經》卷1，《大正藏》冊38，頁327c。

30　〔東晉〕釋僧肇：《注維摩詰經》卷8，《大正藏》冊38，頁399c。

31　胡適稱《維摩經》為大乘佛典中最有文學趣味的小說，又說這是一部半小說體，半戲劇體的作品。參見氏著：《海外讀書雜記》（臺北市：遠流出版公司，1986年3月），頁210-213。

32　由於《維摩詰所說經》的神變內容富含故事情節，文學研究者亦多從譬喻、敘事角度切入探討。如廖桂蘭：〈如是我聞：[鳩摩羅什譯]《維摩詰所說經》文本的敘事分析〉，《文化越界》1卷6期（2011年9月），頁121-164。而以敘事角度切入而能考察其背後佛教義理的可參考丁敏：《佛教神通：漢譯佛典神通故事敘事研究》（臺北市：法鼓文化，2007年）。

不思議理的詮釋，都略顯不足。因此，下文嘗試從經文神變場景與僧肇對於神變的義理詮釋，繼續進行討論。

〈香積佛品〉接續維摩詰呵食一段簡短的經文後，是一大段長達千餘字的長文，敘述了維摩詰藉由神通變化力故，依序現香積佛國、請香積佛飯等情節，節錄其文，略示其敘事始末，簡列如下：

1.現香積佛國，國土香氣莊嚴

> 維摩詰即入三昧，以神通力，示諸大眾上方界分，過四十二恒河沙佛土。有國名眾香，佛號香積。今現在，其國香氣，比於十方諸佛世界人天之香。最為第一。彼土無有聲聞、辟支佛名，唯有清淨大菩薩眾。[33]

2.示化身菩薩，請食香積佛飯

> 時維摩詰問眾菩薩：「諸仁者！誰能致彼佛飯」以文殊師利威神力故，咸皆默然。……於是維摩詰不起於座，居眾會前，化作菩薩相好光明，威德殊勝蔽於眾會。……時化菩薩即於會前升於上方，舉眾皆見其去。到眾香界，禮彼佛足。……願得世尊所食之餘，欲於娑婆世界施作佛事，使此樂小法者得弘大道，亦使如來名聲普聞。[34]

3.與香缽香飯，百萬菩薩俱來

> 於是香積如來以眾香缽盛滿香飯，與化菩薩。……時化菩薩既

33　〔東晉〕釋僧肇：《注維摩詰經》卷8，《大正藏》冊38，頁400a。

34　〔東晉〕釋僧肇：《注維摩詰經》卷8，《大正藏》冊38，頁400a。

受缽飯，與彼九百萬菩薩俱，承佛威神及維摩詰力，於彼世界忽然不現，須臾之間至維摩詰舍。時維摩詰即化作九百萬師子之座，嚴好如前，諸菩薩皆坐其上。時化菩薩以滿缽香飯與維摩詰，飯香普熏毗耶離城三千大千世界。[35]

4.食如來甘露味，俱得身安快樂

時維摩詰語舍利弗等諸大聲聞：「仁者可食！如來甘露味飯，大悲所熏，無以限意食之，使不消也。……四海有竭，此飯無盡。……無盡戒、定、智慧、解脫、解脫知見功德具足者所食之餘，終不可盡」。於是缽飯悉飽眾會，猶故不儩。其諸菩薩、聲聞、天、人食此飯者，身安快樂，譬如一切樂莊嚴國諸菩薩也。又諸毛孔皆出妙香，亦如眾香國土諸樹之香。[36]

類此的神通變化的橋段，在維摩詰所說經中並不少見，例如〈不思議品〉中舍利弗見室中無有牀座而作大眾何坐之思，維摩詰呵斥其求座之心後，也是接著一段向須彌燈王國求座得座的神變故事。維摩詰在神變事跡後說：「舍利弗，佛菩薩有解脫，名不可思議」。[37]又如後〈菩薩行品〉維摩詰與文殊師利等眾欲至世尊說法的菴羅樹園前，該地即「忽然廣博嚴事，一切眾會皆作金色」，[38]佛即為阿難解說此「非意所圖、非度所測」之「不可思議」事。[39]在經文中將這些神變視為「不可思議」事，而「不可思議」一辭，在經文中出現數次非常多，

---

35 〔東晉〕釋僧肇：《注維摩詰經》卷8，《大正藏》冊38，頁400a。
36 〔東晉〕釋僧肇：《注維摩詰經》卷8，《大正藏》冊38，頁400a。
37 〔後秦〕鳩摩羅什：《維摩詰所說經》卷中，《大正藏》冊14，頁546b。
38 〔後秦〕鳩摩羅什：《維摩詰所說經》卷中，《大正藏》冊14，頁553b。
39 〔後秦〕鳩摩羅什：《維摩詰所說經》卷中，《大正藏》冊14，頁553b。

僅作戲劇或神通敘事一筆略帶而過，恐難言盡其意。以下從僧肇注進一步理解神變不可思議之義。

〈香積佛品〉中，僧肇對於此段長文的詮釋並不多，僅有數段簡短文字。多以「神通」「神力」作解。如「以文殊師利威神力故，咸皆默然」一段，注曰「文殊將顯淨名之德，故以神力令眾會默然」[40]；解釋眾香國菩薩問佛維摩詰化現之化菩薩從何而來？何為樂小法之問，注曰：「彼諸大士，皆得神通，然不能常現在前。又其土純一大乘不聞樂小之名，故生斯問也。」[41]對於神變之事，似無深論。然而這代表僧肇對於神變、神通之事無所詮釋嗎？實非如此，若參照其他處經文注解，可以發現僧肇對於神變之事，實有獨到見解。於〈不思議品〉中，維摩詰因舍利弗思座之問，而須彌燈王借高八萬四千由旬，嚴飾第一，娑婆眾人昔所未見的師子座，計有三萬二千座，來入維摩斗室，毫無迫迮一事，僧肇有相當大段的詮釋，指出不思議跡本關係，下文分兩段引述分析：

> 夫有不思議之迹顯於外，必有不思議之德著於內，覆尋其本，權智而已乎。何則？智無幽而不燭，權無德而不修，無幽不燭故理無不極，無德不修故功無不就，功就在于不就，故一以成之。理極存于不極，故虛以通之，所以智周萬物而無照，權積眾德而無功，冥漠無為而無所不為，此不思議之極也。
> 巨細相容，殊形並應，此蓋耳目之麤迹，遽足以言乎？然將因末以示本，託麤以表微，故因借座略顯其事耳。此經自始于淨土，終于法供養，其中所載大乘之道，無非不思議法者也。故囑累云：「此經名不思議解脫法門，當奉持之」。此品因現外迹

40　〔東晉〕釋僧肇：《注維摩詰經》卷8，《大正藏》冊38，頁400a。
41　〔東晉〕釋僧肇：《注維摩詰經》卷8，《大正藏》冊38，頁400b。

故別受名耳。解脫者,自在心法也,得此解脫則凡所作為內行
外應,自在無閡,此非二乘所能議也,七住法身已上乃得此解
脫也。別本云:神足三昧解脫。

首先,說明第一小段引文之義。此段所強調的是神通神變乃是「不思
議跡」,而強調有此顯於外之跡,必有著於內之德。經中神變皆為
「不思議跡」的定義,在僧肇序文亦曾明言:「若借座燈王、請飯香
土、手接大千、室包乾象,不思議跡也」[42]。而此不思議跡,是外顯
於可見聞之世界,為人所識,但其中必有內在相應的德行,符應於
內,稱之為「不思議解脫」,續以「權智」加以詮釋引申,指其「智
周萬物而無照,權積眾德而無功」。在序文中亦標識此權智之德、不
二之旨為全經要旨所在,僧肇說:此經所明統萬行則以權智為主,樹
德本則以六度為根,濟蒙惑則以慈悲為首,語宗極則以不二為
門。……故欲顯其神德以弘如來不思議解脫之道。」[43]又如注文中也
有「微遠幽深,二乘不能測,不思議也;縱任無礙塵累不能拘,解脫
也」,[44]「自經始已來所明雖殊,然皆大乘無相之道。無相之道,即不
可思議解脫法門,即第一義無二法門。此淨名現疾之所建,文殊問疾
之所立也。凡聖道成,莫不由之,故事為篇端,談為言首,究其所歸
一而已矣」[45]之說。那麼,究竟什麼是不思議解脫。以能證、所證來
說,能證的人是七住以上法身菩薩,所證的是大乘無相、不二法門之
理,統合來說,是指本經所指的至人所修習證得的大乘菩薩道法。

其次,說明第二小段引文之義。承上小段強調內德之重要,此段

---

42 〔東晉〕釋僧肇:《注維摩詰經》卷1,《大正藏》冊38,頁327b。

43 〔東晉〕釋僧肇:《注維摩詰經》卷1,《大正藏》冊38,頁327b-c。

44 〔東晉〕釋僧肇:《注維摩詰經》卷1,《大正藏》冊38,頁327c。

45 〔東晉〕釋僧肇:《注維摩詰經》卷1,《大正藏》冊38,頁327c。

則闡述外跡亦有「表微」之功。「巨細相容，殊形並應」，神通變化之事在一般人看來是極為炫目驚奇之事，僧肇則以平淡之語，稱其不過是「耳目之巂迹」，何足言哉！何足道哉！不過，何以需要種種神通變化之事，彰顯於法會之上，乃因此微不足道之粗末之事，具有「示本」、「表微」之功。僧肇於序中曾表述此義，說「非本無以垂跡，非跡無以顯本，本跡雖殊，而不思議一也」[46]。闡明佛義教理，何需此種種「不思議跡」？正因根本微妙之理，殊妙難言，非言說所能盡，非思慮所能及，若無神變顯於外，何能知行者已證深理，何能知深理之作用？

綜上所言，神變之所以能神通變化，不是戲法，不是故事搬演而已，正因為能深契悟入、體證大乘實相、不二之理，所以才能外顯如是種種示現佛國、請食香飯的往來自在無礙之外行。這也是說，《維摩詰經》呈現的佛教神通變化與一般炫人耳目的幻術、戲法不同，其不同就在於內德不同；而外顯神變的目的，當然就不在於娛樂閱聽大眾，而在於促其起信、起解、起修、體證大乘實相之道。

三　回入娑婆之義

從呵食到饗宴，歷經鉢飯悉飽眾會，共飲共食之後，與會眾人皆得身安快樂，理當歡宴有盡，席罷人散，如〈芭比的盛宴〉的結尾般，眾人在聖歌吟唱中，沐浴在神聖的恩典，一切從禁食伴隨而來的節制、憂慮都消融殆盡，轉化為對聖恩的禮讚與領悟。[47]如同學者Korsmyers指出「飲食活動」必然奠基於「飢餓」、「吞嚥」而「滿

46　〔東晉〕釋僧肇：《注維摩詰經》卷1，《大正藏》冊38，頁327b。

47　蔡怡佳：〈恩典的滋味：由「芭比的盛宴」談食物與體悟〉，刊於余舜德主編：《體物入微：物與身體感的研究》，頁241-273。

足」結束後再循環。[48]然而，維摩詰的香積盛宴，顯然沒有只結束在
「滿足」，也不是再重起另一番「飢」、「食」的循環，而是由維摩詰
與眾香國菩薩的問答往返中，再啟續幕，也成為此番飲食說法的終
曲。何以如此？其間寓含的意義為何？以下分別從經文的敘事與僧肇
注加以探討。

　　這一段經文，分為兩大段。此兩大段皆由問答而成。前段是維摩
詰問彼眾香菩薩該國土如來以何說法，彼菩薩回以：

> 我土如來無文字說，但以眾香令諸天、人得入律行。菩薩各各
> 坐香樹下，聞斯妙香，即獲一切德藏三昧。得是三昧者，菩薩
> 所有功德皆悉具足。[49]

此文一方面呼應前面經文敘述該世界一切「皆以香作樓閣，經行香
地，苑園皆香，其食香氣，周流十方無量世界」的淨土描述，而應以
該土眾生菩薩、天、人（無惡趣）皆以入律行，得三昧。斯土斯人斯
法，皆在自然天成的妙境中，透過嗅覺、味覺的感知、覺知而得道。

　　後段則由三小段問答組成。首先第一小段的問答，是眾香菩薩問
娑婆世尊釋迦牟尼以何說法，維摩詰答以「此土眾生剛彊難化，故佛
為說剛彊之語，以調伏之。」以下歷數生處報應之說，再以難化之人
如頑劣的猿猴，要以種種法，「制御其心，乃可調伏」；又如不受調教
的象馬要受「諸楚毒，乃至徹骨，然後調伏」，最後說：

---

48 Korsmeyer, Carolyn. *Making sense of taste: Food and philosophy*. Cornell University Press, 2002, p145.

49 〔後秦〕鳩摩羅什：《維摩詰所說經》卷下，《大正藏》冊14，頁552c。

> 如是剛彊難化眾生，故以一切苦切之言，乃可入律。[50]

這段經文目的雖是回應眾香菩薩此土教法的回答，也是暗中回應此彼眾生，此彼國土何以殊勝卑劣懸隔若此。以人之常情推測，就以日常飲食為比較，此方修行須遵行「不非時食」的禁食戒律，以達身心清淨，以利修行；眾香國修行竟然無須文字，僅「各各坐香樹下，聞斯妙香，即獲一切德藏三昧」，悉具「菩薩所有功德」，豈不令人即自慚形穢，又有妒忌難忍之心。所以維摩詰首先說，說法之異，並非世尊如來說法卑劣，而是因為此方眾生質地、本質「剛彊難化」故，這是修行者生命質地與形態的差異。

接著第二小段問答，是眾香菩薩先讚嘆釋迦牟尼能「隱其無量自在之力」、能「以貧所樂法，度脫眾生」[51]，又讚娑婆菩薩「亦能勞謙，以無量大悲，生是佛土」。維摩詰則答以：

> 此土菩薩於諸眾生大悲堅固，誠如所言。然其一世饒益眾生，多於彼國百千劫行。[52]

維摩詰此答亦是盛讚娑婆菩薩大悲之行，一世所行之功德德行，百千劫倍遠超眾香國菩薩之修行。何以如此？維摩詰續說此娑婆世界菩薩能行「十事善法」為他方淨土所無。十事善法即布施、持戒、忍辱、精進、禪定、智慧等六度行法，再加「說除難法度八難者，以大乘法度樂小乘者，以諸善根濟無德者，常以四攝成就眾生」合而為十事之法。

---

50 〔後秦〕鳩摩羅什：《維摩詰所說經》卷下，《大正藏》冊14，頁553a。

51 〔後秦〕鳩摩羅什：《維摩詰所說經》卷下，《大正藏》冊14，頁553a。

52 〔後秦〕鳩摩羅什：《維摩詰所說經》卷下，《大正藏》冊14，頁553c。

　　最後第三小段，眾香菩薩再問娑婆菩薩成就何種修行之法，可以生於此世界而能「行無瘡疣，生於淨土？」維摩詰則以「成就八法」回應，八法為：1.「饒益眾生，而不望報」；2.「代一切眾生受諸苦惱，所作功德盡以施之」；3.「等心眾生，謙下無礙」；4.「於諸菩薩視之如佛」；5.「所未聞經，聞之不疑」；6.「不與聲聞而相違背」；7.「不嫉彼供，不高己利，而於其中調伏其心」；8.「常省己過，不訟彼短，恒以一心求諸功德」。此八法，前4法的對象是眾生，以發大乘菩薩心者既能饒益眾生，又不望受報，復能謙下無驕；第5法是指對佛之教理的信受不疑；第4、6法對象是對於同修佛法者，視諸菩薩能如佛，復不背離聲聞眾；第7、8法則克己修省，調伏心法。凡諸種種皆揭示大乘菩薩悲心之實際修行之法。

　　香積菩薩的問答，讓饗宴轉入新的一層境地。顯示〈香積佛品〉品所示，並非仰羨他方淨土，而是識彼而明己。否則，一時受用的他方淨土美食，不過是因神通力暫時幻現，終亦會幻滅，饗宴不過是一時享受。但若能從彼此懸隔的受用差別中，省悟策勵修行的重要，由此起六度四攝、大乘菩提之心，則神變不思議之現，方才符應全經倡論不思議不二法門之義。如果只停留在香積神變，恐怕又落入有二之非，所以藉由香積菩薩提問此土眾生，而讓文義又回到娑婆地。這顯示了真正的修行地當在娑婆而不在他方國土，真正的法味，彼此而不在彼。

　　或者可以說饗宴這場盛宴的真正意義，不是否定禁食，也不是讚揚眾香國飲食殊盛，而是透過饗宴的聚會交流，讓彼此體悟佛法修行的諦理。

　　僧肇如何看待這一段經文，他一方面詮釋世尊釋迦牟尼說剛強法是「聖化何常，隨物而應耳。此土剛強，故以剛強之教而應焉」[53]；

53　〔東晉〕釋僧肇：《注維摩詰經》卷8，《大正藏》冊38，頁401b。

另一方面也解釋娑婆修行之勝他方，僧肇說：

> 夫善因惡起，淨由穢增。此土十惡法具，故十德增長；彼土純善，故施德無地，所以百千劫行不如一世也。[54]

對於何以娑婆修行效益遠大過於眾香國眾，在經文中並無詳細的說法，僅舉出因此娑婆有十善法為餘淨土所無。僧肇則進一步闡述其因在於「善因惡起，淨由穢增」之理。布施之所以能行，是對治貪吝之病；持淨戒之所以能行，是因為對治毀戒之犯行．忍辱、精進、禪定、智慧亦復如是，是因為有瞋恚、懈怠、紛亂心意與愚癡愚昧種種剛強難化之病，可以作為對治對象，方能起行。即如鳩摩羅什注中舉良醫之喻，有「良醫遇疾疫劫中，醫術大行廣施眾藥，所療者眾，致供無量。菩薩大士處不淨國，亦復如是。眾惡彌滋，兼濟乃弘。十事法藥，廣療眾病，化廣利深，一超萬劫」[55]，僧肇注「行不在久貴其有益焉。」[56]這都呼應經文之義，陳說娑婆此土修行之勝義。

　　僧肇以「塵垢易增，功德難具，自非一心專求，無以剋成。具此八法，則行無瘡疣，終生淨土矣」[57]，作為本品的最後詮解，當然具有策勵道心之意。而不論是此「一心專求」的勸勉，或是前註言「將屬此土始學菩薩令生淨國」，都可看到僧肇將〈香積國品〉的終幕，視為具有策勵聽聞大眾發大乘菩薩心，結歸大乘行的作用。

　　以上所論，主要就《維摩詰所說經》的本文，與傳入中國後時人對該經的理解與詮釋的注文，梳理其義理內容，可知當時中國佛教僧

54　〔東晉〕釋僧肇：《注維摩詰經》卷8，《大正藏》冊38，頁402b。
55　〔後秦〕鳩摩羅什：《注維摩詰經》卷8，《大正藏》冊38，頁402a。
56　〔東晉〕釋僧肇：《注維摩詰經》卷8，《大正藏》冊38，頁402a。
57　〔東晉〕釋僧肇：《注維摩詰經》卷8，《大正藏》冊38，頁402c。

人已能就經文敘事的文字與情節中,能演繹出佛經不二法門的奧義妙理。下節,則從譬喻的角度,剖析何以僧肇可以作出飲食與修行之間的義理連結,並從中體解維摩詰居士展示「雖復飲食,禪悅為味」大乘修行者的身心世界。

第三節　味「道」的譬喻解讀

「雖服寶飾,而以相好嚴身;雖復飲食,而以禪悅為味;若至博弈戲處,輒以度人」,[58]《維摩詰所說經》對維摩詰居士的形象,以其在人生日常生活中的三個重要領域的表現,突顯其特質。這三個領域分別是衣服、飲食與娛樂,藉由在這個三個日常生活領域的表現,說明維摩詰居士與眾不同的修行展現,既與一般出家沙門不同,也與一般大眾生活不同。如果佛教的修行境界,對一般人,或初修之士,是一難解、難思、難議的境界,那麼,此時利用衣著、飲食乃至育樂生活的具體概念來傳達其抽象意境,的確可以讓閱聽者透過現實生活的橋接,理解佛陀聖賢證悟之果地風光。透過字詞與語彙,以具體的概念域協助理解抽象域的概念,正是譬喻語言學者所提出譬喻的運作,即我們的認知系統藉由二域映射作用,而能理解、溝通抽象概念的內容。由此而論,《維摩詰所說經》看似只是一則探病說法的佛經敘事故事,但卻能在淺顯易懂的故事中,傳達深奧之不二法義,何能如此?

以下本節從認知譬喻的理論角度,就詞彙、篇章、故事框架等層面,分析說明《維摩詰所說經》的中譯與注本,其譬喻認知的運作,如何妙用譬喻傳達經典之不二奧義。

---

58 鳩摩羅什:《維摩詰所說經》卷上,《大正藏》冊14,頁539a。

一　飲食詞彙的二域映射

　　首先，說明飲食詞彙在譬喻中發揮的「映射」作用。譬喻語言學者，特別是CMT理論的主張者，認為譬喻的主要運作方式，來自兩個領域的映射，利用具體易知的來源概念域的語詞語彙，映射至目標域，用以表達、傳達抽象難明的概念，此即二域映射之義。

　　如「禪悅為味」一語，「味」字，從「飲食域」（來源域）投射、映射到「佛教義理域」（目標域）。味，早期的意思，如《說文》說：「味，滋味也」。在飲食域中，指吃到食物後的感覺，如味覺一詞，譬喻延伸到食物的味道，乃至不同的食物種類，例《禮記》「五味異和，器械異制，衣服異宜」，[59]「五味」指五類食物，又以轉喻而泛指食物。動態的動作——「味」則有品嚐食物之義，如「品味」。譬喻延伸後則不只對食物的品嚐，且跨域到思想領域，而有「體會」之義。味字的語義從對食物的味覺義延伸、衍生出「體會」義，此亦即譬喻語言學者提出與身體以及感官活動有關的譬喻是最基礎，也是最常見的譬喻，因為以人人共有的身體、生理、感官為基礎，所進行的抽象義理的系統映射，最能讓人從具體以理解抽象意義；同時也可理解其主張譬喻是語義延伸的重要方法。

　　其次，說明「思想是食物」的概念譬喻是系統性。經注文字從飲食域映射到思想域的譬喻現象，並不是單純只見於「禪悅為食」一語，而是系統性的映射，包含食物的原料、味道、烹調乃至消化都成系統形成對應關係。[60]所以除了「禪悅為食」，經注中處處可見飲食域的詞彙由跨域映射而來，如：「無欲之嘉肴，養法身之上膳」、[61]「穢

59　〔漢〕鄭玄注，〔唐〕孔穎達疏：《禮記注疏》，頁235。
60　詳參第五章「思想是食物」概念譬喻討論。
61　釋僧肇：《注維摩詰經》卷8，《大正藏》冊38，頁399c。

食充飢小乘法也，盛無上寶大乘器也」、[62]「外食世膳而內甘禪悅之味
也」[63]，又如經文「無以穢食置於寶器」，[64]不論是飲食的活動或是食
物的內容物，乃至內容物的品質，都是成系統的從感官飲食域對應到
修學智慧範疇域。

　　以上，是從詞彙層面觀察經、注文中「思想是食物」的概念譬喻。

二　篇章中交映的心理空間

　　Lakoff 等學者提供的 CMT 理解，可以解讀《維摩詰所說經》的
飲食譬喻。經注透過食物的認知概念喻，可以協助讀者了解深奧的佛
教法義。承繼 Lakoff 之後 Fauconnier 等學者的 BT 理論，[65]則提出
「心理空間」的概念，提供我們理解譬喻背後更為複雜的心理運作機
制。[66]

　　關於「心理空間」定義，以下借用張榮興的解釋，其言曰：

　　　　在日常生活中，對事物的想像或假說、對未來的期望、對過去
　　　　的回憶、對事物的信念，以及對影像中事物的看法等都是常見
　　　　的心智運作模式，這些都是不同的心理空間（mental spaces），

62　釋僧肇：《注維摩詰經》卷3，《大正藏》冊38，頁353a。

63　釋僧肇：《注維摩詰經》卷2，《大正藏》冊38，頁339c。

64　釋僧肇：《注維摩詰經》卷3，《大正藏》冊38，頁353a。

65　原文參考 Fauconnier, Gilles. *Mental spaces: Aspects of meaning construction in natural language.* Cambridge University Press, 1994; Fauconnier, Gilles, and Mark Turner. *The way we think: Conceptual blending and the mind's hidden complexities.* Basic Books, 2008. 目前似無中譯，中文的理論引介主要可參考張榮興相關研究，其研究多於「理論背景」一節說明心理空間、框架等理論的扼要說明。

66　譬喻語言學CMT與BT理論的異同與理論旨趣，已於本書第一章討論。此處僅略述其大意。

　　而這些心理空間都是建立在與現實世界對比的基礎上所延伸來的。例如過去式是指在說話當時之前所發生的事件，所以屬於過去心理空間，而未來式是指說話當時之後所發生的事件，所以屬於未來心理空間，兩者共同之處在於都是以說話當時的時間為參考點，因為說話當時的時間是現實的世界，因此將它稱之為真實空間（reality space），因為是各種不同心理空間的基礎，因此又稱之為基礎空間（base space）。[67]

利用心理空間建構詞（space-builders）則可以建立諸多與真實空間相對的「心理空間」，其類別約有如下數種：[68]

　　時間心理空間（time spaces）
　　空間心理空間（space spaces）
　　活動範圍心理空間（domain spaces）
　　假設心理空間（hypothetical space）

提出心理空間真正的用意，並不在於諸多空間的分類而已，而是擴大了二域理論中只有二域的空間理解，同時更重要的是以「空間融合」的想法，進一步補充二域理論中單一方向的映射概念。心理空間理論中對於語詞從來源域映射到目標域產生的作用，有新的看法，他們提出了「空間融合」的概念：

67　張榮興：〈心理空間理論與《莊子》「用」的隱喻〉，《語言暨語言學》13卷5期（2012年），頁999-1027。理論原文參見 Fauconnier, Gilles. *Mental spaces: Aspects of meaning construction in natural language*. Cambridge University Press, 1994.

68　張榮興：〈心理空間理論與《莊子》「用」的隱喻〉，頁1001；Fauconnier, Gilles. *Mental spaces: Aspects of meaning construction in natural language*. pp.29-34。

在空間融合理論中，空間融合（blending）是一種想法整合，也可說是心理空間的整體運作，它能表現出多維空間相關成分的映射，揭示各心理空間的相互聯繫與新思維。簡而言之，最小的空間融合的運作是融合兩個輸入空間（Input space）產生一個融合空間（blended space），這個融合空間的部分結構傳承自原先的兩個輸入空間，但也有與兩個輸入空間無關的新結構（emergent structure）。[69]

意即「空間融合」強調的隱喻運作，不是只有詞彙從來源域投射到目標域，更強調「不同語意間互動所產生出來的新語意結構」。[70]

透過心理空間理論與對譬喻運作方式的新解讀，我們再度重新檢視《維摩詰經》中，特別是〈香積佛品〉的飲食譬喻，也可以有新的認知與理解。在此一小小的維摩詰居士的斗室中，依心理空間建構詞，其實可以區分出數個心理空間──時人生存的現實空間、舍利弗思食的心理空間、香積佛國的神變空間與維摩詰居士不二思維的心理空間，這些心理空間以「飲食活動」作為「類屬空間」（generic space），其中的飲食活動──食與不食即禁食與饗宴，成為不同心理空間之中的共同的概念。若舍利佛的思食與香積佛國的神變空間作為輸入空間 I 與輸入空間 II，隨著經文敘事的進展，以及概念的整合，乃至透過問答加入維摩詰居士對於菩薩行道於娑婆世界的空間想像，那麼，在此一個斗室中，其實是擁超過一個以上的多重心理空間正彼此交織融合。

可見透過心理空間的理論視域，對於經注中「香積佛國」的意義，提供新理解可能。即香積佛國的展現，可以如部分學者解讀，只

---

69 張榮興：〈心理空間理論與《莊子》「用」的隱喻〉，頁1001-1002。

70 張榮興：〈心理空間理論與《莊子》「用」的隱喻〉，頁1001。

是想像之情節、戲劇之節目，也可以視為是一特殊獨特的「心理空間」。前文從義理角度，陳說僧肇對於神變之事，實有獨到見解。不論是〈不思議品〉，借「師子座」的座椅隱喻，其有「不思議之跡顯於外，必有不思議之德著於內」的義理，借由大入小，由小容大，顯示「理極存於不極，故虛以通之，所以智周萬物而無照，權積眾德而無功，冥漠無為而無所不為，此不思議之極也」之不二旨趣。此時，再從心理空間觀看，請飯香積乃至借座燈王、請飯香土、手接大千、室包乾象，[71]皆可視為神變的不思議跡，此跡可解讀為一特殊的心理空間。此心理空間從佛教法義而言，並非幻術，而是「七住法身」上的修行解脫境界。

　　上述心理空間之間的融合現象，依心理空間理論者常製作的圖形對應關係，可作出下列圖表，如圖所示，可知其不同心理空間之間的融合運作：

71 〔東晉〕釋僧肇：《注維摩詰經》卷1，《大正藏》冊38，頁327b。

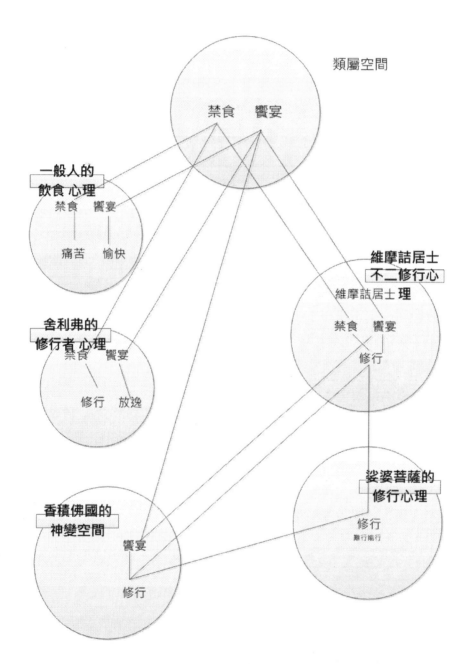

圖一 《維摩詰經‧香積佛品》心理空間示意圖

透過以上簡單的圖示，可以發現《維摩詰所說經》的經、注，以飲食活動中的禁食與饗宴，帶出與修學活動之間繫連的關係與意義。舍利弗思食一節反映修行人的飲食活動，其中的禁食與饗宴代表修學活動的自制與放逸，雖然文中並沒有指出一般人的飲食心理空間，卻可以藉由舍利弗的思食之語，推及佛制非時食戒有別於一般人的飲食活動。一般人以饗宴為樂，禁食為苦，但佛戒之制定，則不在飲食滿足個人欲求，而是力求超越個人感官欲求之上的修學活動，此修學活動即舍利弗所代表的修行者心理空間。但維摩詰居士的呵食，是在「禁食」的上更增新義，或許是更嚴格的訴求，意旨不只是非時食戒表面上的依時持求，還要審視內心究竟是為求法或為求食。若是求法，似一切食皆可棄絕，此指禁食與修行連結得更深、更緊密。然而，維摩詰居士的演示佛義並不只於止，而是再由香積神變，呈顯另一番妙義，即饗宴亦足以修行，所以香積請飯，請來的是「如來甘露味飯」，是「大悲所熏」，只要行者「無以限意食之」，則能身安快樂。所以飲食，甚至是饗宴，居然打破原來舍利弗饗宴與感官放逸的繫連，而與修行解脫繫連在一起。香積神變帶來的不只是神奇戲劇的場景人物，而是認知框架的改變。神變的心理空間，改變了禁食與修行饗宴與放逸的連結，饗宴不成礙道之因，甚至轉為助道之緣。

　　所以，維摩詰居士的香積神變，可說是融合出新的概念。然而，敘事並不僅止於此。若只停留在香積神變的心理空間，恐怕又會從無邊轉有邊，又落入禁食與饗宴之對立，所以經文敘事情節，透過香積菩薩詢問淨名修行法要，而讓文義又回到娑婆世界的現實心理空間，但這次是藉由維摩詰居士的心理空間加以理解，重新看待佛制禁食之制，那麼「饒益眾生」、「代一切眾生受諸苦惱」、「調伏其心」、「常省己過」等修行八法，是娑婆大乘菩薩悲心之實際修行，而且在僧肇「善因惡起，淨由穢增」的詮釋下，更深化一切難行苦行（包括禁

食）都是與修行的連結，一切的律行修止，不是表面的行為規範，而是具有菩薩自利利他的修行心理。所以透過維摩詰的陳說娑婆世界菩薩的難行苦行，又翻出一層新的心理空間，在此空間下雖未說禁食與饗宴與修行的任何關係，但在諸般心理空間的交互融合中，「新結構」（emergent structure）以其組成、完成與擴展等機制，而運作出新的結構，可以讓讀者對此新結構有新的認知操作。[72]所以，〈香積佛品〉意不在藉香積顯示神力，而是藉香積佛國的透過聞香得道的隱喻，以感官知覺可具修行力的實際體驗，改寫原來的舍利弗以感官饗宴為放逸的舊認知。最後，再藉維摩詰解釋娑婆菩薩苦修之行，更甚香積之說，創發新義。意指娑婆修行難行苦行之勝義，隱含一娑婆菩薩修行的心理空間，此中禁食雖然是修行，然已大大不同於舍利弗原來的認知。所以，經文至此才是維摩詰居士真正立足娑婆，陳說修行法味的要義。

學者比較CMT與BT理論差異時，曾說：

> 概念合成理論與概念隱喻理論相似之處，在於二者都視隱喻為概念上而非語言上的現象。不過，概念隱喻理論專注於提出心理表徵的配對關係，而概念合成理論，則討論兩個以上的關係。再者，概念合成理論專注於新奇的概念合成或概念化，而概念隱喻理論則專注於約定俗成的表達。[73]

由《維摩詰所說經》的經注譬喻解析，亦可理解此一分野。從二域理

---

72 此為 Fauconnier 與 Turner 等人對空間融合運作出「新結構」的看法，參見張榮興：〈心理空間理論與《莊子》「用」的隱喻〉，頁1002。

73 安可思：〈概念隱喻〉，收入蘇以文、畢永峨主編：《語言與認知》（臺北市：國立臺灣大學出版中心，2009年8月），頁76。

論可以看出「思想是食物」的概念譬喻，食物的詞彙、語句有系統的映射到修學、思想的概念域；從心理空間融合理論，藉由舍利弗的心理空間、香積的神變心理空間，乃至維摩詰居士的不二心理空間，對於禁食與饗宴等飲食活動與修行意義的連結，交互融合運作，而產生娑婆菩薩修行的新義，「新的概念合成」即是在這樣的心理空間隱喻運作中產生，其從認知譬喻融合出的新義，不正與此注最後言「在人而人，豈可近捨丈六而遠求法身乎？」有暗合之義！也正能明僧肇注言：「欲言住世間，法身絕常俗；欲言住涅槃，現食同人欲」，[74]法身與色身，在飲食上不一不異的關係。

> 不受亦涅槃法也。夫為涅槃而行乞者，應以無受心而受彼食，然則終日受而未嘗受也。[75]
> 小乘入定則不食，食則不入定；法身大士終日食而終日定，故無出入之名也。[76]

文中，不論是涅槃行乞而受食，或是法身大士之食，雖是指真實的飲食活動，但更強調的是食者之心，能終日受而未嘗受，終日食而未嘗食，是因為修為體證之故，若能契入般若中觀，悟入不二法門，則可超脫於食與不食，受與不受等世間相對之概念，也可超脫飲食活動的種種限制。

---

74 釋僧肇：《注維摩詰經》卷1，《大正藏》冊38，頁327c。
75 釋僧肇：《注維摩詰經》卷2，《大正藏》冊38，頁348b。
76 釋僧肇：《注維摩詰經》卷2，《大正藏》冊38，頁349a。

三　隱喻框架的新體驗

透過心理空間融合理論，讀者可以理解娑婆菩薩修行的新義何以產生。接下來的這一小節，要繼續談的是隱喻新義產生的意義。

如果說，經文中，舍利弗、香積佛國乃至娑婆菩薩，各自的心理空間各有其飲食與修行的隱喻繫連，我們也可說他們各各有其「隱喻框架」去看待飲食，乃至飲食背後所代表的世界，因為隱喻框架的不同，而有不同的體驗與感受。不同的隱喻框架置放在一起時，就可能形成「隱喻競爭」的關係，如鄧育仁提出五個隱喻看方式的層次，[77]從認知到具體的行動，隱喻有其與生活體驗息息相關的面向。其言曰：

> 我們的概念系統裡，含藏具有主導性的概念隱喻。這類隱喻框架了我們共同的看待、瞭解和經驗世界的基本方式。……當概念隱喻落實到特定的生活場域時，可以被精製延伸出不同的隱喻看待方式。……不同的隱喻策略會形成隱喻的競爭態勢。……隱喻交峰表現在智巧的隱喻語彙使用、批評和駁斥，而背後通常含藏隱喻策略的競爭。……隱喻不只表現在語言和概念層次裡，也可以體現在具體的行動上。[78]

研究者指出隱喻並不會只是停留在認知或語言層面，隱喻會涉進行動

---

77 五種概念看待層次，分別是概念隱喻（conceptual metaphor）層次、隱喻策略（metaphorical strategy）層次、隱喻策略（metaphorical strategy）層次、隱喻交鋒（metaphorical exchange（metaphorical exchange）的層次，隱喻行動（metaphorical action）與事實構築層次，說明隱喻的運作面向，可以從認知、語言層面擴及行動與事實框架的構築。參見鄧育仁：〈由童話到隱喻裡的哲學〉，收入蘇以文、畢永峨主編：《語言與認知》，頁43-48。

78 鄧育仁：〈由童話到隱喻裡的哲學〉，頁43-45。

乃至具體的生活中。不同的隱喻，就好像在同一現實生活中，重提、重置不同隱喻的解釋，形成不同的體驗脈絡。鄧育仁立一分析格式如下：

> 在脈絡 C，A 被看待成或認可為 B。

構築脈絡 C 的要素即是隱喻框架，鄧氏以政治路途隱喻為例，說明「政治裡的隱喻與事實築構的競爭，其實是築構或調整或瓦解脈絡 C 的競爭」。[79]以此觀點來看《維摩詰經》中透過敘事情節，陸續展現的心理空間，或也可以說，舍利弗、香積國乃至維摩詰都有各自的飲食譬喻框架，各自的心理空間都形成特定的脈絡，在不同的脈絡下，飲食與修行的連結關係各有異趣，並形成競爭關係。對誰而言是競爭呢？如何說是競爭呢？

　　舍利弗的思食，反映舍利弗的飲食隱喻框架，是佛弟子遵守世尊不時食戒的展現。在此脈絡下，禁食被看待成修行，饗宴被認為是放逸。

　　請食香飯，象徵香積佛國帶入的飲食隱喻框架，香積佛國菩薩聞香得道帶入新的對感官的認知。在此脈絡下，沒有禁食，只有饗宴，饗宴被視為、看待成修行。在香積饗宴的關於飲食的敘述與言說，對於聽者而言，此隱喻框架積極促成其產生一種想像享受高級美食的感受，這種感受連結了積極希求妙法勝義的心。從而改變前面舍利弗提出的禁食為修行的框架。

　　最後，經文以娑婆難行苦行，菩薩行八解脫法為新的認知框架，在此框架下雖無飲食連結在其中，但從文脈前後推理可知，遵守佛

79　鄧育仁：〈由童話到隱喻裡的哲學〉，頁46-47。

制、行禁食苦行，並非只是舍利弗所理解的脈絡意義，而是藉由「十事法藥，廣療眾病」的菩薩行，具有「化廣利深一超萬劫」的功德。

可見新的隱喻框架，足以重新改寫對飲食與修行的連結關係。行文至止，透過隱喻的分析，我們或可理解〈香積佛品〉一品，並非只是敘事，飲食反映人之本能、人之原始欲望，延伸出宗教對於此欲望的控制與調節，而有禁食之制。但禁食真能完全抑制欲望，達成生命修行轉化的目標嗎？因此，僧肇對於飲食活動的去、就、取、捨的詮釋，實際是藉由飲食此一實際而重要人生活動，在「能」飲食者的心與「所」取用的食物之間，進行教義的闡發與梳理。或者可以說享用這場盛宴的真正意義，不是否定禁食，也不是讚揚眾香國飲食殊盛，而是透過饗宴的聚會交流，讓彼此體悟佛法修行的諦理。

綜上所論，知《維摩詰所說經》的漢譯與注本，在用字遣詞，以及篇章架構中，妙用隱喻，以「飲食」域的知識與概念系統，隱喻該經傳達的經典義理。

所以，對於僧肇而言，這樣從呵食、香積神變，最終契入結歸修行的〈香積佛品〉具有什麼意義？是否在他「事實層次」的人生也發生隱喻框架改變？或從僧肇的生命史來談，在《高僧傳》的記載中，僧肇生命史歷程中最常為人所引用、稱頌、樂道的，無過於他由玄轉佛的轉折，《高僧傳》記載：

> 釋僧肇，京兆人，家貧以傭書為業。遂因繕寫，乃歷觀經史，備盡墳籍。愛好玄微，每以《莊》、《老》為心要。嘗讀《老子（道）德章》。乃歎曰：美則美矣，然期（棲）神冥累之方，猶未盡善也。後見《舊維摩詰經》，歡喜頂受，披尋翫味，乃言始知所歸矣，因此出家。[80]

---

80 〔梁〕釋慧皎，湯用彤校：《高僧傳校注》（北京市：中華書局，1991年）卷6，頁

這一段關於僧肇學思歷程的傳記資料，或可作為解釋僧肇處於玄佛交涉時期，其文字思想風格雜揉玄風的由來，又或可作為標幟其佛教身分的證明。然而從生命史的研究角度來看，或者更重要的是傳達出僧肇在學問生命與生命學問[81]的轉折、選擇之中，從經史、莊老的學問中遍尋遍觀的學問學習歷程中，內心最深刻的疑問，不在於知識型的學問生命，而在於尋求生命何歸何宿的解脫道。所以批評老子美則美矣，卻在棲神冥累的生命修煉與歸宿的指歸上，所有缺憾，這是對知識學問提出了生命學問的大分判。學者在辨析僧肇與玄佛關係時，也提出「真正能觸動他心弦，使他歡喜頂受的，是《維摩詰經》。這經，決定了他的人生方向，從此走上學佛之途」。[82]所以，不論僧肇在語言運用、思維模式向玄學取資多少，交涉幾多，或是近似雷同，終究在「宗趣異同」上有了區隔。[83]僧肇的終極關懷是以般若空觀的不思議權智而達解脫。

　　飲食雖不過為日常之活動，但證諸僧肇所注，亦可從中理解僧肇從《維摩詰經》中所受的生命啟迪，與他所以選擇佛教作為生命歸趣的原因理由。

　　248-249。（本段「嘗讀《老子德章》」與「期神冥累」句，湯校注引他本校注為「德」上有「道」、「期」下有「棲」。）

81　學問的生命與生命的學問之間的辯證、轉折與思維，參見傅偉勳：《學問的生命與生命的學問》（臺北市：正中書局，1993年）一書中的探討。筆者近年關懷的心理傳記學（psychobiography）與生命史（life history）研究的議題亦有相關。參見丁興祥、賴誠斌：〈心理傳記學的開展與應用：典範與方法〉，《應用心理研究》12期（2001年），頁77-1606。

82　戴璉璋：《玄智、玄理與文化發展》（臺北市：中央研究院中國文哲研究所，2002年3月），頁293-295。

83　戴璉璋：《玄智、玄理與文化發展》，頁322-344。

第四節　小結

　　筆者選擇了一個過去研究《維摩詰所說經》不甚注意的小角落，進行文本與僧肇注文的梳理。其背後真正的目的，既不是要推翻前人對於《維摩詰所說經》不二要旨的研究成果，也不是要說僧肇在此品的注文中，有超乎研究學者們專攻的肇論研究或玄會交會議題之外的新觀點。而是想藉由一個古今中外人類共有的生理共性──飲食，作一個譬喻的微觀思考。當今學界對《維摩詰所說經》與僧肇之關係，或精研、或深探其中「不二」、「中道」與「中觀」等義理，成果已斐然可觀。在賡續此等概念與義理的延續討論外，身處當代的研究者似乎還可以有其他的開拓空間，思考新議題置入的可能性，讓今人可以從不同的視角觀看舊文本，而獲得新的理解與啟發。

　　歷來〈香積佛品〉此一品目，學者視之具有豐富戲劇情節，為展演佛教神通的品目；或是以為「香積」作為唐人詩句中寺院、僧人飲食的代稱[84]，都看不出有什麼值得深入研究或討論的空間，似乎只作為文學的點綴裝飾之用。然而隨著當代飲食議題的興起，或有可以見縫插針的研究縫隙產生。飲食作為一個人類生理共性，可作一橫跨古今中外的議題討論平臺。當今學界對於飲食這個議題，可從科學、醫學的角度，倡論飲食於人身體的健康之益，以達延年益壽、長保安

---

84 如王維詩「既飽香積飯，不醉聲聞酒」（〈胡居士臥病遺米因贈〉，《全唐詩》卷125）；李群玉詩句「夜中香積飯，蔬粒俱精異」（〈登宜春醉宿景星寺，寄鄭判官兼簡空上人〉，《全唐詩》卷568）；陸龜蒙詩句「持次想添香積飯，覆時應帶步羅鍾」（〈奉和襲美開元寺佛缽詩〉，《全唐詩》卷625）。一方面顯示唐人對《維摩詰所說經》的接受與熟稔，而香積也成為僧人寺院飲食的代稱與典故由來。以上詩例檢索自「新詩改罷自長吟──全唐詩檢索系統」（http://cls.hs.yzu.edu.tw/tang/tangats/Tang_ATS2012/SrchMain.aspx，檢索日期：2015年10月1日）

康；亦可從文化人類學的角度，探討飲食在生理需要、心理反射、禮儀象徵、社會功能、經濟活動乃至政治身分上的表徵與重要性。可見人文學者不滿足於對食物或飲食活動的看法，僅作為物質和生理的需求而存在，而企圖通過食物的象徵去解讀人性深層的結構。從飲食的生理共性中比較文化的差異，尋覓人類思想模式的普遍性，特別是在了解文化／自然；自己／他人；日常／非日常等二元相對關係中的重要性，對諸般文化現象作出符號和結構性分析。[85]

　　本章從這些新議題中選擇一組「禁食」／「饗宴」具有相對性的概念組合，就著〈香積佛品〉的經文與僧肇注文進行義理的梳理，以及概念譬喻的挖掘。發現不論經文或是僧肇的詮釋，都是將禁食與饗宴等現實生活中的飲食活動，視之為具有宗教文化意義的隱喻，這一點類同於西方學者對於禁食與饗宴的研究結論，他們都共同指出日常的飲食活動其實是具有體解神聖宗教的深意。然而《維摩詰所說經》與注的獨特之處，是並不單一選擇認同禁食或饗宴的存在意義，如主張禁食或是主張饗宴，而是超脫其外，以回入娑婆修行實益作結。這符應此經以捨離相對的不二思想為宗旨，也符應了僧肇傳記中因《維摩詰經》而轉玄為佛，信受佛道的生命議題選擇。

　　綜上所言，飲食的隱喻，在《維摩詰所說經》中，跨域繫聯了既日常又神聖的飲食心理空間，日常飲食活動是粗跡，卻可以隱喻出法味的吸收攝取，因此跨域映射的相類，正突顯出不思議德的共現空間，即所謂「因末以示本，託麤以表微」，跡本不二，此即不二要旨之所在。如此說來，探討〈香積佛品〉的飲食譬喻，對於《維摩詰所說經》不二法門義理的闡發與理解，不亦既微且要乎？

---

85 關於文化人類學在飲食上的研究，參見張展鴻：〈飲食人類學〉，《人類學》，收入陳剛、招子明編：《西方人文社科研究前沿報告叢書》（北京市：中國人民大學出版社，2008年），頁240-254。

第七章

朝聖、參訪、修道
——《華嚴經‧入法界品》的譬喻解讀

　　佔八十卷《華嚴經》四分之一篇幅的壓軸之品——〈入法界品〉，
主要是一則善財童子求法的故事。[1]善財童子從福城出發，至文殊宣
講佛法所在的莊嚴幢娑羅林，欲聞佛法，請求文殊菩薩開示「解脫
門」、「菩提路」、「菩提道」。請示行者當如何「學菩薩行」、「修菩薩
行」、「趣菩薩行」、「行菩薩行」，乃至「成就」、「增廣」與「圓滿」
「解脫門」、「菩提道」。文殊菩薩觀察善財童子內因外緣後，卻答以
已發菩薩心者，若來問如何求「菩薩行」、欲成就一切智智，就應懷
著「勿生疲懈」、「勿生厭足」的心態，「決定求真善知識」[2]。文殊菩
薩並無答以任何具體成就之道，而是指示南行訪求樂勝國、妙峰山的
德雲比丘問學，從此展開善財參訪善知識之旅，此即後世耳熟能詳的
「善財童子五十三參」[3]故事。

1　本章討論以漢語譬喻表現為主，故討論時選漢譯《華嚴經》文本。《華嚴經》文本
　　的形成自六朝陸續傳譯，始譯如《十地經》等為部份經文。完整經典有東晉佛馱跋
　　陀羅譯的六十卷《華嚴經》與唐實叉難陀譯的八十卷《華嚴經》，後續〈入法界
　　品〉的增補版本傳入，即唐般若譯的四十卷《大方廣佛華嚴經入不思議解脫境界普
　　賢行願品》，為《入法界品》的全譯本。因顧及討論注疏時主要採用清涼澄觀法師
　　的注疏，故經文討論也以八十卷《華嚴經》為主。至於三個版本的《華嚴經‧入法
　　界品》在譯文所使用的旅行譬喻是否不同，據筆者比對，整體的求法之旅的架構相
　　近，至於細部譬喻的不同，亦為一可探討之主題，然限於時力與篇幅，暫無法處
　　理，將另文探求。
2　以上文句摘錄自《大方廣佛華嚴經》，《大藏經》冊10，No279，頁332a-333c。
3　「五十三參」成為後世成說，是從會數開合與會主數目的討論後漸自形成。自唐法

一則佛教經典中的故事，自然有其寓意，不論是字詞的，或是敘事成文的，古德已藉注疏梳理故事中蘊含的華嚴教理；今人研究〈入法界品〉與善財童子故事，亦已闡述其間的佛法義理。因此，一則求法故事蘊含華嚴教義已無可疑。然而，令人好奇的是，為何一則故事可以傳達、表露華嚴玄深奧妙的義理？以人類認知活動的角度提問，為何一般的語言文字可以傳達「非共享經驗」？善財童子參訪善知識的求道之旅，如何具體表意、清楚傳達華嚴經教中重重無盡、圓融無礙等深奧理趣？經文的語句與篇章，如何傳達讓讀者產生對修學的理解、對義理的了悟？基於如是的問題意識，本章的撰述目的，並非重述善財童子故事中的義理，而是提出善財童子求法故事的語句與篇章何以可以表達抽象的華嚴經教義理？而後世的解經者解讀出其間的義理是透過什麼方式，建立具體故事與抽象義理間的關聯性？本章欲回答此一問題，先藉 Lakoff, G & Johnson, M 等認知語言學者提出的譬喻語言學理論，分析此文本奠基於「人生是旅行」的譬喻架構。然而，在「人生是旅行」之下存在的「修學是旅程」僅透過來源域與目標域的對應分析，仍有細微處待梳理。因此，進一步從 Fauconnier, G. & Turner, M. 等學者提出的「心理空間理論」與「多空間模式」，將善財童子朝聖之旅就著二重「輸入空間」與「類屬空間」以及最終形成的「融合空間」，作較細部的梳理。希望藉由分析譬喻的概念、架構

藏提出會數開合的討論，提出會數有三會、五十二會、五十五會、一百一十會、乃至三千大千世界微塵數會與十方十方世界微塵數會；會主有五十四人、五十七人二重討論，參見《華嚴經探玄記》，《大藏經》冊35，No1733，頁450c。後世注疏者陸續有相關討論。然而從流傳於世的圖像，如宋惟白禪師系統五十三參、元五十三參圓木柱料浮雕、明華嚴海會善知識曼荼羅五十三參、明崇善寺善財五十三參乃至清代流傳明孤雲居士繪五十三參，數目皆取「五十三」，可見後世以「五十三參」為成說。善財童子圖像流傳研究參見陳俊吉：〈中國善財童子的「五十三參」語彙與圖像考〉，頁372-394。

與心理運作中，有一新的理解管道。

　　善財童子參訪善知識，以求佛道的故事，不論是語句中大量出現的旅行的概念譬喻，或是篇章結構中以「旅行」中的起點、過程與終點作為基本的結構，都與「旅行」概念有密切的關係。雖然在〈入法界品〉的經文中充滿了各種的譬喻，但「旅行」譬喻作為其重要且核心的概念，應是無庸置疑的。故此所討論的譬喻類型，即以「旅行」譬喻作為主軸，進行語句、篇章與後人詮釋三個層次的分析，探討善財童子的求法故事的敘事語言與結構為何可以表達出抽象的華嚴經教奧義？後世的解經者如何將故事與義理兩者進行繫連，建其關聯性。

第一節　語句層次的旅行譬喻解讀

一　語句蘊含的旅行譬喻

　　首先，例舉經文中出現與「旅行」譬喻相關的語句如下：

> 菩薩應云何學菩薩行？應云何修菩薩行？應云何趣菩薩行？應云何行菩薩行？[4]
> 應云何令普賢行速得圓滿？[5]
> 問菩薩行，修菩薩道。[6]
> 修行普賢行，成滿諸大願。[7]

4　《大方廣佛華嚴經》，《大藏經》冊10，頁333c。
5　《大方廣佛華嚴經》，《大藏經》冊10，頁333c。
6　《大方廣佛華嚴經》，《大藏經》冊10，頁333b。
7　《大方廣佛華嚴經》，《大藏經》冊10，頁333c。

已證一切菩薩忍，已入一切菩薩位，已蒙授與具足記，已遊一
切菩薩境。[8]

見諸眾生失正道，譬如生盲踐畏途，引其令入解脫城，此大導
師之住處。見諸眾生入魔網，生老病死常逼迫，令其解脫得慰
安，此勇健人之住處。[9]

不疲不懈，不厭不退，無斷無失，離諸迷惑，不生怯劣、惱悔
之心，趣一切智，入法界門，發廣大心，增長諸度，成就諸佛
無上菩提，捨世間趣，入如來地。[10]

出家趣道場，示現佛境界。[11]

若依傳統修辭學的譬喻界說，以上例句中只有例句「見諸眾生失正
道，譬如生盲踐畏途」，是明顯的譬喻，有完整的喻體、喻詞、喻
依。但從當代認知譬喻語言學者的理論考量，上述的例句幾乎全可以
視為譬喻的表達。何以如此？簡言兩者的差異在於他們評估語句的切
入點不同，傳統修辭學從語言表達層面分析。認知語言學者則從認知
層面進行剖析，主張譬喻是以「一個經驗域的形態格局去理解並建構
另一個截然不同經驗域的思維方式」。[12]兩域之間以「映射」的方式產
生連繫與對應關係，以一般人具體可知可感的概念範疇作為來源域，
映射到抽象不易感知的概念範疇作為目標域。學者以冰山為喻，巧妙
的指出兩派學者的差異處：「如果將譬喻性語言視為一座冰山，那麼
修辭派注重的是其露出水面的表象，有許多不相關聯的山頭、類別依

8　《大方廣佛華嚴經》，《大藏經》冊10，頁420a。

9　《大方廣佛華嚴經》，《大藏經》冊10，頁424a。

10　《大方廣佛華嚴經》，《大藏經》冊10，頁401c。

11　《大方廣佛華嚴經》，《大藏經》冊10，頁404c。

12　參見周世箴：《我們賴以生存的譬喻，中譯導讀》，頁69。

形而定，所以分類繁細。而認知派注重的則是冰山的水下部分，往往發現水表分立的山頭在水下卻有共同的基底。」[13]因此，行菩薩行、修菩薩道可以視為譬喻表達的原因，不是只取表面的相似，而是有取於經驗的對應、概念的映射，是思維層面的理解關係。

順著認知語言學者從思維層面的理解，對於上述例句的表達，則皆可視為「譬喻」，「修菩薩道，行菩薩道」中，「道路」是一般人容易感知的具體概念，映射到較抽象難感知的菩薩修行歷程；動詞的「行」、「遊」、「捨」、「入」、「趣」則是以具體的身體肉體經驗，映射到較抽象的修學作為或選擇。那麼「疲厭」、「退轉」、「精進」何以也可以視為是「譬喻」？從語言表達層面的確不易看出，但從思維概念層面則可以理解，因為在人在一趟道路、路徑行走的過程中，可能會產生積極前進或因困難萌生退意，返轉不前的心態。因此，上述例句不僅都可以視為譬喻的表達，更可以說他們的譬喻來源域都來自同一個「旅行」的具體概念，而且是成系統對應的整體關係。

第五章討論「修學是旅行」中「結構譬喻」與「動覺意象基模」，曾說明了旅行為什麼在善財童子的故事文本中，成為重要而且核心的譬喻概念，也是本章選擇以「旅行」譬喻作為主要討論對象的主因。了解旅行譬喻在文本中成立的主要原因後，下文要進一步說明此一「人生是旅行」、「修學是旅行」的層級關係。

二　旅行譬喻的三個層級映射關係

譬喻映射具有層級性，「修學是旅行」可以視作繼承「事件」與

---

13 參見周世箴：《我們賴以生存的譬喻，中譯導讀》，頁69-70。對於兩派學者是否絕對扞格，周氏指出：「但若回到表達的層面，還是要借助表層的語言表達式，此即修辭學所關注的層面。所以兩者並非全無交集，只是分析語言現象的著眼點不同。」

「人生是旅行」兩個「高層映射」的「低層映射」，三者形成具有層級結構的組成。[14]

表五　旅行譬喻的三個層級映射表

層級	結構譬喻	來源域	目標域	譬域概念
第一層	事件結構譬喻	空間 地點（有界空間） 空間運轉（進出） 目的地 行動的障礙 旅行	事件 狀況 變化 目的 困難 長期有目標的活動	事件發生 狀況是地點 變化是移動 目的是目的地 困難是行動的障礙 長期有目標的活動是旅行
第二層	人生是旅行	空間中的旅行 起點 終點 障礙物 前進後退	人生 出生 死亡 困阨 方向	人生是空間的旅行 出生是起點 死亡是終點 困阨是障礙物 方向是進退
第三層	修學是旅行	旅行者（善財） 終點（目的） 歷程 旅伴 障礙物 精進退轉休息（前進方向） 交通工具	修行人 成就佛道 行菩薩道 善知識 困難 修學心態 修學內容	修行者是旅人 成佛是終點 修學菩薩是行路歷程 善知識是友 修學歷程中的困難是障礙物 修學心態如同旅程中的前進、後退、停止 修學內容如同交通工具

---

14 Lakoff 在其論文中所舉的例子是以「事件結構」、「有目標的人生是旅行」與「戀愛是旅行」為例，指出其具有三個層次結構。參 Lakoff, George. The contemporary theory of metaphor. *Metaphor andthought 2*, 1993,pp.222-224.

三個層級的關係，人生是事件的特殊情形；修學是人生的特殊情形，因此下層結構常常繼承上層結構的映射意義。如修學是旅行中，修學者就如同旅行者一樣，以旅行者映射修學之人；修學的歷程與心態，喻同旅行的行進方向，有前進、後退或是休息，因此有「精進」、「退轉」與「休息」之語言表達。

　　三個層級的特色，以及與其他語言文化的關係，據學者研究指出，較高層級的譬喻映射較為廣泛，常常橫跨不同的國度與文化，都可以看到類近的譬喻結構；較低層級的譬喻映射較具個別文化性，受到文化限制也較大。因此在人生是旅行下，還有人生各種事件而衍生的個別事件的譬喻，如戰爭是旅行、愛情是旅行等。因此，如果把善財童子的故事置於此譬喻結構來看，其上兩層的事件結構與人生是旅行的結構，可以讓我們辨識它可以作為一則朝聖、求道之旅的人生事件與故事。而最下層的修學是旅行的結構，則其譬喻與映射的內容則展現其華嚴修學特色。換言之，我們想了解善財童子故事為何具有華嚴特色，是可以從其「修學是旅行」這一層級的譬喻去了解，這些獨特的譬喻可能是基於「人生是旅行」中所使用的譬喻，但在譬喻的使用與映射中卻有其獨特之處。[15]

---

15 為什麼需要更進一步的分析：較低層級受到文化因素影響較大，可能同樣使用「人生是旅行」的譬喻，但是如何更進一步的分析，否則容易見樹而不見林。如鄭艷霞：〈「人生」概念隱喻的英漢對比研究〉，《成都理工大學學報（社會科學版）》20卷6期（2012年），頁68-72。作者比較了現代漢語與英語「人生」概念的「概念譬喻」，指出 LIFE IS A JOURNET 的概念譬喻同樣出現於英漢語，並指出兩者的差異：英文中將人的一生看作三次旅行的過程，第一次是以人的出生作為結束母體內的旅行，第二次是人生活在世上的時期，第三次是人死後開始第三次的旅行。LIFE 所指著重於人生─人的一生，以 life 作為目標域，journey 作為來源域，將旅行的範疇結構投射到抽象範疇上，而產了一系列的本體對應關係，如旅程─人生，旅行者─人，起點─出生、障礙─困難、十字路口─選擇，目的─人生目標，終點─死亡等。譬喻的表達如 He got a head start in life. He's without direction in his life. I'm at

第二節　篇章層次的旅行譬喻解讀

　　從語句層次的分析，可知善財童子的文本具有「修學是旅行」的結構譬喻。具體的旅行經驗，映射出抽象的佛法修學概念，讓淺近的譬喻性語言可以傳達「非共享經驗」的修學概念。至此，約莫可以說已經解釋善財童子的故事為何可以傳達華嚴教理。然而，讀者仍有可能繼續產生一個疑問：所有相同或類近的旅行結構譬喻詞彙、語句的文本，都傳達同一個篇章義旨嗎？（例）運用譬喻理論應用於文本分析的學者已先指出「語境」的必要性，並嘗試進一步以 Fauconnier, Gilles and Mark Turner 等人提出的「融合」、「概念融合」與「心理空

---

a crossroads in my life. 漢語和英文一樣，通過「旅行」來概念化「人生」。作者強調漢語較強調「生活」之義，對應為英文LIFE中的第二段旅行，譬喻表達如人生畢竟是充滿冒險的，你將永遠不知道前方等待你的是荊棘小徑或是寬闊大道。在人生的十字路口上，有很大一部分人奔著自己的現狀生活筆直朝前走；有小部分朝左或者右走，走上了其他的行程；只有很少一部分人，才為了自己最初的夢想，轉過圈回過頭來向後走。人生的十字路口，你選擇怎樣走？回頭重新走，是需要多大的勇氣？回頭的路值得你這樣做嗎？人生的十字路口，我該怎麼走？作者最後比較英漢對於人生概念的異同，指出兩者雖同樣有人生是旅行的譬喻，但存在著細微差別，其說：「英語國家由於信仰的緣故，認為人死後是上天堂，即進入人生的另一階段的旅行，而我們漢語則不同，所謂的落葉歸根，入土為安，均表明人死了就意味著人生的結束，所以儘管源域相同，但內涵卻不盡相同。」作者指出漢語人生是旅行多只現世一生一期生命，故有落土為安之說，以此作為英漢語的譬喻差異，似乎即未考量到同一語言圈，有不同的宗教與文化思維。從三個層級的概念來看，往更底層層級進行比較與討論，似更能比較出譬喻語言的差異性。

間」提出的「心理空間」理論，[16]對傳統經典進行分析，[17]其成果實有可取。因此，在分析善財童子故事的語句層面後，嘗試繼續檢視分析其篇章層面的旅行隱喻，希望對於善財童子故事背後的旅行譬喻有更深入的梳理。

　　本節，首先以善財童子向文殊菩薩求法時所述的偈頌為例，透過「心理空間」理論說明善財求法心態——離世道、求向解脫道，並說明此解脫思維具有普遍性；其次，從文殊菩薩指示南行，遍參俗世善知識，最後再回到文殊彌勒與普賢菩薩聖者所在的全篇結構，討論其中「朝聖返俗」的特殊性及其意義。

一　善財童子的朝聖者心理空間

　　〈入法界品〉中，文殊菩薩向從福城來的善財童子與諸大眾說法，「即於其處，復為眾生隨宜說法，然後而去」，善財童子聽聞文殊菩薩所說「佛如是種種功德，一心勤求阿耨多羅三藐三菩提，隨文殊師利」而有一段偈語。偈語依其語義暫分為兩段，前四偈偈語描述自己身處「邪道」的景況，其偈曰：

> 三有為城廓，憍慢為垣牆，諸趣為門戶，愛水為池塹。
> 愚癡闇所覆，貪恚火熾然，魔王作君主，童蒙依止住。

---

16 Fauconnier, Gilles 等人的理論，參考 Fauconnier, Gilles. *Mental spaces: aspects of meaning construction in natural language*. Cambridge University Press, 1994. 與 Fauconnier, Gilles & Mark Turner. *The Way We Think: Conceptual Blending and the Mind's Hidden Complexities*. New York: Basic Book.

17 語言學者張榮興指出「語境」和「意義」的密切關係，指出「某個語言形式的意義和語境的關係，正如90這個數字在不同的語境下會有不同的意義」，參見張榮興：〈篇章中的攝取角度〉，《華語文教學研究》5卷2期（2008年），頁47-67。

　　　　貪愛為徽纏，諂誑為彎勒，疑惑蔽其眼，趣入諸邪道。
　　　　慳嫉憍盈故，入於三惡處，或墮諸趣中，生老病死苦。

這一段偈語，除了運用「人生是旅行」的譬喻，也加入了「人生是建築物」的譬喻，用以反映善財童子對於自己所處人生境界的看法。
　　後有三十偈，則讚頌文殊德性，願求開示「佛道」：

　　　　妙智清淨日，大悲圓滿輪，能竭煩惱海，願賜少觀察！
　　　　妙智清淨月，大慈無垢輪，一切悉施安，願垂照察我！
　　　　一切法界王，法寶為先導，遊空無所礙，願垂教敕我！
　　　　福智大商主，勇猛求菩提，普利諸群生，願垂守護我！
　　　　身被忍辱甲，手提智慧劍，自在降魔軍，願垂拔濟我！
　　　　住法須彌頂，定女常恭侍，滅惑阿脩羅，帝釋願觀我！
　　　　三有凡愚宅，惑業地趣因；仁者悉調伏，如燈示我道！
　　　　捨離諸惡趣，清淨諸善道；超諸世間者，示我解脫門！
　　　　世間顛倒執，常樂我淨想；智眼悉能離，開我解脫門！
　　　　善知邪正道，分別心無怯；一切決了人，示我菩提路！
　　　　住佛正見地，長佛功德樹，雨佛妙法華，示我菩提道！
　　　　去來現在佛，處處悉周遍，如日出世間，為我說其道！
　　　　善知一切業，深達諸乘行；智慧決定人，示我摩訶衍！
　　　　願輪大悲轂，信軸堅忍鑑，功德寶莊校，令我載此乘！
　　　　總持廣大箱，慈愍莊嚴蓋，辯才鈴震響，使我載此乘！
　　　　梵行為茵蓐，三昧為采女，法鼓震妙音，願與我此乘！
　　　　四攝無盡藏，功德莊嚴寶，慚愧為鞅靷，願與我此乘！
　　　　常轉布施輪，恒塗淨戒香，忍辱牢莊嚴，令我載此乘！
　　　　禪定三昧箱，智慧方便軏，調伏不退轉，令我載此乘！

大願清淨輪，總持堅固力，智慧所成就，令我載此乘！

普行為周校，悲心作徐轉，所向皆無怯，令我載此乘！

堅固如金剛，善巧如幻化，一切無障礙，令我載此乘！

廣大極清淨，普與眾生樂，虛空法界等，令我載此乘！

淨諸業惑輪，斷諸流轉苦，摧魔及外道，令我載此乘！

智慧滿十方，莊嚴遍法界，普洽眾生類，令我載此乘！

清淨如虛空，愛見悉除滅，利益一切眾，令我載此乘！

願力速疾行，定心安隱住，普運諸含識，令我載此乘！

如地不傾動，如水普饒益，如是運眾生，令我載此乘！

四攝圓滿輪，總持清淨光；如是智慧日，願示我令見！

已入法王城，已著智王冠。已繫妙法繪，願能慈顧我！[18]

這段偈語傳達善財童子作為求道者，對於文殊菩薩所行菩薩道、佛道的仰慕渴望，除了「人生是旅行」、「人生是建築物」外，還具有「修學是戰爭」的概念譬喻。從「人生是旅行」、「人生是建築物」概念譬喻的對比，可以明顯表示善財童子對於兩種人生的評價。但整體篇章的旨趣應不是只有評價兩種人生，還有去彼就此的選擇意向。這在概念譬喻的語句層次不易看出，但從篇章結構形成的語境，可以作進一步的分析。以下，藉用 Fauconnier, Gilles and Mark Turner 等人提出的「心理空間」與「概念融合」等理論分析此篇偈語的意義。

　　Fauconnier 等學者界定認知組成的單位並不是前述的兩個「域」，而是「心理空間」，譬喻的運作形成新的融合空間，也產生了新的語義。

　　輸入空間 I（Input space I）與輸入空間 II（Input space II）類近

18　《大方廣佛華嚴經》，《大藏經》冊10，頁332c-333c。

來源域與目標域,但更強調他們是心理空間的概念,語意項之間不只是定向的來源域向目標域映射關係,而是「多向性」的運作模式,可以有雙向、多項的投射關係。類屬空間則是指摘要兩個輸入空間的共同特徵,提取兩個輸入空間的共同特徵作綱要式的組織結構,最後融合出一個具有新結構的融合心理空間。在善財童子的前半段偈語中,以旅行譬喻而言,「貪愛為徽纏,諂誑為彎勒,疑惑蔽其眼,趣入諸邪道」等語,開啟「旅行」的認知框架,即輸入空間 I,以旅行所乘的交通工具與道路作為具體隱喻來源,雖然只有交通工具與道路,但是可以誘導出其他的語意成分,如旅行者以及最初兩句以建築為喻的偈語:「三有為城廓,憍慢為垣牆,諸趣為門戶,愛水為池塹」,則可結合進來成為旅行所經歷的建築物,指旅行者所處的空間。輸入空間 II,則是善財童子的心理空間,有生命所在空間(三有、諸趣)與行為作為(貪愛、諂誑)等語意項,並誘發出原文中沒有出現的主事者──善財童子。這兩個不同的空間,因為有共同特徵(事件主角與心態行為)而可以作跨空間的互相映射(cross-space mapping),兩個輸入空間融合後產生了新的融合空間,也有新的結構產生[19]。這兩個不同的心理空間具有事件主角在特定空間從事行為的共同結構,為其類屬空間。當兩個輸入空間語項進行映射後,並加入了其他語意項,如具有價值判斷的「邪」、「惡」等語項,最後產生具有新結構的融合空

---

19 新結構產生的方法有組成、完成與執行擴展三個相互關聯的方法組成。組成是指把不同輸入空間可產生新關係的成分一起投射到新空間;完成是指背景框架、認知及文化模式的知識,容許組合成分從輸入空間投射到融合空間而成為一個擁有自身邏輯的結構系統;執行與擴展指人們根據融合結構自身的邏輯,對新結構進行獨立的認知操作。相關理論中文闡釋參見張榮興:〈心理空間理論與《莊子》「用」的隱喻〉,《語言暨語言學》13卷5期(2012年),頁1000-1002;張榮興:〈從心理空間理論解讀古代「多重來源單一目標投射」篇章中的隱喻〉,《華語文教學研究》9卷1期(2012年),頁4-7。

間，即有新的涵義產生：善財童子好像旅行的人，因為貪愛、諂誑、慳嫉憍盈等心態行為，如同乘坐交通工具，通往生老病死苦錯誤而痛苦的六道輪迴中。從融合心理空間的語義分析，可以得出這四句偈語為善財童子向文殊求法時，表明自己何以要求法，即是因為處於痛苦的生命狀況中。

相對而言，後面三十偈，依此分析的分法，輸入空間 I 有旅行者及相關旅行概念（交通工具、建築物為旅行所經過、前往的空間處所），輸入空間 II 有修道者（實指文殊菩薩）與其修行行為，兩個不同的心理空間同樣是具有事件主角在特定空間從事行為的共同特徵，作為類屬空間。輸入空間 I、II 在有共同特徵的結構關係下，進行跨空間的互相映射，並加入了其他文本中的語意項，如具有價值判斷的「邪正」、具有教學意義的「開」「示」等語項，最後融合產生具有新結構的融合空間，表達的意義為善財童子稱讚、讚揚文殊菩薩修行智慧如同交通工具，大悲如同圓滿輪、大慈如同無垢輪，可以普利群生，善財童子從而生起求法好樂之心，希望菩薩能「開我解脫門」、「示我菩提道」，開示佛法如何修學，如同指導引領他前往新的道路與方向。

從「心理空間」的分析，可以看出同樣以「旅行」作為譬喻來源域，人生、修學作為目標域，但透過檢視心理融合運作機制，卻可得知篇章語義如何產生，這也讓我們更為明白善財求法這一段偈語的內容要義。再將兩段偈語合併對比，有一個方向選擇的動詞語意項——「趣」、「住」、「離」傳達了重要的語義，從而有一個結合兩段偈語的新語義產生，其圖示如下表。

表六　善財童子求道心理空間分析表

輸入空間 I	輸入空間 II	類屬空間	融合空間
旅行者 交通工具 建築物 行進方向（離、趣、住） 行為、作為	修道者 世間／出世間 生命形態的選擇	事件主角 行為 環境 方向的選擇[186]	善財童子不滿於自己的生命情況如同走錯了邪道，希望能區分邪正道的文殊菩薩能開示正確的道路如同正確的修行方法引領他離開世間前往成就佛道之路。

融合空間產生的新語義是善財童子不滿於自己的生命情況，如同走錯了邪道，希望能區分邪正道的文殊菩薩所有開示，指示其正確的道路如同正確的修行方法，能引領他離開世間前往成就佛道之路。

善財童子不戀慕豐厚的俗世家財，離開家園，來到婆羅林向文殊菩薩求法。透過最初這段偈語的心理空間分析，可知善財童子的求道之旅的目標，就是離開俗世生活，前往神聖的聖者空間，這是典型的宗教朝聖之旅（pilgrimage）。宗教朝聖之旅指修行者的求道歷程如同行旅者一樣，有從俗世生活離開的出發點，有神聖空間的目的地、還有求道歷程中種種的身心遭遇類似於行旅經驗與不同的中途驛站。善財童子最初向文殊問道的心理，反映出一個普遍的朝聖心理，從心理空間融合出的語義可以由下表表示。

表七　求道者朝聖心理空間表

輸入空間 I	輸入空間 II	類屬空間	融合空間
起點 路徑 目的地	出家（世俗空間） 修學、求道歷程 道場（神聖空間）	從某一空間離開前往某一空間作為旅程的目的地。	求道者從某地出發，如同修學求道的開始，中間經歷種種的地點，如同修行的歷程，最後抵達目的地，即完成修學目標。

在善財童子的偈語之後，從他對文殊菩薩的表白求道心意的內容來看，善財希望文殊菩薩能完整的告知其應如何修學、趣入，乃至即能增廣與速得圓滿。或可推測善財童子的心理是希望從福城（世俗空間）來到文殊道場（神聖空間）即可完成、圓滿求道的歷程而以「得道」為目的。至此分析善財童子來至文殊菩薩的求道敘事，其背後所反映的普遍的朝聖心理。

二　文殊菩薩展示的心理空間

朝聖之旅的譬喻中，以空間地點代表由俗轉聖的修學方向與目標，善財偈語中「三有凡愚宅」為「俗世空間」，「清淨法王城」為「神聖空間」，在善財的心理空間，投射出的文殊是「已入法王城」之人，所以希望藉由問學也能達到自己由俗轉聖的朝聖目的。然而，文殊卻回答：「若欲成就一切智智，應決定求真善知識。善男子！求善知識勿生疲懈，見善知識勿生厭足，於善知識所有教誨皆應隨順，於善知識善巧方便勿見過失。」[20]並指示其南行：

---

20 《大方廣佛華嚴經》，《大藏經》冊10，頁334a。

> 善男子！於此南方有一國土，名為：勝樂；其國有山，名曰：
> 妙峯；於彼山中，有一比丘，名曰：德雲。汝可往問：菩薩云
> 何學菩薩行？菩薩云何修菩薩行？乃至菩薩云何於普賢行疾得
> 圓滿？德雲比丘當為汝說。[21]

德雲比丘為其說「一切諸佛境界智慧光明普見法門」後，又示其南行
訪海雲比丘問如何學修菩薩行、修菩薩道，此一路訪求，遍學遍參的
對象，除了中間觀自在菩薩、正趣菩薩與最後三位彌勒菩薩、文殊菩
薩與普賢菩薩可說是已證道的聖者外，論其身分多為俗世人物：如國
王、仙人、神祇（天神、地神、夜神）、童子童女、船師醫生等從事
俗世職業或是正在俗世修行的比丘。換言之，文殊指示的南行之旅，
讓善財童子的朝聖（神聖空間）之旅似乎轉向了返俗（世俗空間）
之行。

　　令人好奇的是明明處於世俗空間的俗世人物，為何可以成為參學
的對象，為何都成為華嚴修學的聖者？在〈入法界品〉本會時文殊菩
薩有一段話語說：

> 佛子！此逝多林一切菩薩，為欲成熟諸眾生故，或時現處種種
> 嚴飾諸宮殿中，或時示現住自樓閣寶師子座，道場眾會所共圍
> 遶，周遍十方皆令得見，然亦不離此逝多林如來之所。佛子！
> 此諸菩薩，或時示現無量化身雲，或現其身獨一無侶。所謂：
> 或現沙門身，或現婆羅門身，或現苦行身，或現充盛身，或現
> 醫王身，或現商主身，或現淨命身，或現妓樂身，或現奉事諸
> 天身，或現工巧技術身。往詣一切村營城邑、王都聚落、諸眾

21　《大方廣佛華嚴經》，《大藏經》冊10，頁334a。

生所，隨其所應，以種種形相、種種威儀、種種音聲、種種言論、種種住處，於一切世間猶如帝網行菩薩行。或說一切世間工巧事業，或說一切智慧照世明燈，或說一切眾生業力所莊嚴，或說十方國土建立諸乘位，或說智燈所照一切法境界，教化成就一切眾生，而亦不離此逝多林如來之所。[22]

此為文殊菩薩解釋來此逝多林聞法的諸菩薩眾，指出他們同時既在逝多林中聞法，又同時於十方應成熟眾生故而示現種種處會。暗示後文善財童子訪求的諸善知識即為此逝多林中聞法諸菩薩。在此透過文殊菩薩所見，展現一個菩薩示現的心理空間，有別於一般人認知的心理空間。

　　根據心理空間理論學者提出的「心理空間」說法，文章語句以某些建構詞建構一個與真實空間相對應的心理空間，而有時間心理空間、空間心理空間、活動範圍心理空間以及假設心理空間等[23]。例如Fauconnier, G 舉："Len believes that the girl with blue eyes has green eyes"為例，以圖示說明閱讀者何以視之為「不矛盾的」（noncontradictory）[24]：

22　《大方廣佛華嚴經》，《大藏經》冊10，頁330b。

23　參考Fauconnier, Gilles. (1994) *Mental spaces: aspects of meaning construction in natural language*。理論部分的簡要概念說明可參考張榮興、黃慧華：〈心理空間理論「梁祝十八相送」之隱喻研究〉，頁683-687。

24　Fauconnier, Gilles. *Mental spaces: aspects of meaning construction in natural language.* pp.13-14

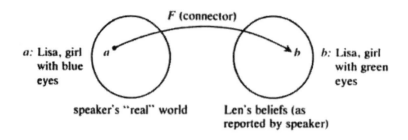

圖二　心理空間運作圖例

透過「believes」（其他例句中還有 want、in one's mind 與 in one's painting）等作為「心理建構詞」建立有別於現實空間的「心理空間」。

　　所以，從文殊菩薩的角度來說，雖然指示善財童子南行，雖然是讓善財童子從神聖空間，轉回世俗空間，但世俗空間的人物卻是菩薩所示現，參訪善知識之旅，即是世俗空間中的朝聖之旅，當旅程中，善財童子行至住林聚落，問法於解脫長者時說：

> 我聞聖者善能誘誨諸菩薩眾，能以方便闡明所得，示其道路，與其津梁，授其法門；令除迷倒障，拔猶豫箭，截疑惑網。[25]

將旅程中的善知識視為聖者，每一段俗世之旅轉化為朝聖的學習之旅，善財童子的朝聖心理，也轉趨近同文殊菩薩所示之意。

　　比較以上兩小節的朝聖心理空間，善財從起點（福城）到終點（文殊），相較於文殊的指示南行起點（文殊）歷經諸善知識到終點（普賢），兩者最大的差異在於「歷程」的長度與實質內容。如上文說朝聖之旅的融合空間所示之義：「求道者從某地出發，如同修學求道的開始，中間經歷種種的地點，如同修行的歷程，最後抵達目的

25　《大方廣佛華嚴經》，《大藏經》冊10，頁339a。

地，即完成修學目標」，參訪善知識的長文敘事，才真正落實了修行歷程的對映，也可說《華嚴經》在〈入法界品〉中利用長篇幅的善知識參訪敘事，傳達了行者於人生中真修實鍊的必要性。

第三節　注疏層次的旅行譬喻詮釋

從《華嚴經》的經文語句表達，可以看出旅行概念譬喻的運作傳達修學的概念；從篇章結構的心理空間，可以看出旅行與修學兩者的映射融合出具有華嚴修學特色的朝聖之旅。本節繼續以清涼澄觀法師的《疏》、《鈔》[26]作為探討對象，並不在於研究或解讀注疏的內容或詮釋特色，[27]而是藉後人注解觀察融合心理空間的新語義的確可以產生，甚至，在有相同結構的語意項對應的情況下，讀者可以增加新的輸入空間產生新的映射，增加融合心理空間的新語義，而讓詮釋更為多元豐富。換言之，就心理空間的理論主張而言，讀者可以從輸入空間Ⅰ與Ⅱ，藉由相似的類屬空間進行映射，在融合空間中經過組合擴展等方法而產生具有新結構的語意。從經文語句、篇章的譬喻分析推測讀者可以得到修學朝聖之旅的語意，那麼，《華嚴經》的後人註解則可以成為吾人觀察心理空間的融合機制與運作過程。[28]

---

26 清涼澄觀法師為八十卷的《華嚴經》作註，有《大方廣佛華嚴經疏》（《大正藏》冊35，No.1735）與隨疏所作的注解《大方廣佛華嚴經隨疏演義鈔》（《大正藏》冊36，No.1736）。引用版本以《大正藏》為主，參考《新修華嚴經疏鈔》（臺北市：財團法人臺北市華嚴蓮社，2001年7月）。

27 筆者於本文撰述前，已另文探討唐清涼澄觀對善財童子故事的解讀與詮釋，及其代表的意義。參見周玟觀：〈《華嚴疏鈔》之善財童子參學義探微〉，《2014經學與文化學術研討會》，頁25-46。

28 選擇唐清涼澄觀《華嚴注疏》為主要討論對象的原因，一方面承繼前文〈《華嚴疏鈔》之善財童子參學義探微〉的研究，另一方面也因為澄觀的《疏》與《演義鈔》不僅有個人的詮釋，也收羅之前華嚴學者研究意見，是《華嚴經・入法界品》較完整的注疏作品。

一　整體旅程的詮釋

　　首先，討論澄觀法師對整體旅程的詮釋。澄觀將〈入法界品〉分為本會與末會，從「經文爾時文殊師利童子從善住樓閣出逝多林，往於南方，遊行人間」始為末會經文，澄觀在經文注疏之前，先以十門釋末會義，第一「總顯會意」提出對全會的看法，澄觀《疏》中提出「一人而歷位圓修」[29]之說。從他對整個善財童子故事的提綱來看，澄觀以「歷位而圓修」概括了這趟旅程的意義，相對於前面經典所闡述的教法頓理，澄觀認為以善財童子為主的末會經文，是屬藉由人為具體事例呈顯教法之義，有開啟後人效法之用，故判為流通分。

　　「歷位圓修」一語，可說是澄觀揭示善財童子求法故事的要旨，這句話從心理空間理論來觀察，也可視為融合空間的新語義。分析這句話的表面意義，歷與位都是旅行的動作詞（經歷）與空間詞（位置），修則是修學之義，澄觀從經文得到的整體「會意」，的確是輸入空間Ⅰ（旅行義）與輸入空間Ⅱ（修學義）融合所得。然而，又不盡然只有經文所有的旅行語意項與修學語意修，從「位」來說？在十門中第六「五相分別」，[30]《疏》提出「寄位修行說」[31]將善財一路經

---

29 澄觀於「總顯會意」中解釋末會會之義理言：「末會，亦即一部流通。略啟十門，一總顯會意……今初，夫圓滿教海，攝法無遺：漸、頓該羅，本、末交映，人、法融會，貴在弘通，故非頓，無以顯圓；非漸，無以階進；非本，無以垂末；非末，無以顯本；非人，無以證法；非法，無以成人。故前明不異漸之頓，多門而眾人同契；此明不異頓之漸，一人而歷位圓修。則不異末之本。雖卷而恒舒；此即不異本之末，雖舒而恒卷，本末無礙同入法界。今託人進修，以軌後徒，使大教弘通，即斯本意」參見澄觀：《大方廣佛華嚴經疏》卷55，《大正藏》冊35，頁915。

30 疏鈔將經文分「寄位修行」「會緣入實」、「攝德成因」、「智照無二」與「顯因廣大」等五相。

31 澄觀對於寄位之說言：「謂隨一一位，具多法門，豈容凡心不得習求善友之法？故

歷的修學對象，視為修學之「位」。從譬喻的觀點來看，這是以具體空間的位置義隱喻菩薩修學的「位次」。這在有關善財的經文敘事中並無實指對應關係，而是澄觀從《華嚴經》前面〈十住品〉、〈十行品〉、〈十迴向品〉與〈十地品〉等經文的判讀中所得之菩薩階位，由修學的心理空間觸發，而與旅行空間中的善知識相對應，而形成新的理解架構。所以澄觀對於善財童子參訪敘事的解讀，不只說明佛教行者於人生中真修實鍊的必要性，還透過菩薩階位映射進融合空間中，映射為由凡夫至成就佛道的完整修學歷程。這個例子也說明融合空間的運作不只是經文本文，讀者在進行閱讀的歷程中，一樣可以加入新的框架，觸發新的語意而增加融合後的新語義。

二　局部的表法釋義

再就個別的旅程經驗為例，澄觀將每個參訪知識的歷程分為「依教趣求」、「見敬咨問」、「稱讚授法」、「謙己推勝」、「指示後友」與「戀德禮辭」等六個求訪善知識的次第結構。從心理空間而言，除了原本的旅行框架外，澄觀利用科判的方式，強化了另一個「教學」框架。所以，這也說明此一旅行並非單純的旅行，而是修學之旅。此外，善知識所處的時空環境是有表法的，善知識的名言動作也是有表法的。略例數例如下，首先，舉海門國海雲比丘為例，《疏》言：

不配有理。然無位次中不礙位次，顯位是常規，配亦無失，橫豎無礙。且依古德，配為五相。謂初四十一人名寄位修行相，寄四十一人，依人求解，顯修行故。……其後四相亦得稱為寄位：前三義同等覺，……文殊表菩薩地盡，心無初相；普賢義同妙覺，纔見普賢，便等同佛故。」參見澄觀：《大方廣佛華嚴經疏》卷55，《大正藏》冊35，頁915。

今初即治地住善友。海門國者，彼國正當南海口故，表觀心海深、廣為治心地之門故。比丘海雲者，觀海為法門，以普眼法雲潤一切故，表治地中觀生起十種心深，廣悲雲故。[32]

《疏》言：

第二海雲，寄治地住，謂常隨空心，淨治八萬四千法門，清淨潔白，治心地故。[33]

「海門」「海雲」是以海為名的國名、人名，取名時固然是以海為喻，但澄觀解釋其義時，更增修學表法。又如至達里鼻茶國自在城彌伽處，《鈔》言：

即生貴住善友，國名達里鼻茶，此云消融，謂從聖教生，消謬解故。城名自在，於三世佛法，了知修習，得圓滿故。言有人者，《晉經》云「彼有良醫，名彌伽」者，此翻為雲，演輪字門，含潤雨法故，以三世聖教法雲雨一切故。[34]

將本義為物理現象的「消融」解釋為消融、消除教義謬解；將人名「雲」解釋為教義如法雲，雲含潤雨為喻，指教法如雲雨，可教化一切眾生。限於篇幅，僅略舉《疏》、《鈔》幾處為例。從心理空間理論的解讀來說，經典的注疏可視為一新加入的心理空間。

由此可以看見澄觀的詮釋中，善財的旅程，可說是「名言有寓

---

32 澄觀：《大方廣佛華嚴經疏》卷55，《大正藏》冊35，頁922c。
33 澄觀：《大方廣佛華嚴經隨疏演義鈔》卷85，《大正藏》冊35，頁665b。
34 澄觀：《大方廣佛華嚴經疏》卷56，《大正藏》冊35，頁922c。

意，山水皆觸道」。由此可見，當旅行框架結合了教學框架，再加上澄觀豐厚的佛學義理作為背景知識，對應到修學者的心理空間，即融合出的新詮釋空間，澄觀宛如一名說道人，將善財童子行旅的歷程詮釋為體道人之旅。[35]

第四節　小結

語言學者強調不同語言習得的過程中譬喻學習的重要性，強調譬喻是一種能力，在跨語言的學習過程中扮演重要的角色。[36]漢譯佛典對於今人言，雖非異國語言，但在閱讀與理解上仍有一定的困難度。透過本書的討論，希望藉由認知譬喻的理論分析提供一種閱讀、理解經典的管道與新法。

探求善財童子求法故事背後的譬喻機制，首先，從語句上發現「人生是旅行」、「修學是旅行」概念譬喻的存在，了解其敘事語言是建立在「旅行」（人生是旅行）的譬喻上，抽象的人生與修學概念，透過了「旅行」的具體概念加以傳達。其次，攸關善財童子的經文譬喻，不只是片段或單句的譬喻，通篇是一則由「旅行」框架建構，透過心理空間理論分析善財的朝聖心理，與文殊菩薩的朝聖解讀，可知華嚴經塑造一則朝聖而返俗的特殊朝聖之旅故事，彰顯行者於世間真修實鍊的必要性。最後藉由澄觀法師疏鈔的分析為例，了解華嚴祖師

---

35 將善財童子與清涼澄觀的關係解釋為體道人與說道人的概念，源出本雅明於〈講故事的人〉一文的詮釋，參見瓦爾特・本雅明著，李茂增、蘇仲東譯：《寫作與救贖：本雅明文選》（上海市：東方出版社，2009年）頁79-104。關於將澄觀視為說道人，抉發善財童子修學歷程中的內在心地風光的轉進，已於〈《華嚴疏鈔》之善財童子參學義探微〉一文論述，本章著重討論譬喻的運作解讀，相關詮釋不再重複論述。參拙著：〈《華嚴疏鈔》之善財童子參學義探微〉，頁36-42。

36 Low, Graham D. On teaching metaphor. *Applied linguistics* 9.2 1988, pp.125-147.

在闡釋、解讀經典時產生的融合心理空間，及注者如何從經典中去發現並掘發經典中隱含的、蘊含的「弦外之音」。

第八章
結論

> 詩家雖率意，而造語亦難，若意新語工，得前人所未道者，斯
> 為善也。必能狀難寫之景，如在目前；含不盡之意，見於言
> 外，然後為至矣。
>
> 〔宋〕歐陽修〈詩話〉[1]

北宋歐陽修在〈六一詩話〉中，記錄與梅聖俞談論詩之作法。梅聖俞
要求造語要能意新語工、要能狀難寫之景，如在目前，要能含不盡之
意，見於言外，此皆牽涉「造語」議題。即文學語言如何能跳脫平鋪
直述，要能含不盡之意，傳言外之旨，語言的形式與內容之間，有著
巧妙的若即若離的關係。若即，要求語言的表達形式能正確傳達作者
語義；若離，則要求語言的表達形式不能過於直白，要能巧妙地、有
新意地創造意在言外的心理空間。中國古來有「比、興」之說，即可
視為一種巧妙的造語的方式。如劉勰《文心雕龍》特立〈比興〉一
篇，解釋比興為兩種詩人作詩重要之志，他說：

> 比者，附也；興者，起也。附理者，切類以指事；起情者，依
> 微以擬議。起情故興體以立，附理故比例以生。比，則畜憤以
> 斥言；興，則環譬以托諷。蓋隨時之義不一，故詩人之志有二
> 也。[2]

1　〔宋〕歐陽修：〈詩話〉，《歐陽修全集》（石家庄市：中國書店，1986年），頁1037。
2　〔梁〕劉勰、詹鍈義證：《文心雕龍義證》冊下，頁1337-8。

孔穎達也將「比興」連用，他解釋此為孔門教人學詩之用，他說：

> 此章勸人學《詩》也。子曰：「小子何莫學夫《詩》」者，小
> 子，門人也；莫，不也。孔子呼門人曰：何不學夫《詩》也。
> 「《詩》，可以興」者，又為說其學《詩》有益之理也。若能學
> 《詩》，《詩》可以令人能**引譬連類**以為比興也。[3]

所以，在詩人的、文學的世界中，藉由比興為義的「引譬連類」是作
詩、賞詩的重要方法與管道。因此，譬喻在文學研究領域，始終有重
要的一席之地。[4]

　　相反的，在思想界中，譬喻則顯得不那麼重要，研究相對為少。
原因何在？一方面或許來自孔門「巧言令色」「繪事後素」之教，言
行之間要先其行後言，先德後言，德行之實踐，遠遠比言語重要。另
一方面，也許是思想文獻重視思想之內涵要旨、義理之微言大義，對
於多被視為修辭技巧，裝飾作用的譬喻，也不甚為意。職是之故，譬
喻的研究，因其被歸類為語言表達，言語修飾一事，在思想文獻的研
究領域中，顯得是枝微末節之事。

　　然而，一九八〇年代美國語言學界興起「譬喻語言學」研究風
氣，學者緣於認知科學對人類認知活動的歷程與心理相關研究，從而

3　〔魏〕何晏注，〔宋〕邢昺疏：《論語注疏》，頁156。「引譬連類」為何晏《集解》
　　引孔安國語，孔氏正義續申其義。

4　如鄭毓瑜：《引譬連類：文學研究的關鍵詞》（臺北市：聯經出版公司，2012年9
　　月）一書，即以「引譬連類」為重要題目，以「文」、「明」發端，追溯「譬類」建
　　構的根源，討論中國上古書寫中身心、言物之間的跨類連繫，說明不同類域間，或
　　彼此跨越或相互貫通的作用，又以「替代」與「類推」，呈現上古文學的傳統之
　　「比興對應」與「類聚輻輳」之種種關係，從而重新思考「文學（史）」、「文類」
　　以及「文學評論」等重要文學議題。

重新思考譬喻的意義。學者發現譬喻並非只是傳情達意的裝飾工具，而是認知與思考的重要方法。改變傳統將譬喻僅視為語言增強的配角作用與地位的概念，而將譬喻研究放在研究人類心智與語言的認知語言學中觀察，讓譬喻性語言從修辭配角層面還原到生活與思維的基本層面，是一種思維方式。透過日常語言為例證，發現譬喻既是無所不在，又是吾人賴以生存（we live by）重要元素。因此，西風東漸，以譬喻進行漢語的研究風潮，可謂方興未艾。本書的撰述動機即在於採取認知譬喻語言學的「概念譬喻」作為研究視角，以中國傳統思想文獻為研究材料，尋找其間概念譬喻運作的模式與特色。

本書擇選三組概念譬喻為切入點，即「思如見」、「思想是食物」與「修學是旅行」概念譬喻。選取古代思想文獻為研究材料與對象，驗證Lakoff等譬喻語言學者提出的隱喻概念在不同的文化間具有兩種特性，一是跨文化的普遍性，一是文化彼此的差異性。以下將所得結論簡述其意。

一　概念譬喻的普遍共同性

認知語言學者提出譬喻具有跨文化的普遍性，稱為普通譬喻學者認為譬喻言語有其「共同性」，主要的論證支持來自譬喻的運作機制與人類認知與身體覺知息息相關，而身體作為認知的主要管道，具有跨語言與跨文化的共同性，在此西方學者已從英語、印歐語多所印證。本書從三組概念譬喻中，也獲得同樣的結論。在「思如見」的概念譬喻中，現代漢語的「看清」、「看懂」、「觀察」、「觀點」；古漢語「看」、「見」、「觀」、「見利思義」、「見危授命」等詞彙或成語都具有多義詞的特性，到了中古雙音詞彙更可見視覺詞彙的多義展現，如觀見、望見、顧瞻、思觀、諦見等詞組。觀覺詞彙的詞義衍生、擴張與

延伸，依認知語言學者的分析方法都可以從轉喻或譬喻的角度加以說明。視覺感覺域中的可見、不可見、看視範圍、界限、光線明暗與視看的品質、能力，因其「直接肉身體驗」形成的視覺感覺域，具體而顯明，故在面對不易說明理解的知識、智慧域內容，便借具體感覺域的詞彙、概念內容投射到抽象的知識、智慧範疇域，而這類的直接肉身體驗，各種族、文化間，因生理共性而相去不遠，故普通譬喻普遍的存在各文化中，且形成重要的概念譬喻。至於在「思想是食物」與「修學是旅行」的概念譬喻中，也可以找到其作為基礎的「直接肉身體體驗」，各其有「意象基模」。在「思想是食物」的譬喻中，食為民生大事，吃食為人們重要而熟悉的肉身體驗，復以容器實體的意象基模，將日常飲食活動範疇內的概念，如飲食的方式、處理食物的方式、食物的品質、種類與消化處理食物的歷程，有系統的映射到抽象的知識、思想、智慧範域，用以表達思想的內涵、品質、理解思想的方法與過程、乃至於思想的歷程。至於「人生是旅行」與「修學是旅行」，奠基於「源—路徑—目標」的動覺意象基模，在結構上，源是起點，目的地是終點，路徑則是從起點經過中途點抵達終點；其基本邏輯則有是從起點到終點，必然要經歷中間不同的空間點，空間的長度愈長則歷時愈久；譬喻的形式表達則可以是一則事件從開始發生（源），過程（路徑）到最後狀態（目標／目的）。關於人生是旅行的隱喻，除了詞彙語句的經常可見，在漢語古典思想文獻中，成語、寓言故事中，更大量可見以「旅行」概念作為來源域，系統的映射到人生中，作為理解人生某些面向的概念。由此可見，概念譬喻的確是跨文化、跨時空的存在，不僅從日常語言中獲得例證；也從詩歌、文學、哲學與思想的傳統文獻中獲得例證，從而說明譬喻的確是吾人思考中主要的、重要的認知活動。

二　概念譬喻的文化特殊性

　　除了基於身體的「共同性」，認知譬喻語言學者亦強調譬喻的「差異性」，他們發現譬喻運作時另一個主要影響變數──文化。文化作為一個國家、民族或社群的共同生活習慣、價值觀、理念或思維方式，在認知運作時，具有一定程度的影響力。即譬喻語言學者「所有的經驗都由文化貫穿，我們藉著文化由經驗呈現這樣的方式來體驗我們的『世界』」。[5]透過三組概念譬喻為理論架構，不論是檢索古／中古漢語資料庫，或是精要的選讀部分經典文句篇章，都可以發現特屬於漢語文化圈的獨特譬喻。以「思如見」為例，就視覺詞彙而言，古漢語中，朝見因禮儀時節還必須分為朝、宗覲、遇等不同詞彙。這些詞彙在訓詁釋義中形成見的特殊視覺文化詞義場，反映了當時重視禮義的文化氛圍。此外中古思想文獻中出現的正見、邪見等偏正組合；觀心、觀念等動賓或連動組合。以「觀念」為例，此一詞彙不見於先秦，也不是一個佛經翻譯詞，但是受到佛經思想語言的影響，而類聚組合在觀看詞義網絡中，成為一個新詞，首見東晉譯經，後大量見於天臺文獻，遂成為重要的思想觀念。這些同樣因轉喻與隱喻方式而延伸出的詞彙或詞義，成為特殊文化色彩的視覺譬喻，仔細分析其構成的認知與譬喻運作方式，皆可看出文化是譬喻的重要運作機制。此外，在飲食詞彙中，我們以部首與部件為探討對象，發現漢字的義符可以建立一個小型的知識系，系統連結食物與思想間的關係。其中一些特定詞彙如「味道」、「含英咀華」等，表達的抽象思維與概念，常常與傳統哲學、文學密切相關。至於以「思想是食物」或「修學是旅行」的概念帶入文本分析，解讀《維摩詰所說經》的〈香積佛品〉

5　Lakoff, George. & Johnson, Mark. *Metaphors We Live By*, Chap.12, pp.56-60.

以及《華嚴經》的〈入法界品〉，不僅在解讀上可以從不同的視角分析
文本的意義，也發現屬於中國傳統思想獨特的心理空間。不論是透過
飲食為喻，或是透過旅行為喻，或是說明思想之義，或是說明人生之
義，它們都有一個共同的映射層級，即修學範域。〈香積佛品〉藉由
禁食與饗宴的探討，隱喻娑婆修行的要義；〈入法界品〉則藉由一則
長途跋涉的旅行敘事，隱喻華嚴修學歷程與會歸。綜上所述，透過本
書的研究，雖僅能從幾組譬喻管窺譬喻運作背後的文化動力，然而的
確可以呈現不少譬喻映射細節上的「創意延伸」，也可說是回饋提出譬
喻語言學理論的西方學者，一些透過深入分析探討所得的「更豐富多
彩、更具體入微的譬喻概念化」。[6]

三　從感覺到感悟的古典人文體驗論

　　譬喻語言學者提出的譬喻觀點，目的不僅是解釋語言譬喻現象，
他們更從哲學真理觀中提出與客觀主義或主觀主義不同論點的體驗
論，企圖發展從經驗進行理解的走向，除關注單一客體的性質之外，
更關注人與討論對象、事物、環境之間的互動經驗。[7]體驗論認為「人
是所處環境一部分而非與環境分離」，聚焦於人與自然環境及與他人
持續的互動，並認為這種與環境的互動涉及雙向改變，所以在「真正
深層理解，對於為何要做，為何感覺、為何改變，甚至為何相信，都
引領我們超越自我。自我理解並非理解的形式——而是來自我們與自
然、文化以及人際環境的持續互動」，所以「新譬喻能創造新理解，

6　參見周世箴譯注：《我們賴以生存的譬喻》，「作者致中文版序」，頁9-13。
7　譬喻語言學者主張經驗論與傳統客觀主義的理解差異，參考蘇以文：《隱喻與認
　　知》第八講。《我們賴以生存的譬喻》第二十五章。

並且因此而創造新真實」。[8]所以，譬喻語言學者帶入的不僅是語言中譬喻的認知作用，還涉及了對於世界的理解、互動與創新，這與東方學者解讀中國傳統詩學或人文學的觀念有相近之處，如葉維廉在〈中國古典詩中的傳譯活動〉中，探討中國古典詩文傳譯——作者傳意與讀者解釋——活動間的哲學基礎，他說：

> 首先，我們和外物的接觸是一個「事件」，是具體事物從整體現象中的湧現，是活動的，不是靜止的，是一種「發生」，在「發生」之「際」，不是概念和意義可以包含的。……因為，在我們和外物接觸之初，在接觸之際，感知絕對不只有知性的活動，而應該同時包括了視覺的、聽覺的、觸覺的、味覺的、嗅覺的和無以名之的所謂超覺（或第六感）的活動，感而後思。有人或者要說，視覺是畫家的事，聽覺是音樂家的事，觸覺是雕刻家的事……而「思」是文學家的事。這種說法好像「思」……才是文學表現的主旨。事實上，「思」固可以成為作品其中一個終點，但絕不是全部。要呈現的應該是接觸時的實況，事件發生的全面感受。[9]

又如戴璉璋在〈關於人文的省思〉比較了人文思維與科學思維的異同，而提出人文思想的特質：

> 人文思維，則是指人們感應事物而呈現性情的心智活動。在這裡會有所感，有所覺，有所悟，反映於生活，經由實踐而彰著其價值。落實在藝術、文學、宗教、道德哲學等領域中，標誌

---

8 以上三則引自《我們賴以生存的譬喻》第三十章〈理解〉，頁333-341。
9 葉維廉：《中國詩學》（臺北市：國立臺灣大學出版中心，2014年2月），頁20-21。

著人文學之所以為人文學的特殊體性。[10]

　　以上雖然一位學者談詩，一位學者談哲學，但是他們都指出了傳統文化中從感知到感思乃至感悟的一個創作或人文歷程。基於身體的，與環境聲色互動的，乃至能轉化新思新意的，皆是討論譬喻的核心要義。我們如何可能借由譬喻真誠的表達我們自己是一件重要的事。另外，我們如何借由譬喻，帶入新的感覺、感受、感知乃至感悟，培育新一代「有感斯覺」的人文關懷能力，又是另一個重要的課題。

　　以上說明本書研究所得的成果，未來則可以賡續以同一概念譬喻為主題，作更多詞彙分析與文本解讀；或是繼續討論其他類的概念譬喻，以見漢語中概念譬喻的文化特色。

---

10 戴璉璋：〈關於人文的省思〉，《政大中文學報》第12期（2009年12月），頁2。

參考文獻

一　古籍_中國經典

〔漢〕司馬遷撰　〔劉宋〕裴駰集解　〔唐〕司馬貞索隱　〔唐〕張
　　　守節正義　《史記正義》　臺北市　鼎文書局　1981年
〔漢〕班固　《漢書》　北京市　中華書局　1997年
〔漢〕許慎　〔清〕段玉裁注　《說文解字注》　臺北市　漢京文化
　　　事業公司　1983年
〔漢〕趙岐注　〔宋〕孫奭疏　《孟子注疏》　臺北市　藝文印書館
　　　1979年　影印阮元校《十三經注疏》本
〔漢〕鄭玄注　〔唐〕賈公彥疏　《儀禮注疏》　臺北市　藝文印書
　　　館　1979年　影印阮元校《十三經注疏》本
〔漢〕鄭玄注　〔唐〕賈公彥疏　《周禮注疏》　臺北市　藝文印書
　　　館　1979年　影印阮元校《十三經注疏》本
〔漢〕鄭玄注　〔唐〕孔穎達疏　《禮記注疏》　臺北市　藝文印書
　　　館　1979年　影印阮元校《十三經注疏》本
〔魏〕何晏注　〔宋〕邢昺疏　《論語注疏》　臺北市　藝文印書館
　　　1979年　影印阮元校《十三經注疏》本
〔魏〕王弼等著　《老子四種》　臺北市　大安出版社　1999年
〔魏〕王弼　〔晉〕韓康伯注　〔唐〕孔穎達等正義　《周易正義》　臺
　　　北市　藝文印書館　1979年　影印阮元校《十三經注疏》本

〔晉〕杜預注　〔唐〕孔穎達正義　《左傳正義》　臺北市　藝文印
　　書館　1979年　影印阮元校《十三經注疏》本

〔晉〕郭璞注　〔宋〕邢昺疏　《爾雅注疏》　臺北市　藝文印書館
　　1979年　影印阮元校《十三經注疏》本

〔晉〕葛洪　《抱朴子內外篇》　《四部叢刊初編》　上海市　商務
　　印書館　影印明嘉靖本　1919年

〔梁〕劉勰　詹鍈義證　《文心雕龍義證》　上海市　上海古籍出版
　　社　1989年

〔梁〕蕭統　《昭明太子集》　上海市　商務印書館　景印烏程許氏
　　藏明刊本　1936年

〔唐〕姚思廉　《梁書》　臺北市　鼎文書局　1980年

〔唐〕房玄齡注　《管子》　《四部叢刊初編》　上海市　商務印書
　　館　影印宋刊本　1919年

〔宋〕歐陽修　《歐陽修全集》　石家庄市　中國書店　1986年

〔宋〕朱熹　《四書章句集注》　臺北市　大安出版社　1999年

〔宋〕朱熹　《詩集傳》　《朱子全書》　上海市　上海古籍出版社
　　2002年12月

〔清〕嚴可均　《全上古三代秦漢三國六朝文》　北京市　中華書局
　　1991年

〔清〕郭慶藩集釋　王孝魚點校　《莊子集釋》　北京市　中華書局
　　1985年

二　古籍_佛教經典

〔後秦〕鳩摩羅什譯　《大智度論》　《大正藏》冊25　No.1509

〔後秦〕鳩摩羅什譯　《維摩詰所說經》　《大正藏》冊14　No.475

〔後秦〕鳩摩羅什譯　《大智度論》　《大正藏》冊25　No.1509

〔東晉〕釋法雲　《翻譯名義集》　《大正藏》冊54　No.2131

〔東晉〕佛馱跋陀羅譯　《大方廣佛華嚴經》　《大正藏》冊9　No.278

〔東晉〕釋僧肇　《肇論》　《大正藏》冊45　No.1858

〔東晉〕釋僧肇　《注維摩詰經》　《大正藏》冊38　No.1775

〔劉宋〕求那跋陀羅譯　《雜阿含經》　《大正藏》冊2　No.99

〔蕭齊〕釋曇景譯　《佛說未曾有因緣經》　《大正藏》冊17　No.754

〔梁〕釋慧皎　《高僧傳》　《大正藏》冊50　No.2059

〔梁〕釋慧皎　湯用彤校注　《高僧傳校注》　北京市　中華書局　1991年

〔隋〕釋慧遠　《維摩經義記》　《大正藏》冊38　No.1776

〔隋〕釋智顗　《妙法蓮華經玄義》　《大正藏》冊33　No.1716

〔隋〕釋智顗　《維摩經玄疏》　《大正藏》冊38　No.1777

〔隋〕嘉祥吉藏　《維摩經義疏》　《大正藏》冊38　No.1781

〔隋〕嘉祥吉藏　《淨名玄論》　《大正藏》冊38　No.1780

〔唐〕釋道宣　《廣弘明集》　《大正藏》冊52　No.2103

〔唐〕釋法藏　《華嚴探玄記》　《大正藏》冊35　No.1733

〔唐〕釋法藏　《華嚴一乘教義分齊章》　《大正藏》冊45　No.1866

〔唐〕釋法藏　《修華嚴奧旨妄盡還源觀》　《大正藏》冊45　No.1876

〔唐〕實叉難陀譯　《大方廣佛華嚴經》　《大正藏》冊10　No.0279

〔唐〕釋湛然 《維摩經疏記》 《卍新纂續大日本續藏經》冊18
　　No.0340
〔唐〕釋澄觀 《大方廣佛華嚴經疏》 《大正藏》冊35 No.1735
〔唐〕釋宗密 《註華嚴法界觀門》 《大正藏》冊45 No.1884
〔唐〕釋宗密 《華嚴經行願品疏鈔》 《卍續藏》冊5 No.229
〔唐〕釋玄奘譯 《阿毘達磨大毘婆沙論》 《大正藏》冊27
　　No.1545
〔宋〕釋延壽 《心賦注》 《卍續藏》冊63 No.1231
〔宋〕釋智圓 《維摩經略疏垂裕記》《大正藏》冊38 No.1779

三　專書

（一）中文書目

丁　敏 《佛教神通：漢譯佛典神通故事敘事研究》 臺北市 法鼓
　　文化 2007年
王叔岷 《莊子校詮》 北京市 中華書局 2007年
王鳳陽 《古辭辨》 長春市 吉林文史出版社 1993年6月
周世箴 《語言學與詩歌詮釋》 臺北市 晨星出版公司 2003年3月
周世箴譯 《我們賴以生存的譬喻》 臺北市 聯經出版公司 2006年
周玟慧 《中古漢語詞彙特色管窺》 臺北市 萬卷樓圖書公司
　　2012年8月
金觀濤、劉青峰 《觀念史研究：中國現代重要政治術語的形成》
　　北京市 法律出版社 2010年12月
胡　適 《海外讀書雜記》 臺北市 遠流出版公司 1986年3月
胡壯麟 《認知隱喻學研究》 北京市 北京大學出版社 2004年

徐學庸　《《理想國篇》：譯注與詮釋》　臺北市　臺灣商務印書館　2009年

梁玉玲等譯　《女人、火與危險事物——範疇所揭示之心智的奧秘》　臺北市　桂冠圖書公司　1994年

張立文主編　《氣》　北京市　中國人民大學出版社　1990年

張立文主編　《理》　北京市　中國人民大學出版社　1991年

張立文主編　《道》　北京市　中國人民大學出版社　1989年

曹逢甫、蔡立中、劉秀瑩　《身體與譬喻：語言與認知的重要介面》　臺北市　文鶴出版社　2001年

陳奇猷校注　《呂氏春秋》　上海市　上海古籍出版社　2002年

陳昌明　《沈迷與超越——六朝文學之「感官」辯證》　臺北市　里仁書局　2005年11月

陳中梅譯　《詩學》　北京市　商務印書館　1996年

傅偉勳　《學問的生命與生命的學問》　臺北市　正中書局　1993年

湯用彤　《漢魏兩晉南北朝佛教史》　臺北市　商務印書館　1962年

馮其庸校注　《紅樓夢校注》　臺北市　里仁出版社　2003年

馮英等　《漢語義類詞群的語義範疇及隱喻認知研究》（一）　北京市　北京語言大學出版社　2009年3月

馮英等　《漢語義類詞群的語義範疇及隱喻認知研究》（二）　北京市　北京語言大學出版社　2010年6月

馮英等　《漢語義類詞群的語義範疇及隱喻認知研究》（三）　北京市　北京語言大學出版社　2011年5月

馮凌宇　《漢語人體詞匯研究》　北京市　中國廣播電視出版社　2008年10月

黃沛榮　《漢字教學的理論與實踐》　臺北市　樂學書局　2006年

萬金川　《中觀思想講錄》　嘉義市　香光出版社　1998年

葉維廉　《中國詩學》　臺北市　國立臺灣大學出版中心　2014年2月

廖明活　《中國佛教思想述要》　臺北市　臺灣商務印書館　2006年

臧國仁　《新聞媒體與消息來源——媒介框架與真實建構之論述》
　　　　臺北市　三民書局　1999年

趙艷芳　《認知語言學概論》　上海市　上海外語教育出版社 2000年

劉文典　《淮南鴻烈集解》　臺北市　臺灣商務印書館　1974年

劉紀蕙主編　《文化的視覺系統Ⅱ：日常生活與大眾文化》　臺北市
　　　　麥田出版社　2006年

樓宇烈校釋　《王弼集校釋》　臺北市　華正書局　1992年

蔡耀明　《佛教視角的生命哲學與世界觀》　臺北市　文津出版社
　　　　2012年4月

蔡耀明　《佛學建構的出路——佛教定慧之學與如來藏的理路》　臺
　　　　北市　法鼓文化　2006年

鄭吉雄主編　《觀念字解讀與思想史探索》　臺北市　臺灣學生書局
　　　　2009年2月

鄭毓瑜　《引譬連類：文學研究的關鍵詞》　臺北市　聯經出版公司
　　　　2012年9月

盧　植　《認知與語言——認知語言學引論》　上海市　上海外語教
　　　　育出版社　2006年

賴錫三　《當代新道家　多音複調與視域融合》　臺北市　國立臺灣
　　　　大學出版中心　2011年

錢　穆　《靈魂與心》　收入《錢賓四先生全集》第46冊　臺北市
　　　　聯經出版公司　1998年

羅　因　《「空」、「有」與「有」、「無」——玄學與般若學交會問題
　　　　之研究》　收錄《臺大文史叢刊》　臺北市　國立臺灣大學
　　　　出版中心　2003年

蘇以文、畢永峩主編 《語言與認知》 臺北市 國立臺灣大學出版中心 2009年8月

蘇以文 《隱喻與認知》 臺北市 國立臺灣大學出版中心 2005年3月

（二）外文著作

〔日〕平川彰著 莊崑木譯 《印度佛教史》 臺北市 商周出版社 2002年

〔日〕安井廣濟 《中觀思想の研究》 京都 法藏館 1961年

〔日〕西義雄 〈真俗二諦說の構造〉 收入宮本正尊編 《佛教の根本真理》 東京 三省堂 1956年

〔日〕橋本芳契 《維摩經の思想的研究》 京都 法藏館 1966年

〔日〕箭內亙著 陳捷、陳清泉譯 《元代蒙漢色目待遇考》 臺北市 臺灣商務印書館 1975年

〔日〕鎌田茂雄著 《中國佛教通史》 高雄市 佛光出版社 1986年

Fauconnier, Gilles. *Mental spaces: Aspects of meaning construction in natural language.* Cambridge: Cambridge University Press, 1994.

Fauconnier, Gilles, and Sweetser, Eve. *Spaces, worlds, and grammar.* The University of Chicago Press, 1996.

Fauconnier, Gilles, and Mark Turner. *The Way We Think: Conceptual Blending and the Mind's Hidden Complexities.* Basic Books, 2003.

Johnson, Mark. *The meaning of the Body: Aesthetics of Human Understanding.* Chicago, IL: The University of Chicago Press, 2007.

Johnson, Mark. *The body in the Mind: the Bodily Basis of Meaning,*

Imagination, and Reason. Chicago: The University of Chicago Press 1987.

Korsmeyer, Carolyn. *Making sense of taste: Food and philosophy.* Cornell University Press, 2002, p145.

Lakoff, George. *Women, Fire, and Dangerous Things: What categories reveal about the mind,* Chicago: University of Chicago Press, 1987.

Lakoff, George. & Johnson, Mark. *Metaphors We Live By*, Chicago: The University of Chicago Press, 1980.

Lakoff, George. & Johnson, Mark. *Philosophy in the Flesh :the embodied mind and its challenge to Western thought*, New York: Basic Books, 1990.

Sweetser, Eve. *From Etymology to Pragmatics: Metaphorical and Cultural Aspects of Semantic Structure.* Cambridge: Cambridge University Press, 1990.

四　學位論文

何秋月　《中文聽覺隱喻分析研究》　臺中縣　靜宜大學英國文學系碩士論文　2002年

吳佩晏　《《論語》中的隱喻分析》　嘉義市　國立中正大學語言所碩士論文　2009年

李文宏　《概念隱喻理論與詩文分析之運用——以李白古風五十九首為例》　臺中市　東海大學中國文學系碩士論文　2012年

李明懿　《現代漢語方位詞《上》的語義分析》　臺北市　國立臺灣師範大學華語文教學研究所碩士論文　2000年

周玟觀　《挑戰與回應：論唐以前佛教中國化的幾個關鍵問題》　臺北市　國立臺灣大學中國文學系博士論文　2007年6月

林清淵　《閩南語的身體譬喻與代喻》　嘉義市　國立中正大學語言所碩士論文　2003年

林碧慧　《「母親」原型認知研究：以《紅樓夢》為例》　臺中市　東海大學中國文學系博士論文　2013年

林碧慧　《大觀園隱喻世界──從方所認知角度探索小說的環境映射》　臺中市　東海大學中國文學系碩士論文　2002年

林增文　《李清照詩詞中的譬喻運作：認知角度的探討》　臺中市　東海大學中國文學系碩士論文　2006年

唐漢娟　《陶淵明詩歌中的概念隱喻》　長沙市　湖南大學外國語言學及應用語言學所碩士論文　2008年

張佩茹　《英漢視覺動詞的時間結構、語義延伸及語法化》　臺北市　國立臺灣師範大學華語文教學研究所碩士論文　2003年

許懿云　《臺灣客家山歌的認知隱喻探析》　彰化市　國立彰化師範大學臺灣文學研究所碩士論文　2014年

郭琳琳　《中古《觀看類》常用詞雙音組合研究》　臺中市　東海大學中國文學系碩士論文　2015年

陳沛涵　《80、90年代臺語流行歌詞中的聯覺隱喻》　臺南市　國立成功大學臺灣文學系碩士論文　2010年

陳璦婷　《概念隱喻理論（CMT）在小說的運用──以陳映真、宋澤萊、黃凡的政治小說為中心》　臺中市　東海大學中國文學系博士論文　2007年

黃舒楡　《臺灣俗諺語身體隱喻與轉喻研究──以陳主顯《臺灣俗諺語典》為例》　臺南市　國立成功大學碩士論文　2011年

楊純婷　《中文裡的聯覺詞：知覺隱喻與隱喻延伸》　嘉義市　國立中正大學語言學研究所碩士論文　1999年

廖彩秀　《原型與顛覆──莊子寓言敘事的隱喻認知研究》　臺中市東海大學中國文學研究所碩士論文　2012年

劉秀瑩　《身體部位譬喻現象與文化差異》　新竹市　國立清華大學語言學研究所碩士論文　1997年

劉靜怡　《隱喻理論中的文學閱讀──以張愛玲上海時期小說為例》臺中市　東海大學中國文學系碩士論文　1999年6月

歐德芬　《現代漢語多義詞《看》之認知研究》　臺北市　國立臺灣師範大學華語文教學研究所博士論文　2012年

蔡立中　《中文裡關於身體部位器官的譬喻現象》　新竹市　國立清華大學語言學研究所碩士論文　1994年

蔣建智　《兒童故事中的隱喻框架和概念整合》　臺南市　國立中正大學哲學研究所碩士論文　2001年

江碧珠　《「元雜劇」語言之隱喻性思維》　臺中市　東海大學中國文學系博士論文　2006年

五　期刊論文、專書論文、報刊資料

丁興祥、賴誠斌　〈心理傳記學的開展與應用：典範與方法〉　《應用心理研究》12期　2001年12月　頁77-106

王茂、項成東　〈漢語「眼」、「目」的轉喻與隱喻〉　《外國語言文學》27卷第03期　2010年9月　頁153-158

王晶、覃修桂　〈英漢「遠」的空間隱喻認知對比研究〉　《外語藝術教育研究》04期　2009年　頁18-23

田海平　〈光源隱喻與哲學的敘事模式〉　《人文雜誌》2002年04期
　　　　2002年7月　頁12-17

田海平　〈柏拉圖的「洞穴喻」〉　《東南大學學報（哲學社會科學
　　　　版）》　2000年02月　頁16-21

安可思　〈概念隱喻〉　收入蘇以文、畢永峨主編　《語言與認知》
　　　　臺北市　國立臺灣大學出版中心　2009年8月　頁55-82

朱曉海　〈從蕭統佛教信仰中的二諦觀解讀《文選・遊覽》三賦〉
　　　　《清華學報》新37卷第2期　2007年12月　頁431-466

江佳芸　〈從隱喻延伸看多義字的詞義認知──以「眼」字為例〉
　　　　Proceedings of 12th Chinese Lexical Semantics Workshop　頁
　　　　222-231

吳佩晏、張榮興　〈心理空間理論與《論語》中的隱喻分析〉　《華
　　　　語文教學研究》7卷1期　2010年4月　頁97-124

吳賢妃　〈語義場互動及概念譬喻理論的運用──以李白〈白頭吟〉
　　　　為例〉　《有鳳初鳴年刊》第9期　2013年7月　頁20-41

李壬癸　〈人體各部位名稱在語言上的應用〉　《語言暨語言學》第
　　　　8卷第3期　2007年　頁711-722

李貞德　〈評 Caroline Walker Bynum, Holy Feast and Holy Fast: The
　　　　Religious Significance of Food to Medieval Women（神聖的饗
　　　　宴與神聖的禁食：食物對中古婦女的宗教意義)〉　《新史
　　　　學》3卷4期　1992年　頁187-193

李福印　〈意象圖式理論〉　《四川外語學院學報》第23卷第1期
　　　　2007年9月　頁80-85

肖會舜　〈《理想國》中「洞喻」的教化意含〉　《內蒙古師範大學
　　　　學報（哲學社會科學版）》　2009年01月　頁91-95

周世箴　〈隱喻是洞察人生奧祕的第三隻眼〉　聯合報　2006年11月2日

周成功　〈諾貝爾獎札記〉　《科學人》2004年　第34期12月號

周玟慧　〈從「眼」「目」歷史更替論南北朝通語異同〉　《中國語言學集刊》第六卷第一期　2012年8月　頁25-45

周玟觀　〈華嚴法界觀中的隱喻探義〉　《2014第三屆華嚴專宗國際學術研討會論文集》　2014年10月　頁125-136

周玟觀　〈《華嚴疏鈔》之善財童子參學義探微〉　《2014經學與文化學術研討會》　2014年12月　頁25-46

周玟觀　〈朝聖、返俗與修道之旅——《華嚴經・入法界品》善財童子行旅譬喻探義〉　《2015第四屆華嚴專宗國際學術研討會論文集》　預計2016年出版

周運會　〈表意漢字的構造與意象圖式思維〉　《南華大學學報（社會科學版）》第15卷第3期　2014年6月　頁94-97

林文彬　〈維摩詰經不二法門義理初探〉　《興大中文學報》10期　頁145-158

林明照　〈觀看、反思與專凝——《莊子》哲學中的觀視性〉　《漢學研究》30卷3期　2012年9月　頁1-33

林健宏、張榮興　〈從意象基模來解析《小王子》篇章的上層結構〉　《清華學報》新44卷第2期　2014年06月　頁283-315

林維杰　〈象徵與譬喻：儒家經典詮釋的兩條進路〉　《中央大學人文學報》第34期　2008年4月　頁1-32

竺家寧　〈早期佛經詞義的義素研究——與「觀看」意義相關的動詞分析〉，Proceedings of the 20th North American Conference on Chinese Linguistics (NACCL-20). Volume 1.Edited by Marjorie K.M. Chan and Hana Kang. Columbus, Ohio: The Ohio State University, 2008年4月, pp. 437-454.

邱湘雲 〈客、閩、華語三字熟語隱喻造詞類型表現〉 《彰師國文學誌》22期 2011年 頁241-271

金觀濤、劉青峰 〈隱藏在關鍵詞中的歷史世界〉 《東亞觀念史集刊》第1期 2011年12月 頁55-83

孫式文、鄧育仁 〈身境與隱喻觀點中的創意〉 《中正大學中文學術年刊》16期 2010年 頁141-160

涂文欽 〈臺灣閩南語流行歌詞中的人生隱喻〉 《臺灣語文研究》8卷2期 2013年

高秉江 〈柏拉圖思想中的光與看〉 《華中科技大學學報（社會科學版）》 2013年03月 頁36-41

張展鴻 〈飲食人類學〉 《人類學》 收入陳剛、招子明編 《西方人文社科研究前沿報告叢書》 北京市 中國人民大學出版社 2008年 頁240-254

張 婷 〈框架理論的解讀：從框定的意象圖式到動態的框架〉 《西昌學院學報（社會科學版）》第24卷第1期 2012年3月 頁14-15

張榮興、黃慧華 〈心理空間理論「梁祝十八相送」之隱喻研究〉 《語言暨語言學》6卷4期 2005年 頁683-687

張榮興 〈心理空間理論與《莊子》「用」的隱喻〉 《語言暨語言學》13卷5期 2012年 頁999-1027

張榮興 〈從心理空間理論解讀古代「多重來源單一目標投射」篇章中的隱喻〉 《華語文教學研究》9卷1期 2012年 頁1-22

張榮興 〈篇章中的攝取角度〉 《華語文教學研究》5卷2期 2008年 頁47-67

梅 廣 〈釋「修辭立其誠」：原始儒家的天道觀與語言觀——兼論宋儒的章句〉 《臺大文史哲學報》第55期 2001年11月 頁213-238

許暉林　〈鏡與前知：試論中國敘事文類中現代視覺經驗的起源〉
　　　　《臺大中文學報》第48期　2015年3月　頁121-160

陳力綺　〈臺灣華語飲食譬喻透視〉　《中國社會語言學》2011年02
　　　　期　2011年3月　頁79-95

陳秀君、高虹　〈隱喻理論下的語義演進——以現代漢語視覺詞
　　　　「盯」為分析〉　Proceedings of 12th Chinese Lexical
　　　　Semantics Workshop　頁92-98

傅偉勳　〈從中觀的二諦中道到後中觀的臺賢二宗思想對立——兼論
　　　　中國天臺的特質與思維限制〉　《中華佛學學報》第10期
　　　　1997年7月　頁383-395

彭心怡　〈流浪者之歌的隱喻〉　《興大中文研究生論文集》第9輯
　　　　2004年5月　頁185-215

彭玉海、呂燁　〈意象圖式與動詞喻義衍生——談動詞多義性〉
　　　　《當代外語研究》第10期　2014年10月　頁11-16

覃修桂　〈「眼」的概念隱喻——基於語料的英漢對比研究〉　《上
　　　　海外國語大學學報》5期　2008年　頁37-43

馮　川　〈哲學之詩化及其對譬喻的使用〉　《西南民族大學學報
　　　　（人文社科版）》22卷3期　2001年3月　頁99-101

黃居仁　〈從詞彙看認知　詞彙語意學研究的趣味〉　收入蘇以文、
　　　　畢永峨主編　《語言與認知》　臺北市　國立臺灣大學出版
　　　　中心　2009年8月　頁204-228

黃彬瑤　〈概念隱喻與概念轉喻的多模態呈現〉　《重慶科技學院學
　　　　報（社會科學版）》2013年第1期　2013年8月　頁136-139

黃　瑜　〈「光源隱喻」與列維納斯的超越〉　《自然辯證法研究》
　　　　2008年02月　頁1-5

楊惠南　〈智顗的「三諦」思想及其所依經論〉　《佛學研究中心學報》第6期　2001年7月　頁67-109

楊儒賓　〈論「觀喜怒哀樂未發前氣象」〉　《中國文哲研究通訊》15卷3期　2005年　頁33-74

葉素玲　〈文字辨識〉　收入蘇以文、畢永峨主編　《語言與認知》臺北市　國立臺灣大學出版中心　2009年8月　頁289-320

廖桂蘭　〈如是我聞：〔鳩摩羅什譯〕《維摩詰所說經》文本的敘事分析〉　《文化越界》1卷6期　2011年09月　頁121-164

廖蔚卿　〈論中國古典文學中的兩大主題——從〈登樓賦〉與〈蕪城賦〉探討望遠當歸與登臨懷古〉　收入《漢魏六朝文學論集》　臺北市　大安出版社　1997年　頁47-96

趙　倩　〈引申義語義關聯的建立機制及其影響〉　《雲南農業大學學報》4卷5期　2010年10月　頁82-88

趙艷芳、周紅　〈語義範疇與詞義演變的認知機制〉　《鄭州工業大學學報》4期　2000年　頁53-56

劉　丹　〈淺析認知語言學中的意象圖式理論〉　《佳木斯職業學院學報》2015年第8期　2015年9月　頁384-385

劉滄龍　〈身體、隱喻與轉化的力量——論莊子的兩種身體、兩種思維〉　《清華學報》44卷第2期　2014年6月　頁185-213

歐德芬　〈多義詞義項區別性探究——以感官動詞「看」為例〉《華語文教學研究》10卷3期　2013年　頁1-39

歐德芬　〈多義感官動詞「看」義項之認知研究〉　《語言暨語言學》15卷2期　2014年　頁159-198

歐麗娟　〈《紅樓夢》中啟悟歷程的原型分析——以賈寶玉為中心〉《文與哲》第23期　2013年12月　頁293-332

蔡怡佳　〈恩典的滋味：由「芭比的盛宴」談食物與體悟〉　刊於余
　　　　舜德主編　《體物入微：物與身體感的研究》　新竹市　清
　　　　華大學出版社　2008年　頁241-273

蔡耀明　〈心身課題在佛學界的哲學觸角與學術回顧〉　《圓光佛學
　　　　學報》15期　2009年10月　頁1-29

蔡耀明　〈以菩提道的進展駕馭「感官欲望」所營造的倫理思考：以
　　　　《大般若經・第十二會・淨戒波羅蜜多分》為依據〉　《臺
　　　　大佛學研究》16期　2008年12月　頁61-126

蔡耀明　〈佛教住地學說在心身安頓的學理基礎〉　《正觀》54期
　　　　2010年09月　頁5-48

蔡耀明　〈觀看做為導向生命出路的修行界面：以《大般若經・第九
　　　　會・能斷金剛分》為主要依據的哲學探究〉　《圓光佛學學
　　　　報》13期　2008年6月　頁23-69

鄧育仁、孫式文　〈廣告裡的圖象隱喻：從多空間模式分析〉　《新
　　　　聞學研究》第62期　2000年　頁35-71

鄧育仁、孫式文　〈隱喻框架：臺灣政治新聞裡的路途隱喻〉　《新
　　　　聞學研究》67期　2011年　頁87-112

鄧育仁　〈一種閱讀身體意義的觀點〉（The Meaning of the Body 書
　　　　評）　《臺灣人類學刊》9卷1期　2011年　頁197-200

鄧育仁　〈生活處境中的隱喻〉　《歐美研究》35卷1期　2005年　頁
　　　　97-140

鄧育仁　〈由童話到隱喻裡的哲學〉　收入蘇以文、畢永峨主編
　　　　《語言與認知》　臺北市　國立臺灣大學出版中心　2009年
　　　　8月　頁35-54

鄧育仁　〈何謂行動：由故事與人際觀點看〉　收入林從一主編
　　　　《哲學分析與視域交融》　臺北市　國立臺灣大學出版中心
　　　　2010年　頁95-117

鄧育仁　〈隱喻與公民論述：從王者之治到立憲民主〉　《清華學報》41卷3期　2011年　頁523-550

鄧育仁　〈隱喻與自由　立命在民主與科學中的新意涵〉　《台灣東亞文明研究學刊》8卷1期　2011年　頁173-208

鄧育仁　〈隱喻與情理：孟學論辯放到當代西方哲學時〉　《清華學報》38卷3期　2008年　頁485-504

鄭文惠　〈從概念史到數位人文學：東亞觀念史研究的新視野與新方法〉　《東亞觀念史集刊》1期　2011年12月　頁47-54

鄭吉雄、楊秀芳、朱歧祥、劉承慧　〈先秦經典「行」字字義的原始與變遷──兼論「五行」〉　《中國文哲研究集刊》第35期　2009年9月　頁89-127

戴璉璋　〈關於人文的省思〉　《政大中文學報》第12期　2009年12月　頁1-14

魏培泉　〈從道路名詞看先秦的「道」〉　收入鄭吉雄主編　《觀念字解讀與思想史探索》　臺北市　臺灣學生書局　2009年2月　頁1-52

蘇以文　〈語言與分類〉　收入蘇以文、畢永峨主編　《語言與認知》　臺北市　國立臺灣大學出版中心　2009年8月　頁7-34

〔日〕大鹿實秋　〈不二：維摩經の中心思想〉　《論集》第10號　1983年　頁95-122

〔日〕兒山敬一　〈入不二の哲學意味〉　《東洋大學東洋學研究所東洋學研究》第1號　1965年　頁1-10

〔日〕兒山敬一　〈無にして一の限定へ　維摩經・入不二法門品について〉　《印度學佛教學研究》第7卷第1號　1958年　頁57-66

〔日〕兒山敬一 〈維摩經における入不二と菩薩行〉 收錄於《大乘菩薩道の研究》 西義雄編 京都 平樂寺書店 1968年 頁195-229

〔日〕橋本芳契 〈維摩經の中道思想について〉 《印度學佛教學研究》第2卷第1號 1960年 頁334-337

〔日〕藤謙敬 〈佛教の教授原理としての二諦說〉 《印の度學佛教學研究》第3卷第1期 1954年

Clark, Andy. Embodiment and the Philosophy of Mind. *Royal Instituteof Philosophy Supplement* 43, 1998, pp.35-51.

Fessler, Daniel MT, and Carlos David Navarrete. Meat is good to taboo: Dietary proscriptions as a product of the interaction of psychological mechanisms and social processes. *Journal of Cognition and Culture* 3.1 2003, pp.1-40.

Lakoff, George. and Johnson, Mark. Conceptual Metaphor in Everyday Language. *The journal of Philosophy*, 1980, pp.453-486.

Lakoff, George. The contemporary theory of metaphor. *Metaphor andthought 2*, 1993, pp.202-251.

Low, Graham D. On teaching metaphor. *Applied linguistics* 9.2 1988, pp.125-147.

Su, I-W. What Can Metaphors Tell Us about Culture? *Language and Landguistics* 3:3, 2002, pp.589-613.

Su, I-W. Mapping in Thought and Language as Evidenced in Chinese. *BIBLID*, 18, 2000, pp.395-424.

Tunner, Mark, and Gilles Fauconnier. Conceptual integration and formal Expression. *Metaphor and Symbol* 10.3, 1995, pp.183-204.

六　線上資料庫

「中研院上古漢語標記語料庫」

　　　　http://old_chinese.ling.sinica.edu.tw/

「近代漢語標記語料庫」

　　　　http://early_mandarin.ling.sinica.edu.tw/

「中央研究院現代漢語語料庫」（又稱「現代漢語平衡語料庫」簡稱

　　　　「研究院語料庫」（Sinica Corpus））

　　　　http://app.sinica.edu.tw/cgi-bin/kiwi/mkiwi/kiwi.sh

「中央研究院漢籍全文資料庫」

　　　　http://hanchi.ihp.sinica.edu.tw/ihp/hanji.htm

「搜詞尋字」

　　　　http://words.sinica.edu.tw/sou/sou.html

「新詩改罷自長吟——全唐詩檢索系統」

　　　　http://cls.hs.yzu.edu.tw/tang/tangats/Tang_ATS2012/SrchMain.

　　　　aspx

哲學研究叢書・學術思想叢刊 0701005

觀念與味道——中國思想文獻中的概念譬喻管窺

作　者	周玟觀
責任編輯	吳家嘉
特約校稿	林秋芬

發 行 人	林慶彰
總 經 理	梁錦興
總 編 輯	張晏瑞
編 輯 所	萬卷樓圖書股份有限公司
	臺北市羅斯福路二段 41 號 6 樓之 3
	電話 (02)23216565
	傳真 (02)23218698

發　　行	萬卷樓圖書股份有限公司
	臺北市羅斯福路二段 41 號 6 樓之 3
	電話 (02)23216565
	傳真 (02)23218698
	電郵 SERVICE@WANJUAN.COM.TW
香港經銷	香港聯合書刊物流有限公司
	電話 (852)21502100
	傳真 (852)23560735

ISBN 978-957-739-981-6

2016 年 1 月初版

定價：新臺幣 340 元

如何購買本書：

1. **劃撥購書**，請透過以下郵政劃撥帳號：
   帳號：15624015
   戶名：萬卷樓圖書股份有限公司

2. **轉帳購書**，請透過以下帳戶
   合作金庫銀行 古亭分行
   戶名：萬卷樓圖書股份有限公司
   帳號：0877717092596

3. **網路購書**，請透過萬卷樓網站
   網址 WWW.WANJUAN.COM.TW

大量購書，請直接聯繫我們，將有專人為您服務。客服：(02)23216565 分機 610

如有缺頁、破損或裝訂錯誤，請寄回更換

國家圖書館出版品預行編目資料

觀念與味道——中國思想文獻中的概念譬喻管窺 / 周玟觀著.

-- 初版.-- 臺北市：萬卷樓, 2016.01

面 ； 公分

ISBN 978-957-739-981-6(平裝)

1.漢語 2.語言學 3.文集

802.07　　　　　　　　　　　　　104027774